형제는
용감했다

SEA LEGS

형제는 용감했다!

알렉스 쉬어러 지음◎**정현정** 옮김

미래인

형제는 용감했다

1판 1쇄 발행 2014년 9월 30일
1판 4쇄 발행 2021년 3월 30일

지은이 알렉스 쉬어러 **옮긴이** 정현정 **펴낸이** 김민지 **펴낸곳** 미래M&B
책임편집 황인석 **디자인** 서정민 **영업관리** 장동환, 김하연
등록 1993년 1월 8일(제10-772호) **주소** 서울시 마포구 동교로 134(서교동 464-41) 미진빌딩 2층
전화 02-562-1800(대표) **팩스** 02-562-1885(대표)
전자우편 mirae@miraemnb.com **홈페이지** www.miraeinbooks.com

ISBN 978-89-8394-771-0 03840

차례

5분 차이로 갈린 인생

　이야기를 시작하기 전, 여러분이 알고 있어야 할 사실이 두 가지 있다. 먼저 내 동생 클리브가 둘도 없는 괴짜라는 점, 그리고 녀석이 벌여놓은 괴짜 짓을 혼자 감당하지 못할 때 가끔씩 내가 거들기도 한다는 점이다.

　나는 5분 차이로 형이 되었다. 클리브는 늘 자기가 먼저 나올 수 있었지만 내가 팔꿈치로 막는 바람에 어쩔 수 없이 동생이 됐다고 주장한다.

　그걸 어떻게 알지? 우선 클리브가 옛날 일을 기억한다는 것 자체가 말이 안 된다. 나는 하나도 기억나지 않기 때문이다. 나뿐 아니라 태어날 때의 일을 기억한다는 사람은 전혀 본 적이 없다. 그런데도 클리브는 내가 팔로 자기를 미는 바람에 늦게 나올 수밖에 없었다고 말한다. 사실인 것 같지도 않을뿐더러, 아무런 증거물이나 증인이 없기 때문에 고소를 해서 법정에 선다고 해도 씨알도 안 먹힐 것이다.

클리브는 언젠가 나를 '먼저 태어났다'는 죄목으로 고소할 거라고 했다. 이건 또 무슨 귀신 씨나락 까먹는 소리란 말인가. 그래서 나는, 그럼 난 너를 '늦게 태어났다'는 죄목으로 고소할 거라고 받아쳤다. 그리고 만약 경찰서에서 그런 걸로 고소가 안 된다고 하면, 넌 그냥 나한테 맞을 줄 알라고 덧붙였다.

사실, 고소가 된다 해도 녀석은 맞아도 싸다. 차라리 내가 동생으로 태어났다면. 그럼 나도 클리브처럼 말썽이란 말썽은 다 피우고서 형한테 모든 잘못을 덮어씌울 텐데.

우리는 쌍둥이지만, 다행히도 이란성이다. 내가 좋은 유전자만 물려받은 반면, 클리브는 그냥 소똥같이 생겼다. 그것도 보통 소똥이 아니라, 방금 돼지가 깔고 앉아 납작해진 소똥을 닮았다. 즉 못난 유전자만 물려받았다는 뜻이다. 차라리 머리에 자루를 쓰고 다니는 게 더 잘생겨 보일 것이다.

클리브는 귀도 커다랗다. 그래서 바람이 많이 부는 날에는 집 안에 가둬놔야지, 안 그러면 바람을 타고 날아가버릴지도 모른다. 그런 날 클리브한테 긴 실을 묶어 데리고 나간다면, 조금 뚱뚱하긴 해도 연 대신 날리기에 꽤 괜찮을 것이다. 게다가 클리브는 코도 그렇게 클 수가 없다. 맨날 손가락으로 콧구멍을 쑤시기 때문이다. 조금만 덜 팠어도 저 정도 크기는 안 됐을 텐데.

우리 가족은 나, 클리브, 아빠—이렇게 셋이다. 엄마는 우리가 아주 어릴 때 돌아가셨다. 슬픔을 느끼지 못할 정도로 아주 어렸을 때지만, 아무것도 몰랐던 건 아니라고 생각한다. 여전히 우리는 엄마를 그리워하고 있다.

엄마가 없다는 건 아쉽지만, 아빠 말대로 우리는 우리 자리에서 최선을 다하면 된다. 클리브가 매번 벌여놓는 문제들을 내가 어떻게든 해결하려고 돕는 것도 그 때문이다.

남자 셋이 같이 사니 우리 집이 돼지우리 같을 거라고 생각하는 사람들이 분명 있을 것이다. 하지만 그렇지 않다. 물론 클리브의 침대는 예외다. 클리브는 그 어떤 공간이라도 난장판으로 만들어 놓는 인간이니까. 학교에서 선생님이, 아무리 지저분한 사람이라도 텅 빈 방은 더럽힐 수 없다고 말씀하신 적이 있다. 하지만 클리브라면 가능하다. 클리브는 그 어떤 곳이든 돼지우리로 탈바꿈시키는 놀라운 능력의 소유자니까.

가끔씩 결혼을 생각하는 아빠의 여자친구가 우리 집을 방문할 때가 있었는데, 모두들 클리브를 보고 바로 마음을 돌렸다. 아니, 모두는 아니었다. 클리브를 보고서도 아빠와 결혼하고 싶어 하는 시력 안 좋은 아줌마가 한 명 있긴 했다. 하지만 나는 그 아줌마가 별로 마음에 들지 않았다. 그래서 주방 한편으로 데리고 가서 아빠가 클리브의 다양한 문제들에 대해 아직 고백하지 않았냐고 묻고는 그럴싸하게 포장해서 늘어놓기 시작했다. 가끔씩 입에 거품을 물고 발작을 한다는 둥, 나병을 앓고 있다는 둥……. 그후 아줌마는 우리 집에 나타나지 않았다.

어쨌든 우리 집에 놀러 오는 아줌마들은 남자 셋(사실 클리브를 빼고 둘이지만. 녀석은 반은 남자, 나머지 반은 돼지와 멍청이의 혼합체다)

사는 집의 꼴이 말이 아닐 거라고 생각하는 경우가 많다. 하지만 아빠는 집 안의 물건과 소품들을 모두 함선 모양의 브리스틀 방식으로 정돈해놓는다. 아빠의 설명에 따르면 그렇다. '브리스틀 방식'이 정확히 무슨 의미인지는 모르겠지만, 저번에 아빠한테 뜻을 물어보니 늘 방을 깔끔하게 치우고, 시간에 맞춰 숙제 하고, 더러워진 바지를 세탁기에 집어넣는 걸 말한다고 했다. 아마 브리스틀(영국 서남쪽에 있는 항구 도시:옮긴이)에서는 사람들이 세탁기에 바지를 자주 집어넣나 보다. 고작 그걸 갖고 지역 이름을 딴 스타일이 생길 정도로 유명해지다니, 참 신기하다는 생각이 들었다. 내가 보기엔 그냥 별거 아닌 일인데 말이다.

집의 인테리어가 함선 콘셉트이고 브리스틀 방식인 이유는 아빠의 직업이 선원이기 때문이다. 그럼 여러분은 궁금해할 것이다. 항해를 나가야 하는데 어떻게 아이 둘을 돌보지? 사실 이 모든 사건은 바로 거기서부터 꼬이기 시작했다.

아빠가 출항을 하면, 우리 형제는 할머니 댁으로 가서 다정한 할머니, 귀가 잘 안 들리고 약간 치매기가 있는 할아버지와 함께 지낸다. 두 분 모두 정말 잘 해주시지만 그래도 심심한 건 어쩔 수 없다. '오랜만의 외출'에 대한 할아버지의 생각이 '집 안에서 재미있게 노는 것'일 때는 더더욱 그렇다. TV 앞에 앉아 포근한 밤을 보낼 수 있는 추운 겨울엔 그럭저럭 괜찮다. 하지만 여름엔, 특히 아빠가 가장 오랫동안 집을 비우는 여름방학 때는, 나랑 클리브도 아빠와 함께 배를 타고 바다의 파도를 즐기고 싶다.

클리브는 내가 뱃멀미를 할 것이며 절대로 뱃사람이 될 수 없을 거라고 지적했다. 하지만 나는 여태껏 살아오면서 멀미를 해본 적이 없기 때문에 파도가 울렁거리는 것쯤은 아무것도 아닐 거라고 반박했다.

우리가 바다에 데려가달라고 조를 때마다 아빠는 그럴 수 없다고 했다. 하루 빨리 육지에서 직업을 찾아 우리와 함께 더 많은 시간을 보내고 싶지만, 늘 바다에서 일을 해온 사람에겐 바다를 떠난 곳에서 일을 찾기가 쉽지 않다고도 했다. 나도 아빠가 우리 때문에 바다를 떠난다면 왠지 죄송할 것 같았다. 그동안 전 세계의 바다를 누비며 바다와 하나가 되어 살아오셨는데, 그런 삶의 터전을 아빠한테서 빼앗는 기분이 들었기 때문이다.

아빠가 출항을 하는 날짜가 다가오면 우리는 늘 "아빠, 우리도 데려가세요, 네? 제발요." 하고 조르곤 한다. 그러면 아빠는 성을 내며(내가 보기엔 그냥 자기방어 같지만) 애같이 굴지 말고 열심히 학교를 다녀야 한다고 말하는데, 여름방학이 되어 학교를 갈 일이 없어지면 그런 핑계도 댈 수 없게 된다. 그럴 때는 그냥 "미안하다.", "데리고 가고 싶지만 그럴 수가 없구나.", "정말 미안하다, 얘들아. 정말 미안해."를 반복한다.

그러면 우리도 그렇게 떼를 썼던 게 죄송스러워지고, 잠시 동안 서로 미안해하다가 우리는 가방을 챙겨서 할머니 댁으로 향한다.

전에 아빠와 결혼하고 싶어 하던 아줌마가 우리 집을 방문했을 때, 침대 밖으로 몰래 기어 나와 거실에서 무슨 얘기를 하고 있는지 잠시 엿들었던 적이 있다. 그 아줌마는 아빠 혼자서 나랑 클리브를 키우는 게 힘들겠다고 말했는데, 솔직히 이해할 수 없었다. 클리브의 경우엔 맞는 소리지만, 나는 말썽도 피우지 않고 얌전해서 힘들 일이 전혀 없기 때문이다.

아빠는 의리 있는 사나이이기 때문에 우리에 대해 안 좋은 말을 하는 대신 가끔 힘들긴 하지만 괜찮다고 대답했다. 그러자 그 아줌마가 굉장히 알쏭달쏭한 말을 던졌다.

"그럼 누가 아이들한테 엄마가 돼주나요, 존? 누가 엄마가 돼주죠?"

아빠는 잠시 생각한 뒤 어깨를 으쓱하며 대답했다.

"제가 돼주죠."

그날 밤 나는 침대에 누워 한참 동안 아빠의 대답에 대해 생각했다. 기분이 좋으면서도, 아빠가 우리의 아빠일 뿐 아니라 엄마 역할까지 하고 있다는 게 많은 생각거리를 불러일으켰다.

한 사람이 두 사람의 역할을 하는 것은 한눈에 봐도 쉬운 일이 아니다. 게다가 아빠는 우리한테 용돈까지 줘야 하니까.

아마 지금쯤 여러분은 우리 아빠가 무슨 배를 타는 선원일지 궁금할 것이다. 앵무새를 데리고 다니며 팔에 문신을 하고 귀를 뚫은 해적일지, 아니면 한쪽 팔에 밧줄을 칭칭 감고 다니다 부두에 다다랐을 때 육지로 밧줄을 던져 배를 정박시키는 그런 선원일지.

음, 일단, 아빠는 앵무새가 없다. 솔직히 말해서, 나는 앵무새를 기르는 선원을 본 적이 없다. 옛날엔 그랬을지 모르지만, 요즘 선원들은 CD플레이어(MP3플레이어가 등장하기 전에 유행했던 휴대용 음악 재생기:옮긴이)를 가지고 다닌다. 옛날 앵무새의 역할이 그게 아니었을까? 데리고 다니다가 심심할 때 노래를 시키는, 일종의 재래식 CD플레이어.

아빠는 문신도 없다. 하지만 아빠 친구 중 케니라는 아저씨는 팔에 중국 상하이에서 했다는 바다코끼리 문신을 갖고 있다. 나는 케니 아저씨한테 상하이에 바다코끼리가 있냐고 물어봤다. 아저씨는 바다코끼리는 없고, 바다코끼리 문신만 있다고 대답했다.

아빠는 원래 오른쪽 귀에 귀걸이를 하고 다녔지만, 언젠가부터 그것마저 그만두었다. 클리브도 귀걸이를 하고 싶어 했는데, 아빠는 아직 너무 어리기 때문에 뚫을 수 없다고 했다. 클리브의 실망한 모습을 보고, 나는 도와주고 싶은 마음에 원한다면 포크로 귓불에 구멍을 내주겠다고 제안했다. 물론 클리브는 대환영이었다.

동생을 부엌 식탁에 눕히고 입에 휴지 한 뭉텅이를 물린 후 포크를 막 꺼내고 있을 때, 차를 마시러 부엌에 온 아빠가 대체 뭘 하고 있는 거냐고 물었다. 나는 그냥 클리브한테 침을 놓으려는 거라고 둘러댔다. 동생이 숙제 때문에 받은 스트레스를 풀어주기 위해 엉덩이에 포크로 침을 놔주려는 거라고 설명했다. 두세 번쯤 포크로 엉덩이를 찌르면 스트레스가 해소된다고 의사가, 음, 침술사가 처방했다고 덧붙였다.

하지만 아빠는 포크로 엉덩이를 찌르다니, 이 무슨 말도 안 되는 소리냐며 화를 냈다. 더 이상 실랑이는 하지 않았지만 나와 클리브는 둘 다 아주 실망했다. 클리브의 귓불에 귀걸이 하나는 물론, 세 개까지도 들어갈 커다란 구멍을 내줄 수 있다고 자부하고 있었기 때문이다.

어쨌든 아빠는 앵무새도 없고 문신도 없고 귀걸이도 안 한다. 그런 건 다 옛날 얘기고, 현대의 선원은 그때와 많이 달라졌다. 아빠는 맵시 있는 유니폼을 입는다. 소매와 어깨 쪽에 금장 밧줄이 달려 있는데, 아빠가 이 유니폼을 입으면 정말 멋지다. 어느 정도냐면, 내가 축구복을 입었을 때만큼이나 멋져 보인다. 하지만 클리브는 축구복을 입어도 전혀 안 멋있다. 주머니가 보이도록 뒤집어 입는 걸 좋아하기 때문이다. 녀석은 그렇게 입으면 자기가 '위대한 거꾸로 소년'이 되어 슈퍼 히어로의 전당에 들 수 있다고 생각한다. 만화영화를 보다가 떠올린 아이디어인 것 같다.

클리브는 축구복 반바지를 뒤집어 입고 "위대한 거꾸로 소년이 그대를 구해주겠소!" 하고 외치며 집 안을 뛰어 돌아다니곤 한다. 그 누구도 위기에 처하지 않았는데 말이다. 녀석은 슈퍼 히어로보다는 슈퍼 괴짜에 가깝다. 사실 우리 집에서 가장 많은 위기 상황을 만드는 사람이 클리브다. 그게 동생의 예민한 성격 때문이라고는 굳이 말하지 않겠다.

다시 아빠 이야기로 돌아가자. 아빠는 승무원(구체적으로 말하면 고위 승무원)이다. 즉, 아빠의 일터는 해적선이 아니라 퀸엘리자베스2호나 타이태닉호(비록 가라앉긴 했지만) 같은 초대형 럭셔리 크루즈 유람선이라는 뜻이다. 미래는 아무도 예측할 수 없지만, 아빠가 타는 배가 가라앉는 일은 없을 것 같다.

아빠의 일은 모든 승객들이 좋은 시간을 보내도록 돕는 것이다. 크루즈 유람선은 승객들의 휴가지이자 아빠의 일터이기도 하다. 손님들이 휴가를 충분히 즐기고 나중에 다시 오고 싶게 만드는 게 아빠의 역할이다. 승객들만큼 여유로운 시간을 보내지는 못하겠지만, 아빠도 충분히 즐겁게 일하고 있다고 나는 생각한다.

고위 승무원이라고 해서 월급이 높은 건 아니다. 하지만 승무원은 팁이라는 걸 받는다. 이게 뭐냐면, 항해가 끝날 때 승객들이 덕분에 즐거웠다며 감사의 의미로 손에 쥐여주는 돈봉투다. 물론 여행이 그만큼 즐겁지 않았다거나, 날씨가 나빴다거나, 멀미를 심하게 했다면 아무것도 못 받을 수도 있다. 하지만 날씨가 정말 좋았고 모든 것이 순조롭게 끝났다면 보통 팁이 담긴 봉투를 받게 된다. 봉투를 많이 받았는지 아닌지는 항해를 끝내고 우리를 데리러 돌아온 아빠의 표정을 보면 딱 알 수 있다. 입꼬리가 귀에 걸려 있다면 그날은 팁이 넘쳐났다는 뜻이다. 반면에 찡그리고 있다면, 우리는 이것저것 묻는 대신 눈치 빠르게 입을 다문다. 봉투를 많이 받은 날이면 보통 우리한테 뭔가를 사주기 때문에, 우리 형제는 아빠의 항해가 순조로웠기를 늘 기대한다.

팁의 양과 상관없이 아빠는 매번 항해 때마다 작은 기념품을 가져온다. 주로 잠깐 정박한 항구에서 산 것들이다. 스페인이나 아프리카, 브라질, 가끔씩은 알래스카에서도 뭔가를 구해 온다. 아마 아빠는 전 세계에 안 가본 곳이 없을 것이다.

하지만 앞서 말했듯이 고위 승무원으로서의 업무는 결코 쉽지 않다. 신이 난 승객들이 새벽 두 시에 샴페인을 터뜨리고 싶어 한다든가, 군것질거리를 요구하면 한밤중에도 일어나 서빙을 해야 한다. 쓸데없이 무례하게 구는 손님들을 마주하게 돼도 아무런 내색 않고 시종일관 예의 바르고 정중한 태도를 유지해야 한다.

고위 승무원은 인내심이 많아야 한다고, 다혈질이나 욱하는 성격은 아무런 도움이 되지 않는다고 아빠는 말했다. 그 얘기를 듣고 나는 아무 때나 성질을 부리는 클리브는 절대 고위 승무원이 될 수 없을 거라고 생각했다. 폐쇄공포증을 치료해주려고 잠깐 찬장에 가둬놨을 때 그 잠시를 못 버티고 30분 만에 찬장이 부서지도록 난리를 쳤던 녀석이니까. 나는 녀석이 잠수함을 타면 어떤 기분일지 궁금해하기에 가상 체험을 시켜주려던 것뿐이었다.

그래, 클리브는 인내심이 부족한 게 아니라 아예 없는 게 틀림없다.

아빠가 항해를 떠나기 며칠 전이 되면 우리는 온갖 처량한 모습으로 아빠를 설득하기 시작한다. 학교에 가지 않는 여름방학엔 특히나.

"같이 가면 안 돼요, 아빠?"

"아이 두 명 자리는 있지 않을까요? 음, 클리브가 좀 뚱뚱하긴 하지만요."

"아빠 방을 같이 쓰면 되잖아요!"

"안 돼." 아빠가 말한다. "내 선실이 따로 있는 게 아니야. 다른 승무원들이랑 함께 쓴단다."

"그럼 아빠 그물침대를 조금 빌릴게요!"

"집에서 저희가 쓸 그물침대를 따로 가져가면 어때요?"

"우리 집에 그물침대가 어디 있어?" 아빠가 말한다.

"선원들이 뜨개질도 할 수 있나요?"

"예전엔 그랬었지."

"아빠도 해요?"

"아니."

"그럼 아빠가 뜨개질 배워서 그물침대 하나 짜주시면 안 돼요?"

"클리브, 그럴 일은 없어. 그리고 지금 아빠 축구 보고 있는데 잠깐만 조용히 해주면 안 되겠니?"

"그럼 돛대 위에 달린 망루 있잖아요, 거기 올라가본 적 있어요?"

"가봤지. 처음 바다에 나갔을 때 올라가봤어."

"그럼 거기서 잘게요."

"얘들아, 그만 좀—"

"그럼 구명보트에서 잘까요?"

"이제 너희들 말 안 들으련다."

대화가 이쯤까지 오면 아빠는 우리를 얼른 재워버린다. 크루즈

19

동행 얘기만 나오면 그 순간이 취침시간이 되어버리는 게 참 흥미롭다. 일어나자마자 그 얘기를 꺼내는 바람에 아침식사 전에 다시 침대로 갈 뻔한 적도 있었다.

예전에 아빠가 한 번 구경 차 우리를 크루즈선에 데리고 간 적이 있었다. 물 위에 뜬 거대한 마을 같았다. 수영장이며 레스토랑, 체육관, 스쿼시장, 볼링장, 나이트클럽, 영화관, 미용실, 가게, 세탁실, 병원, 심지어 수술실까지 정말 모든 게 갖춰져 있었다. 돈을 왕창 날리거나 반대로 대박을 터뜨릴 수 있는 카지노도 있었다.

그날 우리가 배를 둘러볼 수 있었던 건 직원들 가족에게 선체를 공개하는 오픈데이이기 때문이었다. 하지만 그냥 그대로 집에 가지 않고 배 위에서 살고 싶었다. 나도 따뜻하고 날씨 좋은 곳에서 손에 차가운 음료수 잔을 쥐고 수영장 근처를 어슬렁거릴 수 있다면. 내 눈에도 끝없이 펼쳐진 파란 바다와 내리쬐는 강한 햇볕을 담을 수 있다면. 할아버지가 감자밭에서 잡초 솎아내는 걸 구경하는 것보다는 백배 재미있을 게 분명했다.

하지만 우리에겐 선택권이 없었다. 항해를 나갈 때마다 풀이 죽어 있는 우리를 보고, 아빠는 반드시 이번 시즌을 마지막으로 바다 생활을 접고 뭍에서 일자리를 찾아보겠다고 약속했다. 아빠가 우리 때문에 바다를 포기하는 것 같아서 죄송했지만, 우리에겐 반가운 소식이기도 했기 때문에 왠지 복잡한 기분이 들었다.

"그러니까 이번이 아빠가 바다에서 보내는 마지막 여름인 거야."

멍청한 동생이 아빠 말씀을 알아듣지 못할 수 있기 때문에, 나는 늘 쉽고 간단한 단어로 다시 풀어서 설명해주곤 한다.

"맞아." 클리브가 말했다. "좀 아쉬워."

"맞아." 그러다 뭔가 이상하다 싶어 클리브한테 되물었다. "뭐가 아쉬운데?"

"우린 크루즈선을 타볼 일이 없다는 소리잖아. 아빠가 일하는 배 타고 멀리 신기한 바다에 가서 시원한 거 마시면서 편히 구경할 일은 이제 영영 없을 거란 말이잖아."

들어보니 정말 아쉬울 만도 했다.

"그냥 갈 수도 있겠지만." 클리브가 말했다.

이 말이 클리브한테서 먼저 나왔다는 사실을 기억해주기 바란다. 즉 이 생각을 처음 꺼낸 건 클리브였고, 때문에 이후로 벌어진 모든 일은 결국 클리브 탓이다.

"그냥 간다는 게 무슨 뜻이야?"

"아무도 안 볼 때 몰래 배에 타는 거지." 클리브가 말했다. "그리고 빈 선실 찾아 숨어서 크루즈 여행을 즐기는 거야."

(가끔씩 클리브와도 의견이 일치하는 경우가 생긴다.)

나는 잠시 생각한 후 말을 이었다.(정말 말을 이으려고 한 것뿐이지 진지하게 생각해보려는 의도는 전혀 없었다는 걸 밝힌다.)

"그래, 근데 그럼 할머니랑 할아버지께는 뭐라고 말씀드려? 우리가 어디 갔나 하고 찾으실 거 아냐."

"아빠가 데려갔다고 생각하면 걱정 안 하시겠지." 클리브가 말했다.

클리브는 참 교활한 구석이 있다. 사소한 거짓말쯤은 양심의 가책 없이 얼마든지 할 수 있는 녀석이다.

"왜 아빠가 데려갔다고 생각하시겠어? 여태 그런 일이 없었잖아."

"갑자기 사정이 있어서 바뀌었다고 말씀드리면 되잖아."

"아." 왠지 그건 사소한 거짓말의 정도를 넘은 듯 들렸다. "그럼 배엔 어떻게 타? 티켓이 없잖아."

"그건 쉽지." 클리브가 말했다. "몰래 타면 돼."

마치 여러 번 그래봤다는 듯 여유로운 말투였다. 아마 나 몰래 여기저기 다녀본 경험이 있는 듯했다. 클리브는 그 방법을 아는데 나는 모른다는 사실이 불편하게 느껴졌다.

"몰래?"

"저번에 견학 가봐서 대충 배의 지리를 알잖아. 사실 우리만큼 몰래 타는 데 유리한 사람들도 없지."

"그럼 아빠는?"

"피해 다니면 되지." 클리브가 말했다. "배는 넓잖아."

"못 피해서 마주치면 어떡해?"

"그럼 깜짝 선물이 되는 거지 뭐."

그건 좀 아닌 것 같았다. 무임 승선한 우리가 직원인 아빠와 마주친다면, 그건 선물보다는 폭탄일 가능성이 더 컸다. 하지만 또 생각해보면, 이건 클리브의 제안이기 때문에 설사 잘못된다 해도 내 잘못은 없는 거였다.

　그래서 나는 말했다.

"더 말해봐. 네 아이디어 말이야. 더 자세히 듣고 싶어."

2장

모나리자 몰탑 작전

아빠가 선원이라서 우리는 항구 근처에서 산다. 꼭 그럴 필요는 없지만, 아빠가 편하게 출근할 수 있기 때문이다. 클리브는 차라리 농장에 살면서 소나 닭 몇 마리를 기르고 싶다고 말했다. 나는 농장에서 항구로 출근하려면 아빠가 불편해하실 거라고 지적했다. 클리브는 농장 안에도 배가 있을 수 있다고 주장했고, 내가 어디에 배를 띄울 수 있겠냐고 묻자 연못이라고 대답했다.

바보 같은 대답이었다. 크루즈선이 들어갈 만한 크기의 연못이 없는 건 물론이고, 누가 2주 동안 크루즈선을 타고 연못을 여행하고 싶어 하겠나. 역시 둘째로 태어난 건 다 이유가 있었다. 첫째가 되기에 클리브는 너무 멍청하다. 자기도 사실을 아는지 내가 그 얘기를 꺼낼 때마다 아주 싫어한다.

어쨌든, 집이 항구 근처라는 사실은 클리브와 내가 계획하고 있는 '모나리자 몰탑'(모나리자호 몰래 탑승하기) 작전에 매우 좋은 조건이었다.

클리브는 크루즈선 이름이 여자 이름인 게 마음에 안 든다며 '클리브'로 바꿔야 한다고 주장했다. 하지만 솔직히 배 이름이 '클리브'라면 그걸 누가 타고 싶어 하겠어? 그건 영업을 시작하기도 전에 폐업 공고문을 게시하는 거나 다름없다.

아빠는 밧줄을 풀어 던지기(이건 뱃사람들이 출항을 말할 때 쓰는 표현이다. '차 브레이크를 떼다'와 비슷하다고 볼 수 있다) 한참 전에 미리 승선을 한다. 출항 전 준비해야 할 일이 많기 때문이다. 가끔씩은 며칠 전부터 배에 올라 필요한 물품들의 수량이 맞는지, 유리잔들이 깨끗이 닦여 있는지, 땅콩이 충분히 있는지 등을 확인한다.

언젠가 클리브가, 쥐들은 언제 배에 타냐고 물은 적이 있었다. 어디선가 쥐들이 배를 좋아하고, 어떤 배에든 쥐 몇 마리는 늘 존재한다는 소리를 들은 모양이었다. 나는 예전에 해변에서 수상보트를 탔을 때는 쥐가 없지 않았냐며 말도 안 되는 소리라고 반박했다. 하지만 클리브는 쥐 몇 마리가 보트를 따라 헤엄쳐 오는 걸 봤다고 우겼다. 그래서 나는 예전에 카누를 타러 갔을 때도 내 카누 안에는 쥐가 없었다고 말했다. 그랬더니 클리브는 자기 카누엔 쥐가 너무 많아서 바지 속으로 들어오지 못하도록 고무줄로 바짓단을 꽁꽁 묶어야 했다고 주장했다. 거짓말이 분명했다. 왜냐하면 고무줄쯤은 쥐들이 손쉽게 이빨로 끊을 수 있을 테니까.

아빠가 승선하는 날이면 우리는 출항 며칠 전이라고 해도 짐을 챙겨 할머니 댁으로 가야 했다. 하지만 배가 항구를 떠나기 전까지는 부두로 산책을 나가 갑판 위에서 일하는 아빠를 구경할 수 있었다. 아빠가 보이면, 나는 골칫덩이 클리브와 녀석이 꾸며낸 바지 고무줄 이야기에 대해, 클리브는 자기가 둘째로 태어난 게 얼마나 불공평한지에 대해 두 팔을 휘저으며 고래고래 소리 질렀다. 이렇게 난리를 치면 아빠는 우리가 조용해질 때까지 모른 척하고 안 보이는 곳에 잠시 숨었다.

우리가 할머니 댁에 가야 하는 날이 오면, 아빠는 할머니께 출발한다고 전화드리라고 나나 클리브한테 시켰다. 클리브는 말을 잘 못하기 때문에 보통 전화를 하는 건 내 몫이었다. 이번에 우리의 계획은, 아빠 몰래 할머니께 전화를 드려 우리도 아빠랑 같이 가게 됐다고 말씀드리는 거였다. 할머니 댁으로 출발하기 직전에 전화드려야 몰래 부두로 빠져나와 배에 탈 수 있을 거라고 생각했다. 만약 그 계획이 어긋나서 할머니 댁에 가게 된다 하더라도, 어찌어찌 배를 타게 됐고 잘 도착하면 전화드리겠다는 쪽지를 남기고 항구로 나오면 된다.

또 한편, 우리는 크루즈선에 가져갈 짐을 챙기는 등 떠날 준비를 해야 했다.

클리브는 아무도 우리를 의심하지 못하게 아주 영리하게 행동해야 한다고 말했다. 그러면서 그 예로 바지 대신에 수영복을 입고 배에 타자마자 수영장으로 향하면 진짜 손님인 것처럼 보일 거라는 가설을 들었다. 너무 지나치다는 생각이 들어서 나는 수영복을 그냥 가방에 넣었지만, 클리브는 자기 가설을 시험해보겠다며 하루 동안 바지 위에 수영복을 입고 돌아다녔다. 동네 수영장에 가서 그렇게 입은 채로 물속에 뛰어들었는데, 밖으로 나오니 갈아입을 마른 옷이 없었다. 집에 돌아오자 아빠는 클리브한테 왜 바지를 입고 수영장에 들어갔냐고 물었고, 클리브는 그건 일급 기밀이기 때문에 밝힐 수 없지만 힌트를 드리자면 정부 기관에서 하는 수중 바지 연구를 돕고 있다고 말했다.

물론 아무도 믿지 않았다. 클리브조차 조금 무리수였다고 생각하는 것 같았다.

시험 삼아 처음으로 짐을 싸볼 때, 나는 모든 준비물을 배낭 하나에 담았다. 하지만 클리브는 가방 여섯 개에 캐리어 하나까지 써야 했다. 장난감 로봇 시리즈와 레고와 산악자전거 때문이었다.

하도 어이가 없어서 그때는 뭐라고 반박도 하지 못했다.

"그걸 다 어떻게 몰래 가져갈 건데?"

"아직 세부적인 계획까지는 못 짰어." 클리브가 말했다. "하지만 어떻게든 들고 탈 수 있을 거야."

"야, 클리브. 가방 여섯 개랑 캐리어 갖고 밀항은 꿈도 못 꿔. 보통 밀항하는 사람들은 땡땡이 손수건이나 슈퍼마켓에서 산 비닐 봉투에 꽁꽁 싸맬 수 있을 정도만 갖고 다닌단 말이야."

"그럼 나도 다 꺼내서 손수건에 담으면 되지." 클리브가 말했다. "어딘가 띨띨이 손수건이 있었던 것 같은데."

"땡땡이라고! 띨띨이가 아니고, 그리고 그만큼을 손수건에 쌀 수는 없어!"

"커다란 손수건이면 되지."

"넌 무슨 텐트만 한 손수건으로 코를 푸냐?"

"아니, 휴지로 푸는데?"

결국 나는 클리브가 레고와 산악자전거를 포기하고 색연필 몇 개 가져가는 것으로 만족하도록 설득하는 데 성공했다. 우리는 각자의 짐을 할머니 댁에 갈 때처럼 배낭 하나 수준까지 줄였다.

이제 남은 것은 작전 당일이 오기만을 기다리는 거였다.

우리의 여름방학은 금요일이고, 아빠의 출항은 토요일이었다. 할머니와 할아버지도 아빠가 곧 떠난다는 걸 알고 있었다. 아빠는 금요일에 할머니 댁에 전화를 걸어 잘 다녀오겠다는 인사를 한 뒤, 늘 하듯 "애들 바꿔드릴게요. 깜짝 놀랄 소식이 있어요." 하고 우리한테 수화기를 넘겼다.

항상 이런 식이다. 이미 대본이 짜여 있는 깜짝 소식. 전화를 바꿔 받으면 우리는 그 깜짝 소식이 바로 우리가 할머니 댁에 가게 됐다는 것임을 알린다. 그러면 할머니도 깜짝 놀란 것처럼 반응한다. 우리 모두가 그게 깜짝 소식인 척하지만 실제로는 그렇지 않다. 사실 이젠 좀 지루하기까지 하다.

하지만 이번엔 달랐다. 아빠가 방을 나가자마자 나는 입을 열었다.

"할머니?"

"응, 아가?"

"이번엔 정말 깜짝 소식이 있어요."

"그러니, 아가?"

"네. 이번엔 아빠만 가는 게 아니라, 저희도 가게 됐어요!"

잠시 침묵이 이어지더니 할머니가 왠지 안도하는 것 같은 목소리로 말을 이었다.

"아빠랑 같이 간다는 거니, 아가?"

"네, 할머니. 내일요."

"둘 다? 클리브도 가니?"

"네, 할머니."

"그럼 이번엔 오지 않는 거니?"

"네, 할머니."

내가 대답을 마치자 (잘못 들은 게 틀림없지만) 뒤에서 할아버지가 환호하는 것 같은 소리가 들려왔다. 이 깜짝 소식을 정말 반기는 분위기였다. 이어서 누군가 맥주를 따는 소리도 들렸고, 폭죽이 터지는 소리도 들렸다. 내가 잘못 들은 거겠지.

"이번에 보지 못한다니 아쉽구나, 아가." 할머니가 말했다. "재미있게 놀다 오렴. 아빠가 정말 너희들을 데리고 가도 된다는 허가를 받은 거니? 잘됐구나."

"네. 거의 기적적이죠."

"재미있게 놀고 엽서 보내렴. 다녀와서 보자꾸나."

"네, 할머니. 클리브 바꿔드릴까요?"

마지못해 바꿔달라고 하는 것 같았지만 어쨌든 나는 클리브한테 수화기를 넘겼다.

"안녕하세요." 클리브가 말했다. "저예요, 클리브. 사실 제가 첫째로 태어났어야 했어요. 다 운명의 장난이죠 뭐."

그게 클리브가 꺼낼 수 있는 대화 주제의 전부였다. 학교 수업 시간에 돌아가면서 2분 동안 자기소개를 하던 때가 떠올랐다. 보통 아이들은 자기 가족과 관심사 등에 대해 말했다. 하지만 클리브가 얘기할 수 있는 건 자기 이름이 클리브라는 것밖에 없었다. 그래서 2분 동안 그 얘기밖에 안 했다. 자기 이름이 클리브라는 걸, 무려 2분 동안이나. 별로 길지 않은 시간이라 생각할 수도 있지만 막상 듣고 있자니 뇌가 이상해지는 기분이었다.

어쨌든 더 이상 할 말을 잃은 클리브는 가만히 할머니가 말하는 걸 듣고 있었다. 수화기 너머에서 할머니도 "나는 할머니란다"를 끊임없이 반복하고 있을지 모른다는 생각이 들었다.

마침내 클리브가 전화기를 내려놓았다.

"어때?"

"뭐가?" 클리브가 되물었다.

"아니," 풀어서 설명해줘야 한다는 데에 속이 터졌다. 다 내가 먼저 태어난 죄겠지. "할머니 반응이 어떠시냐고. 뭐라고 하시디?"

"믿으실 수밖에 없게 내가 한두 마디 했어."

"그 한두 마디가 뭔데?"

"몰라." 클리브가 말했다. "서너 마디를 둘로 나누면 한두 마디겠지."

클리브는 국어만큼 수학도 정말정말 못한다.

"할머니가 눈치 못 채시게 잘 설득했어? 잘 포장해서 말했어?"

"말을 어떻게 포장해?" 클리브가 말했다. "말은 만질 수 없는 거잖아."

"할머니가 혹시 의심스러워하진 않으시디?"

"아니." 클리브가 말했다. "아닌 것 같아."

"좋아. 그걸 물어본 거였어. 그럼 이제 계획했던 대로 계속 진행하자."

클리브가 나를 멍하니 쳐다봤다.

"무슨 계획?"

"밀항 말이야. 배에 몰래 타기로 했잖아. 기억나? 맞아, 틀려?"

"맞아." 클리브가 말했다. "그랬지."

그래서 다음날 우리는 본격적으로 계획을 실행에 옮겼다.

클리브는 작전 A가 실패하면 작전 B로 돌입해야 한다고 말했다.

하지만 나는 우리한테 작전 B가 없다는 사실을 지적했다.

그러자 클리브는, 작전 B가 없으니 어쩔 수 없이 작전 A로 진행해야겠지만, 만약 작전 A가 실패하면 작전 C에 들어가는 게 낫겠다고 했다.

나는 우리한테 작전 C가 없다고 했다.

그러면 작전 D에 돌입하자고 클리브가 말했다.

나는 클리브한테 우리에겐 작전 D도 없고, 오직 작전 A밖에 없다고 설명했다.

그랬더니 클리브는 작전 E를 만들어야겠다고 말했다. 작전 B도 없고 C도 없고 D도 없으니 E를 만들자는 거였다.

나는 클리브한테 작전 E가 어떤 거냐고 물었다.

클리브는 작전 A가 실패할 경우 작전 F로 돌입하는 게 작전 E라고 말했다.

나는 우리한테 작전 F가 없다고 지적했다.

그러자 클리브는 그럼 그냥 작전 E로 진행하는 수밖에 없다고 했다.

나는 작전 E가 작전 F로 진행하는 것인데, 작전 F가 없으면 작전 E를 어떻게 진행시킬 수 있겠냐고 물었다.

클리브는 그럼 작전 G가 더 낫겠다고 말했다.

나는 작전 G가 뭐냐고 물었다.

클리브는 자기도 모르겠다고 했다.

나는 그럼 작전 H는 어떻겠냐고 물었다.

작전 H는 뭐냐고 클리브가 되물었다.

나는 내가 창문을 열고 클리브가 창틀 밖으로 고개를 내밀면, 내가 아주 빠르고 세게 창문을 내려 닫는 게 작전 H라고 설명했다.

그러자 클리브는 그럼 작전 A를 진행했다가, 만약 실패하면 그냥 관두자고 제안했다.

그래서 우리는 일단 작전 A에 착수했다.

작전 A는 아빠가 일에 늦도록 만드는 거였다. 평소에 아빠는 아침에 우리를 할머니 댁에 데려다준 뒤 승선하러 항구로 떠난다. 더 풀어 설명하자면, 차로 우리를 할머니 댁에 실어다주고, 가방을 들어다주고, 같이 길을 걸어 올라가서 초인종을 누르고, 집 안에 들어가서 차 한 잔 하며 잠시 수다를 떨다가, 작별 인사를 하고 출구한다.

이제 할머니는 우리가 아빠랑 같이 배를 탄다고 알고 있기 때문에, 우리가 집 앞에 나타나면 깜짝 놀랄 게 분명했다. 그럼 우린 아빠한테 크게 혼나겠지.

그래서 우리는 아빠가 아예 우리를 할머니 댁에 못 데려다주게 하기로 했다. 너무너무 늦어서 할머니 댁으로 올라가는 길에 우리를 내려주며 '미안하구나, 얘들아. 아빠가 벌써 30분이나 늦어서 같이 올라가줄 수 없을 것 같다. 짐 싸서 할머니 댁에 가 있어. 돌아와서 보자.' 하고 그냥 가버릴 수밖에 없도록.

그러면 우리는 차에서 내려 창문 너머로 인사하고, 아빠가 백미러로 우리를 볼 수 있을 때까지만 할머니 댁 쪽으로 걸어가다가 차가 모퉁이를 도는 순간 잽싸게 도망쳐 내려올 계획이었다. 혹시나 할머니, 할아버지가 배달 우유를 가지러 나왔다가 우리를 발견하면 큰일이니까.

이게 바로 작전 A였다. 이것 말고 클리브가 제안한 다른 작전도 있었지만 나는 들은 척도 안 했다. 클리브의 아이디어는 커다란 마분지 두 장을 우리 모양으로 오려 아빠 차에 태우고, 그동안 진짜 우리는 침대 밑에 숨어 있자는 거였다. 대체 그게 말이나 되는 소리야?

작전 A의 시작은 우리가 먼저 일찍 일어나는 거였다. 출항 전날 밤 우리는 알람을 일찍 맞춰놓고 다음날 새벽 다섯 시에 일어났다. 그리고 몰래 아빠 방으로 들어가, 아빠의 알람을 한 시간 뒤로 늦춰놓았다. 왠지 아빠라면 알람이 늦게 울려도 제 시간에 일어날 것 같아 걱정이 되었다. 어쨌든 우리는 다시 침대로 돌아가

잠을 잤다.

우리가 거짓말쟁이에 불효자라고 생각할 수도 있지만, 나와 클리브는 그저 아빠랑 시간을 같이 보내고 싶은 것뿐이었다. 그게 그렇게 잘못된 건 아니잖아? 물론 들키면 아빠는 엄청 화를 낼 것이다. 하지만 그 위험을 감수한다면 우리는 아빠가 일을 잘 하고 있는지도 볼 수 있고, 결혼하려고 접근하는 아줌마들도 감시할 수 있다.

사실 아빠가 재혼하는 것에 큰 거부감은 없었다. 누구랑 결혼하든 축하해줄 마음이 있었다. 하지만 결혼하기 전 아빠가 우리의 생각을 물어봐줬으면 좋겠다고 생각했다.

우리가 정말로 걱정하는 건 아빠가 어느 날 항해를 나갔다가 배에서 부자 아줌마를 만나 사랑에 빠지는 거였다. 바다 위의 낭만에 푹 빠진 나머지 선장한테 주례를 부탁해 즉석에서 식을 올릴지도 모르기 때문이다. 그래서 우리는 아빠가 혹시 모르는 아줌마와 함께 돌아와서 "얘들아, 너희 새엄마란다!"라고 할까 봐 늘 노심초사였다.

만일 그 아줌마가 우리 맘에 안 들면 어쩌지? 거꾸로 아줌마가 우리를 싫어하면? 아빠가 집에 없을 때 우리를 구박하고 하루 종일 굶긴다면?

우리는 아빠와 결혼할 새엄마에 대해 아주 엄격한 기준을 갖고 있었다.

첫째로 착하고 친절하고 아이들을 좋아하며, 또 모든 것에, 특히 용돈에 너그러워야 한다.

둘째로 아이스크림 사 먹는 걸 돈 아깝다 생각하지 않았으면 좋겠고, 디즈니랜드로 소풍 가는 걸 반겼으면 좋겠다.

마지막으로 예쁘면 좋겠다고 생각했다. 왜냐하면 클리브 같은 녀석과 한 집에 살다 보면, 중간중간 예쁜 사람을 보며 눈을 정화하고 싶다는 생각이 들기 때문이다. 동생과 함께 있다가 정말 더이상 녀석의 얼굴을 못 견디겠으면, 나는 위층으로 올라가 목욕탕 바닥에 앉아 가만히 변기를 관찰하곤 했다. 그러면 마음이 왠지 안정됐는데, 아마 변기통이 클리브보다 훨씬 예쁘고 매력적이기 때문이겠지.

그렇다고 클리브가 전적으로 못났다는 건 아니다. 좋은 점도 참 많다. 지금 하나도 떠오르지 않는 게 문제지만.

원래 일곱 시에 울려야 할 알람이 여덟 시에 울렸고, 한 시간 늦게 일어난 아빠는 미친 듯이 움직이기 시작했다. 인간이 그렇게 빠르게 움직이는 걸 본 적이 없었다. 슈퍼마켓에서 과자 시식 코너를 본 클리브가 카트 세 대를 뛰어넘어 달려갔을 때도 그 정도로 빠르지는 않았다.

우리 방에 들어온 아빠가 이불을 끌어당기며 말했다. "늦었다, 얘들아! 늦었어! 어서 옷 입자. 지금 바로 할머니 댁에 가야 해!"

딱 우리가 계획한 대로였다. 우리는 침대에서 나와 최대한 느릿느릿 옷을 갈아입었다. 그 와중에 클리브는 양말 한 짝까지 잃어버렸다.(물론 일부러.)

"아침 먹자!" 아빠가 불렀다. "어서!"

"세수해도 돼요?" 클리브가 소리쳤다.

"그 더러운 얼굴을 뭐 하러?" 내가 말했다.

"빨리!" 아래층에서 아빠가 소리쳤다.

"이 닭을 시간은요?" 클리브가 말했다.

"밥도 안 먹었는데? 할머니 댁에 가서 닦아! 일단 내려와!"

우리는 아빠가 의심하지 않도록 서두르는 척이라도 하기로 했다. 아침식사를 마치고서 우리는 짐을 챙겼고, 아빠도 마지막으로 가방을 확인한 후 도난 방지 알람을 켜고 집에서 나왔다.

우리를 차 안에 밀어 넣은 아빠는 할머니 댁까지 빛의 속도로 운전하기 시작했다. 하지만 가는 길에 차가 막히자, 초조히 시계를 보던 아빠가 마침내 입을 열었다.

"얘들아, 늦어도 너무 늦었구나. 길모퉁이에 세워줄 테니 할머니 댁까지 걸어 올라갈 수 있지? 얼마 안 걸리잖아."

"아, 아빠, 그래도—" 우리는 떼를 썼다.(물론 즐거운 마음으로.)

"미안하다, 얘들아. 하지만 시간 안에 부두에 도착 못 하면 큰일 나."

아빠는 큰길에서 할머니 댁 쪽으로 방향을 꺾은 후 차를 세웠다.

"자," 아빠가 말했다. "몇 주 후에 보자. 방학 잘 보내고, 둘 다 사랑한다!"

빠른 포옹, 빠른 뽀뽀, 빠른 인사를 마친 후, 배낭과 함께 인도에 덩그러니 버려진 우리는 다시 큰길로 돌아가는 아빠 차를 향해 쓸쓸히 손을 흔들었다.

갑자기 후회가 마구 밀려왔다. 앞으로 벌어질 일들에 속수무책인 우리의 모습이 너무나도 작고 외롭게 느껴졌다.

클리브가 내 손을 잡으려 했지만 나는 잽싸게 뺐다.

"가기 싫어." 클리브가 징징댔다. "밀항자가 되긴 싫어. 배에 숨기 싫어. 할머니 댁에 가고 싶어. 할머니 댁은 따분하지만 편하고 안전하잖아. 밥이 맛없어도 먹을 수는 있잖아."

솔직히, 나도 같은 생각이었다. '그래, 그럼 할머니 댁에 가자. 뭐라고 말씀드릴지 생각해보자.'라는 말이 목구멍에서 마구 올라오고 있었다.

따지고 보면 다 클리브 잘못이었다. 지레 겁먹고 평정을 잃는 바람에 나까지 흔들리게 된 거니까. 안 가게 된다면, 앞으로 두고두고 탓할 생각이었다.

바로 이렇게. '맘대로 해, 클리브. 네가 겁쟁이에다 뭐든지 쉽게 포기하는 녀석이란 거 이미 알고 있었어. 나 혼자라면 죽을 때까지 밀항자로 살 수도 있었을 거야. 근데 다시 말하지만, 네가 나를 방해했어. 내 가능성과 모험의 기회를 막은 게 너라구. 하지만 결국 이렇게 됐네. 이렇게 끝난 거야. 넌 항상 나한테 짐이고 늘 나를 실망시키는구나.'

바로 그때 버스 한 대가 왔다. 항구로 가는 284번 버스였다. 버스의 모습이 클리브를 자극했는지, 아니면 284가 마법의 숫자인지 모르겠지만, 어쨌든 클리브는 순식간에 마음을 바꿨다.

"버스다!" 클리브가 말했다. "저걸 타면 항구까지 갈 수 있어. 가자!"

녀석은 배낭을 집어 들고 달리기 시작했다. 그러니 따라가는 수밖에 더 있겠어? 동생 혼자 밀항자가 되도록 놔둘 순 없잖아? 나에겐 5분 일찍 태어난 형으로서 동생을 돌볼 책임이 있었다.

클리브가 손을 내젓자 버스가 멈추더니 문이 열렸다. 클리브는 버스 안으로 폴짝 뛰어 올라갔다.

"형이 낼 거예요."

그렇게 말하고 클리브는 안으로 죽 걸어 들어가 쇼핑백을 안은 여자 맞은편에 앉아 멍청한 표정을 짓기 시작했다. 성질을 돋우려고 일부러 짓는 표정이었다.

결국 나는 어렵게 모은 용돈으로 클리브의 버스 요금까지 내게 되었다.

"항구까지 두 장요."

"편도?" 기사 아저씨가 물었다. "아니면 왕복?"

나는 잠시 주저했다. 편도를 사야 할까, 왕복을 사야 할까? 왕복 티켓의 유효 기간은 하루 이내였다. 특별한 경우엔 길어봤자 1주일이었다.

편도, 아니면 왕복?

음, 오늘 안에 돌아올 일은 없지 않을까? 그리고 배를 타는 데 성공한다면 일주일보다 더 오랜 시간 항해를 하게 되겠지. 사실,

아예 돌아올 일이 없을지 누가 알겠어? 정말 안 돌아올지도 모른다. 영원히 밀항자로 살거나, 신기한 외국 항구에서 내리거나, 호주에서 새로운 삶을 시작할지도 모른다.

"응?" 기사 아저씨가 초조히 물었다. "편도를 살 거니, 왕복을 살 거니? 돌아올 거야, 아니야?"

"편도로 주세요. 안 돌아올 거예요. 꽤 오랫동안요."

버스가 정류장을 떠났고, 나는 클리브 옆에 가서 앉았다.

"그런 표정 좀 짓지 마, 클리브."

클리브가 깜짝 놀라며 나를 봤다.

"아무 표정도 안 지었는데?"

그제야 녀석이 원래 그렇게 생겨먹었다는 사실을 깨달았다.

네 개의 관문

우리가 어떻게 배를 탔고 죽을 뻔한 상황에서 어떻게 겨우 탈출했는지에 대해 이야기를 풀기 전에('세상에서 가장 심장 떨리는 탈출'로 기네스북에 올라도 될 만큼 아슬아슬한 상황이었다), 잘난척대마왕 왓슨에 대해 먼저 설명하겠다.

왓슨은 늘 잘난 체를 하고 다녀서 잘난척대마왕이란 별명이 붙었다. 만약 그 정도로 잘난 체를 안 했다면 '입냄새'나 '캥거루 낯짝' 같은 다른 별명이 붙었을 것이다.

잘난척대마왕 왓슨은 우리 형제와 같은 반이었다. 우리를 처음 만났을 때, 녀석은 이렇게 인사했다.

"좋은 아침이야, 애들아. 내 이름은 앵거스 왓슨. 너희 이름은 뭐니?"

"아그네스? 무슨 남자 이름이 그래." 클리브가 얼굴을 찡그리고 말했다.

"앵거스!" 왓슨이 말했다. "아그네스가 아니고. 근데 너희는 어디 사니?"

어디 사는지 대답한 후, 왠지 왓슨이 자기한테 같은 질문을 해줬으면 하고 바라는 것 같다는 기분이 들어 똑같이 어디 사냐고 물어봐줬다.

"우리는," 앵거스 왓슨은 마치 혼자가 아니라 일행이 여럿 있다는 듯 '우리'라는 주어를 썼다. "우리는, 영주의 장원에 살아."

우리의 표정이 어리벙벙해 보였던지, 잘난척대마왕 왓슨이 이어 물었다. "들어본 적 있어? 영주의 장원?"

그때 클리브가 입을 열었다.

"장원이야 알지. 장원 급제했다 할 때 그 장원?"

"그런 거 말고." 왓슨이 말했다. "영주(領主) 소유의 땅 말이야. 그레빌엔 장원(莊園)이 두 개 있는데, 우리는 그중에서 오래된 장원에 살아."

"어이구," 클리브가 말했다. "안됐다, 아그네스. 오래된 집에 살다니 참 유감이야. 그래도 걱정 마. 너희도 곧 형편이 나아져서 우리같이 새 집에 살 수 있을 거야. 우리 집엔 방이 세 개 있는데, 너희 집엔 몇 개나 있냐?"

"열두 개."

왓슨의 대답에 클리브가 얼굴을 찡그렸다.

"집이 큰가 보네?"

"어마어마하지."

"어떻게 그런 데서 살아?"

"우리는 부자거든."

"어떻게 부자가 됐는데?" 클리브가 또다시 물었다. "도둑질이라도 하냐?"

"말도 안 돼." 왓슨이 화를 내며 말했다. "절대 아니야. 우리는 아주 정직해. 정직하게 부자가 된 거야."

클리브는 왓슨을 손가락으로 찌르며 의심의 눈초리로 바라봤다. 왓슨은 그게 기분 나쁜 모양이었다. 녀석이 입은 셔츠는 클리브의 손가락과 다르게 아주 깨끗하고 아침에 새로 꺼낸 것이었으니까.

"그렇게 부자면," 클리브가 말했다. "우리 학교엔 왜 다녀? 부자 애들이 다니는 부자 학교 가서 부자 수업 받으면 되잖아."

"왜냐하면," 왓슨이 설명했다. "우리 부모님은 공교육을 믿으시기 때문이야."

"공교육? 우리 학교가 텅 비었다는 소리야?" 클리브가 발끈하며 물었다. "화장실 변기가 좀 깨지긴 했어도, 우리 학교는 좋은 학교야. 지붕에 비가 새긴 하지만, 그래도 충분히 자랑스러워할 만한 학교라구."

"아니, 아니."

클리브의 심기를 건드렸다는 걸 깨달았는지, 왓슨이 슬금슬금 뒷걸음쳤다.(클리브의 심기를 건드려서 좋을 건 없다. 심기가 정확히 무엇을 뜻하는지는 모르지만, 어쨌든 클리브의 심기를 건드리는 일은 피하는 게 좋다.)

"우리 학교가 나쁘다는 게 아니야. 사립학교에 다니면 부자 애들하고만 친해질 테고, 그럼 인맥도 좁아지고 세상에 대한 시야도 좁아지고 결국 버릇없게 클 수 있잖아. 그런데 이런 학교에 오면 가난한 애들, 중산층, 거지들하고도 친해질 수 있으니까 더 풍부한 경험을 쌓을 수 있다는 거지. 그래서 우리 부모님이 날 여기 보내신 거야."

클리브가 또다시 표정을 굳혔다.

"거지들이라고?"

"내 말은, 여기 오면 거지들하고도 몸을 부대끼면서 학교생활 하니까 더 넓은 시야를 갖게 될 거란 거지."

클리브는 잠시 생각했다.

"그럼 넌 거지들이 좋아?"

"음, 지금 너희 둘이랑도 얘기하고 있잖아?"

어쨌든 내가 하려던 말은, 잘난척대마왕 왓슨이 방학 때마다 가족들과 호화로운 휴가를 즐긴다는 것이다. 한 번은 코끼리 사진을 찍으러 아프리카로 사파리 여행을 갔는데, 식중독에 걸리는 바람에 내내 화장실에서 시간을 보내야 했단다. 그 휴가에서 기억에 남는 건 코끼리 크기만 한 똥밖에 없다고 했다. 타지마할을 보러 인도에 갔을 때도 병에 걸려서 내내 화장실에 갇혀 있었단다.

지금 왓슨에 대한 설명은 이 정도로 마치겠다. 앞으로의 이야기에서 왓슨이 얼마나 큰 비중을 차지할지는 미리 말하지 않겠지만, 독자 여러분이 우선 기억해야 할 점은 왓슨이 방학 때마다 가족들과 함께 호화로운 휴가를 즐긴다는 것이다.

호화로운 휴가.

예를 들어 사파리라든가,

크루즈라든가,

그런 것들 말이다.

다시 우리 이야기로 돌아오겠다. 나와 클리브는 항구 행 버스에 앉아 우리 앞에 놓인 운명을 향해 나아갔다.

얼마 후 버스가 부두 정류장에 정차했고, 우리는 버스에서 내려 여객 터미널로 향했다. 사람들 수백 명이 와글와글 모여 있는 모습이, 마치 피난민들이 짐을 바리바리 싸서 약속된 땅으로 떠나는 성경의 한 장면 같았다. 노아의 방주 같기도 했다. 성경 속에서는 동물들이 한 쌍씩 순서대로 탑승한 데 비해, 터미널에서는 질서 없이 손님들이 우르르 몰려든다는 게 다르긴 했지만.

다행히도 유니폼을 입고 사람들을 줄 세우는 직원들이 있었다. 이 정도는 아무것도 아니라는 듯 그들은 능숙하고 재치 있게 손님들을 다루었다.

그런데 크루즈선 탑승에는 한 가지 큰 문제가 있었다. 챙겨 오지 않은 게 있었다. 물론 짐도 챙겨 왔고, 수영복도 챙겨 왔고, 갈아입을 바지도 준비해놓았다. 하지만 여전히 깜박 잊은 게 있었다.

바로 티켓이었다.

내가 살아온 날이 그리 많지는 않지만, 여태껏 살면서 깨달은 게 있다면 바로 모든 것에는 티켓이 필요하다는 점이다. 이 세상에서 티켓 없이 할 수 있는 건 별로 없다. 영화를 보려 해도 티켓이 필요하고, 기차나 버스를 탈 때도, 좋아하는 가수의 공연을 볼 때도 늘 티켓이 필수다. 물론 주차 위반 딱지같이 아무도 원치 않는 티켓도 있긴 하다.

티켓 없이 엄청난 규모의 여객 터미널을 떠돌면서, 만약 조심하지 않으면 모든 계획이 물거품이 될 수도 있겠다는 생각이 들었다.

그날 항구의 풍경은 정말 엄청났다. 아빠가 일하는 배, 모나리자호(유명한 그림에서 따온 이름이었다)가 터미널 바로 밖에 정박되어 있었고, 그 옆에는 다른 배들이 한 줄로 죽 떠서 출항이나 뱃짐이 내려지기를 기다리고 있었다.

"여행하는 데 잡지가 필요할까?" 클리브가 신문 가판대를 지나며 물었다.

"만화책 하나 사자." 내가 말했다. "2주는 버틸 수 있을 거야."

"오케이."

클리브가 만화를 사러 간 동안, 나는 주위를 둘러보며 상황을 파악했다.

여객 터미널은 여러모로 공항 터미널과 비슷했다. 공항에서처럼, 사람들은 커다란 짐을 확인하고 있었다. 나는 대화를 엿듣기 위해 승선을 기다리는 탑승객들에게 슬금슬금 다가갔다. 대충 보니, 티켓을 직원에게 보여준 후 선실 번호를 받고 컨베이어 벨트에 짐가방을 올려두고 가면 되는 것 같았다.

"짐은 선실로 운반해드리겠습니다, 부인." 커다란 모자 박스를 맡기며 불안해하는 여자 탑승객에게 데스크 직원이 친절하게 설명했다. "여기 티켓 받으시고요. 아, 여권 좀 보여주시겠습니까?"

여권!

나는 주머니를 확인했다. 휴, 다행히 여권은 주머니 안에 안전히 들어 있었다. 전에 프랑스로 수학여행 갈 때 아빠가 만들어준 거였다.(프랑스 여행은 꽤 재미있었다. 선생님은 우리가 학교에서 배운 프랑스어를 사용하길 바라셨지만, 우리는 그보다 프랑스인들한테 영어를 가르치는 게 더 낫겠다고 생각했다.)

여자가 여권을 꺼내 직원에게 보였다. 데스크 직원은 고개를 끄덕인 후 여권과 티켓을 여자에게 돌려주었다.

"좋은 여행 되십시오, 부인."

"고마워요."

"다음 분 오세요."

직원이 나를 지목했다.

"다음 차례니, 꼬마야?"

"아, 아뇨." 나도 모르게 말을 더듬거렸다. "누구 기다리고 있어요."

"그럼 잠깐 비켜서주면 고맙겠구나. 거기는 통로란다."

나는 통로 가장자리에서 클리브가 만화책을 사서 돌아오길 기다렸다. 한참 후 나타났을 때, 녀석의 입은 초콜릿으로 범벅이 되어 있었다.

"초콜릿 먹었어?"

"아니."

클리브의 주머니에 박혀 있는 초콜릿 포장지가 눈에 띄었다.

"내 건 없어?"

"안 먹었다니까."

거짓말이 확실했지만 증명할 방법이 없으니 어쩔 수 없었다.

"만화책은 꼭 빌려줘야 해."

"알았어. 대신 뚫어져라 보면 안 돼." 클리브가 말했다. "저번에 뚫어져라 읽다가 정말 구멍이 뚫렸잖아."

"내가 언제?"

"그랬어." 클리브가 말했다. "책에 구멍을 뚫었다구."

녀석의 바지 주머니에서 초콜릿 사탕 봉지가 삐져나와 있는 것도 눈에 들어왔다. 이따가 뱃멀미하면서 이렇게나 초콜릿을 사 먹은 걸 후회하게 될 텐데. 물론 배를 성공적으로 탔을 경우의 얘기지만.

"들어봐, 클리브. 문제가 하나 생겼어."

"뭔데?"

"티켓이 없어."

"티켓이 없어? 왜 없어?"

내 인내심이 점점 달아나고 있었다.

"왜냐면 우린 밀항을 하는 거니까."

"그럼 밀항자 데스크에 가면 되지 않나?" 클리브가 말했다. "거기 담당 직원이 있을 거 아냐."

"밀항자 데스크 같은 건 없어. 그건 왓슨네 집에 도둑질하러 가서 거기 일하는 사람한테 도둑용 입구가 어디 있냐고 묻는 거랑 똑같아."

클리브의 표정이 굳었다.

"배에 타려면 방법은 하나뿐이야."

"뭔데?"

"바로 '혼란' 전법."

클리브는 멍한 표정이었다.

"혼란 전법? 그게 무슨 말이야?"

"사람들을 혼란스럽게 하는 거지."

"아, 미안." 클리브가 말했다. "형 말이 좀 혼란스러워서."

"어떤 말이 혼란스러운데?"

"그 혼란 말이야. 그게 혼란스러워."

"어떻게 혼란이 혼란스러워?"

"모르겠어."

"왜?"

"혼란스러워."

"야, 클리브. 내가 여기서 탑승 절차를 좀 보고 있었거든. 우린 지금 문 세 개, 아니 네 개를 통과해야 해. 봐봐."

나는 관문을 하나하나 가리키기 시작했다.

"일단 여권 심사를 통과해야 해."

"우린 여권이 있잖아."

"맞아. 그 다음은 보안 심사야."

"그게 뭔데?"

"우리가 칼이나 총이나 폭탄을 갖고 있는지 보는 거야. 혹시 그런 거 갖고 있어?"

그 물음에 내 눈을 자꾸 피하는 게, 뭔가 수상쩍었다.

"솔직히 대답해. 폭탄 가져왔어?"

"아니."

"확실해?"

"응."

"그럼 총은?"

"아니."

"그럼 뭐가 문제야?"

"맥가이버 칼을 가져왔어."

저번 출항 때 아빠가 가져온 기념품이었다. 내 것은 잃어버렸지만.

"그건 괜찮을 거야. 갖고 왔다고 검색대 직원한테 얘기해. 숨기지 말고. 그리고 말이야—"

"왜?"

"그걸로 사람들 위협하면 안 돼."

"내가 바보인 줄 알아?"

"좋아. 여권 심사대랑 보안 검색대를 통과하면 부둣가로 나가게 될 거야. 저기서부터 이제 복잡해져. 봐봐."

나는 배로 이어진 경사로가 보이도록 클리브를 창가로 데려갔다. 경사로 아래쪽에서는 납작한 모자를 쓰고 유니폼을 입은 선원 하나가 승객들의 탑승권을 확인하고 있었고, 위쪽에서는 또 다른 선원이 다시 한 번 탑승권을 확인하고 선실 방향을 안내하고 있었다.

"저게 문제야."

"나, 좋은 생각이 있어." 클리브가 말했다. "저기를 통과하지 말고, 그냥 밧줄로 배에 매달리면 되잖아. 타잔처럼 말이야. 그리고 아무도 안 볼 때 갑판으로 올라가는 거지."

"밧줄?"

주위에 배에 매달 밧줄이 없다는 게 너무도 뻔했기 때문에, 클리브는 잠시 입을 다물고 생각에 빠졌다.

"아니, 밧줄도 안 가져왔단 말이야?"

갑자기 클리브가 내 탓을 했다.

"그런 걸 왜 가져오겠어! 그리고 내 가방에 그런 게 들어갈 자리나 있어?"

"흠." 클리브가 말했다. "밧줄이 없으면 크레인에 매달리면 되지 뭐."

나는 창밖으로 시선을 돌렸다. 그나마 그럴싸한 생각이었다. 크레인이 항해에 필요한 물품들을 부두에서 갑판 위로 옮기고 있었다. 그 모습을 살피고 있는데, 그때 멋진 남색 유니폼을 입고 손에 비품 체크 리스트를 든 채 갑판을 가로지르는 아빠가 눈에 들어왔다.

클리브한테 말해주기도 전에, 아빠는 시야에서 사라졌다.

"자, 클리브. 우린 이제 탑승객들 사이에 슬쩍 끼어 있어야 해. 일행인 것처럼 보이게 말이야. 그 사람들보다 먼저 직원한테 가서 뒤에 오는 사람들이 우리 티켓을 갖고 있다고 말하는 거지. 그러고서 직원이 뒤따라오는 일행을 기다리는 동안, 잽싸게 배 안으로 들어가는 거야. 만약 뒤의 일행이 수가 많다면 서류도 많고 사람도 많고 해서 저 티켓 확인하는 선원이 혼란에 빠지겠지. 그럼 우린 누가 알아차리기 전에 얼른 현장을 빠져나가면 돼."

"그래. 그러지 뭐."

"더 좋은 생각 있어?"

"스노클을 가져와서," 클리브가 말했다. "배까지 수영해 가는 거야. 빨판 신발을 신고 벽을 타고— 아, 아니다."

"말도 안 되는 소리 관둬. 내가 말한 대로 하자."

그래서 우리는 배낭을 메고, 여권을 들고, 1번 관문을 향해 갔다.

"여권요!"

나는 남자 직원에게 여권을 내밀었다. 내가 갖고 있던 클리브의 여권도 같이 건넸다. 클리브한테 여권이나 신분증 같은 문서를 맡기는 건 어리석은 짓이다. 화장실에서 휴지를 잃어버릴 정도로, 녀석은 종이로 만들어진 것이라면 뭐든 간수를 못 하니까.

"너희만 왔니?" 직원이 물었다.

"아, 아뇨. 저기 부모님이 먼저 가고 계세요. 바로 저기요."

나는 우리 앞의 일행 가운데 끼어 있는 불특정 남녀에게 손을 흔들어 보였다.

"길 잃으면 안 되니까 부모님께 꼭 붙어 다녀야 한다."

이어서 클리브의 여권 사진을 확인하던 직원이 물었다.

"이게 뭐니?"

"제 동생 클리브예요."

"사람 같아 보이지 않는걸." 직원이 말했다.

사실이기 때문에 할 말이 없었다.

"꼭 선인장에 앉아 있기라도 한 표정이구나. 빨리 사진을 갱신하는 게 좋을 거야."

직원은 여권을 돌려주며 우리한테 지나가라는 손짓을 보냈다.

"다음!"

첫 번째 관문을 통과한 우리는 두 번째를 향해 나아갔다.

다음은 보안 검색대였다. 인체 스캐너를 통과하기 전에 가방과 주머니 안의 금속성 물체를 바구니에 담아 엑스레이 기계에 넣어야 했다.

클리브가 먼저 바구니에 주머니 속 물건들을 담았다. 녀석의 주머니엔 정말 온갖 것들이 다 있었다. 그런 역겨운 내용물을 그렇게 대놓고 공개하는 건 정말 무례한 짓이었다.

"죽은 쥐며느리는 왜 갖고 있니?" 바구니 안을 보며 직원이 물었다.

"제가 키우는 거예요."

마지막으로 맥가이버 칼을 바구니에 담은 클리브는 스캐너를 통과해 나갔다. 이상 무. 나도 동생을 따라 스캐너를 통과했고, 우리는 바구니에서 소지품을 주섬주섬 챙기고 가방을 멨다.

두 번째 관문도 무사통과. 이제부터가 어려웠다. 세 번째 관문과 네 번째 관문. 정확히는 경사로 아래쪽과 위쪽. 저기만 통과하면 바로 승선이었다.

우리는 항구 쪽으로 난 문가에서 짐을 정리하는 척하며 시간을 끌었다. 바로 밖에 배가 있었다. 고층 빌딩처럼 어마어마한 크기였다. 갑판에 비행기도 착륙할 수 있을 정도로 컸다. 벽면에는 동그란 창문들이 끝없이 줄지어 나 있었다. 흰색 창틀이 햇빛에 어찌나 빛나던지 선글라스라도 가져올걸 싶었다.(사실 선글라스를 가져오긴 했다. 하지만 지금은 그런 걸 쓰고 여유 부릴 상황이 아니었다.)

정말 물 위를 떠다니는 거대한 도시 같았는데, 사실 탑승하는 사람의 수를 생각하면 그리 과장된 표현은 아니었다.

클리브와 나는 기회를 엿보며 문가에 머물렀다. 몇몇 노년 부부들이 걸어 지나갔다. 하지만 왠지 우리가 일행인 척 끼어들면 클리브를 불편해할 것 같다는 생각이 들었다. 노인들은 이상하게 클리브를 보면 불안해했다. 경찰들도 마찬가지였다. 병원에 있는 사람들도. 특히 호흡기나 각종 기구를 달고 있는 환자들은 클리브가 곁에 오는 걸 아주 질색했다. 예전에 할아버지가 엉덩이뼈 문제로 병원에 입원하셔서 병문안을 간 적이 있는데, 그때도 병동에 있는 모든 사람들이 클리브를 보고 몹시 불안해했다. 환자들 모두 간호사에게 커튼을 쳐달라고 하거나, 링거 줄이 빠지지 않게 잘 잡아달라고 부탁했다.

어쨌든, 한참을 기다린 끝에 마침내 기회가 찾아왔다. 대가족한 무리가 터미널의 출발 라운지에서 우리 쪽으로 우르르 몰려오고 있었다. 할머니, 할아버지, 아빠, 엄마, 삼촌, 고모, 아이들까지 몇 세대가 함께 여행을 온 듯했다.

"어서!" 나는 클리브한테 속삭였다. "지금이야!"

우리는 그 무리에 자연스레 흡수되었다. 팔꿈치로 밀치며 가족들 사이를 비집고 들어가 경사로까지 함께 걸어갔다.

"탑승권 준비해주세요. 티켓 어디 있니, 꼬마야?"

"아빠가 갖고 있어요."

"그럼 아빠 올 때까지 잠시 기다려줄래?"

하지만 우리는 계속해서 걸었다. 아까 그 가족들 사이에 끼어 있던 아이들도 우리와 함께 걸어갔다.

그렇게 우리는 경사로를 따라 올라갔다.

"잠시만, 얘들아. 기다려."

하지만 다른 아이들은 직원의 말을 무시했다. 그래서 우리도 못 들은 체했다. 고개를 푹 숙이고, 경직된 발걸음으로 경사로를 따라 계속해서 걸었다. 이제 정말 운명의 순간이었디. 죽거나, 살거나. 다음 관문만 통과하면 탑승이다. 그렇지 못하면 계획은 물거품이 된다. 그리고 실패에는 그에 알맞은 벌이 뒤따른다.

"어이, 거기 둘!"

"아빠가 티켓 갖고 있어요."

경사로 아래쪽에서 주머니를 뒤지며 탑승권을 찾고 있는 대가족을 슬쩍 보더니 직원이 말했다.

"그래. 그럼 잠시 부모님 오실 때까지 여기서 기다려라. 통로 막지 말고 옆쪽에 비켜서 있어줄래?"

우리는 직원의 말을 따랐다. 경사로 꼭대기의 길가에 붙어서 있던 우리는 조금씩, 아주 조금씩 배 쪽으로 옆걸음질 했다. 한 발, 또 한 발. 매번 디딜 때마다 조금씩 더 멀리 나아갔다. 그러다가,

"오케이, 클리브. 지금이야!"

우리는 배 안으로 들어갔다.

5장

아래로 아래로

모나리자호에 탄 건 처음이지만, 대충 배 구조가 어떻게 생겼는지 알기 때문에 주위가 그리 낯설지는 않았다.

앞서 말했던 것처럼, 오픈데이 때 아빠는 우리를 데리고 와서 배를 구경시켜주며, 각종 선실과 장비에 대해 설명해주었다. 모나리자호는 아직 오픈데이 행사를 한 적이 없지만, 전에 모나리자호의 자매 선박을 구경해본 적이 있었기 때문에 우리는 길을 잃지 않을 자신이 있었다. 그 자매 선박의 이름은 '다빈치'였다. 다빈치는 '모나리자'를 그린 화가다.

배들마다 다른 점이 조금씩 있긴 하지만, 대부분의 커다란 크루즈 배들에게 적용되는 법칙은 '위는 호화판, 아래는 시궁창'이었다.

정말 사람들이 사는 마을과 똑같았다. 좋은 것들은 모두 땅 위에 있다. 그 밖의 지저분한 하수구, 가스 파이프, 전선과 수도관은 눈에 보이지 않도록 땅에 묻혀 있다.

크루즈선에서도 마찬가지로 대부분의 흥미로운 것들은 상갑판 층에 몰려 있었다. 수영장, 체육관, 영화관, 무도회장, 레스토랑, 바, 놀이동산, 카지노, 쇼핑몰 등등. 또 가장 크고 가장 호화로운 1등급 선실과 특실도 상갑판에 있었다. 특실은 2주 숙박비가 한 사람이 일생 동안 버는 돈과 맞먹을 정도로 값비싼 방이었다.

휴가 한 번에 2만 파운드를 쓰는 사람들도 있다고 예전에 아빠가 말해줬다. 2만 파운드라니! 상상도 하기 힘든 액수였다. 클리브 같은 녀석이라면 주 5일에 토요일까지 일을 한다고 해도 평생 그런 돈은 만져볼 수 없을 것이다.

특실은 정말 말 그대로 특별했다. 넓은 공간에 커다란 더블베드가 놓여 있고, 화장실에는 깊은 욕조와 바다가 한눈에 보이는 커다란 창문들이 나 있었다. 그 바로 아래 레벨의 선실은 '슈피리어'실인데, 특실보다는 침대가 조금 작고 조그마한 창문들이 나 있었다. 그보다 더 아래의 일반실에는 욕조 대신 샤워실이, 일반 침대 대신 간이침대가 있었다. 그래도 작은 창문 하나가 나 있어 낮에는 햇볕이 조금이나마 들었다.

거기서 더 내려가면, 물속으로 가라앉는 듯한 느낌이 몸을 누르기 시작한다. 가장 작고 값싼 방들이 있는데, 배의 가장 안쪽에 위치한 이 선실들은 아예 창문조차 없었다.

이곳에는 창문이 없기 때문에 시계를 보지 않으면 지금이 낮인지 밤인지도 알 수 없다. 한낮에 갑판 위에 햇볕이 뜨겁게 내리쬐고 있더라도 전혀 느끼지 못할 공간이었다.

그리고 이 저렴한 선실들의 또 한 가지 특징은 (광고 책자에 제대로 설명되어 있을 것 같지 않지만) 바로 방음이 안 된다는 거였다.

선체의 안쪽으로 들어갈수록, 배를 움직이는 엔진과 가까워진다. 그리고 엔진과 가까워질수록, 그 소리가 더 크게 들려온다. 한가로운 갑판 위에서, 엔진의 존재감은 배가 우아하게 수면을 가로지르는 동안 멀리서 윙윙거리는 벌만큼이나 작다. 하지만 안쪽 선실의 사정은 다르다. 철로 된 벽과 바닥이 엔진의 진동 때문에 지진이 난 것처럼 덜덜 떨릴 정도다.

하지만 그렇게 가장 작고 싼 선실이라도, 선원들의 방보다는 나았다.(물론 여기서 '선원들'은 선장과 1등항해사를 제외하고 하는 말이다.)

아빠 말에 따르면 선원용 선실이 엔진실 바로 위나 옆에 있으면 밤새도록 소음에 시달린다고 한다. 하루나 이틀 정도 지나면 적응이 돼서 항해 중에는 별로 불편한 점이 없지만, 집에 돌아와서 오랜만에 정적 속에서 자면, 그제야 그동안 얼마나 시끄러운 곳에서 잠을 청했었는지 깨닫게 된단다. 또, 한 방을 네 명이 쓰는데, 그중 몇 명은 코를 심하게 골거나 이를 갈기도 한단다.

어쨌든, 모나리자호의 구조를 대충 파악하고 있는 나와 클리브는 갑판 위의 빈 선실을 찾아 헤매는 건 소용없다는 걸 알고 있었다. 1등급 선실 중에서 문 앞에 '어서 오세요, 클리브 형제. 들어와서 편히 쉬세요.'라고 쓰여 있을 방은 없었다.

절대로.

사실 우리를 위한 선실은 1등급은커녕 그 어디에도 없었다. 각 선실에 들어가려면 키가 필요한데, 키는 배를 탈 때 티켓과 탑승권을 제시해야만 받을 수 있었다.

우리의 유일한 희망은 더 아래로 내려가는 거였다. 더, 더, 더, 뭔가 쓸 만한 공간을 찾을 때까지.

그래서 우리는 계속해서 선체 아래쪽으로 내려갔다.

아무리 싸고 별로인 선실이더라도 비좁고 답답한 건 아무래도 상관없었다. 선실 안에서 할 일은 잠자는 것밖에 없으니까. 다른 모든 놀 거리는 갑판 위에 올라가서 즐기면 됐다. 다른 승객들과 함께 똑같은 시설을 사용할 수 있었다.(아마 특실 사람들은 그들만을 위해 준비된 특별한 시설을 사용하겠지만.)

나는 짐을 놓을 곳을 찾으며 다른 갑판으로 이동하던 중 이 이야기를 클리브한테 전했다.

"그러니까 잠만 자는 곳이야, 클리브. 아주 좁아도 상관없어. 잠잘 때 빼고는 위에서 수영하고, 시원한 거 마시고, 의자에 누워 선탠 하면서 시간을 보낼 테니까."

"그리고 먹으면서." 클리브가 말했다.

"그래, 먹으면서. 그리고 갑판에서 조깅도 할 수 있어."

"그러고서 또 먹고."

"그래. 그러고서 고리 던지기 놀이를 하거나 테니스장에서 테니스를 치는 거지."

"그러고서 또 먹고."

녀석은 먹는 걸 정말 좋아한다.

"마시고."

마시는 것도 좋아한다.

그때였다.

"쉿!" 나는 급히 속삭였다. "누가 오고 있어. 여기 숨어!"

워낙에 이곳저곳 사람들이 많았지만, 그중에서도 경계해야 할 사람들이 있었다. 바로 사무장 유니폼을 입은 사람이었다. 아무리 거대하고 넓은 배라 해도, 아빠와 마주칠 가능성이 없는 건 아니었다. 그리고 마주치는 순간, 게임 오버였다.

아빠는 경험이 풍부한 고위 승무원이다. 그래서 보통 1등급 선실 쪽에서 일을 한다. 우리가 그쪽만 피한다면 아빠와 마주칠 가능성이 반 이상 줄어든다.

다행인 점이 한 가지 더 있다면, 아빠가 우리를 알아보지 못할 수도 있다는 거였다.

'에이, 설마 못 알아보겠어?'라고 생각하는 독자들이 있을 것이다. 아빠가 아들을 몰라본다는 게 말이 되는 소리야?

두 가지 답을 할 수 있다. 첫째로, 우리는 선글라스를 쓰고 다닐 것이다. 둘째로, 사람들은 종종 예측하지 못한 것은 보지 못한다.

아빠 생각에 우리는 지금 할머니 댁에 있다. 그런데 갑판의 수영장을 지나가다가 우연히 선글라스를 쓴 남자애 둘이 수영복을 입고 의자에 누워 있는 걸 본다고 해서, 그게 우리일 거라고 생각할까? 아니다. 아빠 눈에는 그냥 수영장 옆에서 쉬고 있는 어린애

두 명일 뿐이다. 보지만 알아보지 못하는 것이다. 왜? 우리는 여기 있을 수가 없으니까. 우리는 할머니 댁에 있으니까. 그러니까 우리는 여기 없는 거나 마찬가지다. 실제로는 여기 있지만.

우리는 모퉁이 뒤에 숨어 선원이 지나가기를 기다렸다. 아빠는 아니었다. 뒤뚱뒤뚱 걷는 작고 땅딸막한 선원이었다. 새 신발을 신었는지 걸을 때마다 삑삑거리는 소리가 났다. 우리는 삑삑 소리가 사라질 때까지 기다렸다가 다시 움직였다.

아무도 우리한테 관심을 보이지 않았다. 클리브가 관심 받는 걸 좀 좋아하긴 하지만, 딱히 아쉬울 건 없었다. 소란스러운 복도는 미소를 띠고 '잠시만요.'나 '길 좀 지나갈게요.' 등의 말을 하고 있는 승객들로 북적대고 있었다. 모두들 속으로는 '당장 비키지 않으면 이 가방으로 얼굴을 뭉개버리겠어!' 하고 소리 지르고 있을 테지만.

선원들과 잡역부들이 승객들의 커다란 짐을 각자의 선실 문 앞으로 옮기고 있었다.

"언제 출항하나요?" 누군가가 묻는 게 들렸다. "시간에 맞춰 가나요?"

"한 시간 안에 출발합니다, 부인." 빨간 서류가방을 선실 안으로 옮기던 짐꾼이 대답했다.

나가는 길에 여자가 짐꾼에게 팁을 건넸다.

"고마워요."

"아뇨, 감사합니다!"

앞서 말했듯 아빠는 항해가 끝날 때마다 팁을 받았고, 그렇기 때문에 승객들이 즐거운 시간을 보낼 수 있도록 최선을 다했다. 하지만 팁을 받으려고만 열심히 일하는 건 아닐 거라고 생각한다. 아마 팁이 없다 해도 아빠는 최선을 다할 것이다. 왜냐하면 아빠는 크루즈선을 탄 사람들 모두가 행복하길 바라니까. 가장 작은 선실에 머물며 팁을 낼 여윳돈이 없는 손님이라 해도 부자인 1등급 손님과 차별 없이 대할 분이다. 만약에 손님이 원하고 아빠도 여윳돈이 있다면, 반대로 손님한테 팁을 줄지도 모른다.

우리는 계속해서 아래로 내려갔다. 크루즈선은 정말 멋진 곳이었다. 안쪽으로 내려갈수록 바다의 아주 깊숙한 곳을 탐험하는 기분이었다. 상상력을 조금 보태면, 삼지창을 들고 있는 포세이돈이 튀어 나올 것 같기도, 비밀 선실 안에서 인어 둘이 앉아 머리를 빗으며 해초로 수영복을 짜고 있을 것 같기도 했다.

우리는 멈추지 않고 내려갔다. 클리브가 투덜대기 시작했다. 클리브는 조금만 시간이 지나면 늘 짜증을 낸다. 클리브와 짜증은 실과 바늘처럼 늘 함께 붙어 있는 관계다.

"아직이야?" 클리브가 물었다.

"내가 어떻게 알아? 끝이 어딘지도 모르는데 도착했는지 아직인지 어떻게 알겠어?"

"어깨가 아파. 가방 끈이 어깨를 파고드는 것 같아."

"그렇게 점점 어른이 되는 거야."

"난 아직 애라구."

"그 정도면 골골이도 들겠다."

그 말에 클리브가 뭐라 뭐라 중얼거렸다. 제대로 듣지는 못했다. 누가 오징어를 닮았다고 욕하는 것 같았는데 설마 나는 아니겠지.

아래로, 아래로. 계단을 내딛는 발이 떨려왔다. 선실 층과는 멀어진 지 오래인 듯싶었다. 부산스러운 사람 소리가 더 이상 들려오지 않았고, 대신 엔진 오일 냄새가 나기 시작했다.

한 남자가 우리를 지나쳐 갔다. 파란 작업복을 입고, 얼굴에는 거무스름한 기름이 묻어 있었다.

"길 잃었니?"

"음, 그런 것 같아요."

"따라와라. 내가 알려주마."

남자는 우리가 방금 걸어 내려온 계단을 따라 우리를 데리고 올라갔다. 꼭대기까지 간 후 우리는 고맙다는 인사를 하고서 남자가 볼일을 보러 갈 때까지 기다렸다가 다시 아래로 내려갔다.

얼마 후 우리는 갈림길에 다다랐다. 한쪽에 '관리자 외 출입 불가'라고 쓰여 있었다. 우리는 고개를 돌려 다른 쪽 복도를 내다봤다. 어둡고 음침해 보였지만 다행히 '출입 불가' 대신 '비품 창고' 표지판이 붙어 있었다.

"이리 와, 클리브. 이쪽으로 가보자."

나는 두 번째 복도를 따라 계단 몇 개를 더 내려갔다. 발밑에서 커다란 엔진이 돌아가는 게 느껴지는 걸 보니, 엔진실 바로 위층까지 온 것 같았다. 꼭 용이 사는 동굴 위에 서 있는 기분이었다. 지금은 잠시 잠을 자고 있지만 언제든 깨어날 수 있는 어마어마한 힘의 원천이 바로 발밑에 있었다.

"여긴 아무래도 들쥐층인 것 같아." 클리브가 말했다.

반응은 하지 않았지만, 나도 녀석의 말에 동의했다. 확실히 여기는 들쥐층이었다. 드디어 무대의 뒤로 들어간 것이다. 이곳에 화려함이나 사치는 없었다. 걸레가 들어 있는 방들, 세척액이 담긴 통들, 여분의 식기가 담긴 갈색 상자들 따위가 자리를 차지하고 있었다. 이불과 담요가 들어 있는 상자, 비닐 포장도 뜯지 않은 베개들도 있었다.

우리는 아무 선실이나 열어 안을 들여다봤다. 불이 켜지지 않아서, 클리브가 가방에서 손전등을 꺼내 이리저리 비춰 보였다. 역시 상자들이 가득했다. 하지만 이 상자들은 뭔가 달랐다.

먼지가 가득 쌓인 상자들. 오케이. 먼지가 쌓여 있다는 건 사람들이 이곳에 자주 들어오지 않는다는 의미였다. 온갖 여분의 비품들 중 이 안에 있는 건 '아주 가끔'밖에 찾을 일이 없다는 거지.

우리는 문을 닫고 나와서 복도를 더 걸어 들어갔다. 배의 뾰족한 끝에 가까워지는 건지 복도가 점점 좁아졌다. 배의 앞쪽은 현두(뱃머리), 뒤쪽은 선미(고물)라 부르고, 뱃머리를 향하고 섰을 때 왼쪽은 좌현, 오른쪽은 우현이라고 부른다. 왜 이런 신기한 단어들을 쓰는 건지 모르겠다. 그냥 오른쪽 왼쪽, 앞쪽 뒤쪽이라고 부르면 훨씬 간편할 텐데. 어려운 말이 좋은가 보다. 어쨌든 복도 모양이 점점 좁아지는 걸 봐서, 나는 이곳이 뾰족한 뱃머리나 고물 쪽이고, 수면보다 훨씬 아래일 거라고 추측했다.

우리는 복도 끝에 다다랐다. 이제 돌아가는 수밖에 없었다. 그런데 잠깐, 아직 안쪽에 열어보지 않은 문 하나가 남아 있었다.

나는 문을 밀어 열었고, 클리브가 손전등을 켰다. 손전등 빛으로 조명 스위치를 찾아 불을 켰다.

"우와!"

운이 좋았다. 이 선실은 정확히 우리가 찾고 있던 것으로 가득 차 있었다.

바로 침대였다. 선실 서너 개를 합쳐놓은 크기의 넓은 창고에 간이침대와 매트리스가 가득했다. 수십 개가 차곡차곡 쌓여 두꺼운 끈으로 꽁꽁 묶여 있었다. 아마 날씨가 안 좋아 배가 흔들릴 때 안에서 이리저리 굴러다니는 걸 방지하려고 그런 거겠지.

"우와!" 클리브가 외쳤다.

"어때?"

"우와!"

클리브의 머릿속엔 그 말밖에 안 들어 있는 것 같았다. 하긴, 클리브가 생각하는 것의 대부분은 단어 하나로 축약 가능하다.

"우와!"

"완벽하지? 우리가 필요한 건 다 있어. 저 중에 침대 두 개 꺼내고, 아까 봤던 다른 선실에서 상자에 있는 침대 시트랑 베개랑 이불 가져오면 돼. 완벽해. 이제 우리도 선실이 생겼고, 들킬 일도 없을 거야. 보니까 배 이쪽은 아무도 안 들어오는 것 같아. 뭘 더 바라겠어?"

그때 클리브가 한 가지 큰 문제를 깨달았다.

"화장실은 어디 있어?"

"화장실?"

"그래, 화장실."

"위로 올라가야지. 밤에 자러 내려오기 전에 볼일을 해결하면 돼."

"중간에 깨서 마려우면?"

"참아야지."

"못 참으면?"

"참아야 돼."

"근데 못 참으면?"

"바다에다 해결해야지."

"어떻게?"

"창문으로."

"여긴 창문이 없잖아. 수면 아래라며?"

"하긴."

"요강을 찾아볼까?"

"그래, 그럼. 뭐든 찾아보자."

결국 우리는 다른 창고에서 텅 빈 20리터짜리 드럼통을 찾아냈다.

"아주 급할 때만 써야 돼."

"이 정도 크기면 될까?" 클리브가 물었다. "여행을 2주나 하잖아."

나는 소독약 통을 찾아왔다.

"볼일 본 다음 안에다 이걸 부어."

"그래."

"그래도 정말 급할 때만 써야 돼. 알겠지?"

"알았어."

당분간은 이게 최선이었다.

"그럼 됐어. 이제 침대 두 개 내려서 정리해보자. 다 끝나면 아마 출항할 거야. 출항하는 거, 갑판 위로 올라가서 보고 싶지?"

"당연하지." 클리브가 말했다. "그게 최고 광경일 텐데, 당연히 가야지."

내 생각도 마찬가지였다. 이렇게 커다랗고 아름다운 배가 여행을 시작하는 모습은 왠지 다른 배들과 다를 것 같았다. 예인선이 이 대단한 배를 이끌고 바다로 나아가는 광경 말이다!

항구에서 안전히 나와서 예인선의 도움이 더 이상 필요하지 않게 되면, 배는 비로소 홀로 항해를 할 준비를 마친다. 크루즈선의 엔진이 돌아가려면 깊은 수심과 넓은 공간이 필요하다. 너른 바다에 도달하면 엔진은 한 번 목을 가다듬은 후 사자처럼 크게 울부짖고 점차 기분 좋은 고양이처럼 그르렁거리기 시작하겠지.

떠나는 사람들과 육지에 남은 사람들은 각자 배의 난간과 항구의 가장자리에서 서로를 향해 손을 저으며 인사할 것이다. 2주간의 여행이 끝나면 안전하게 돌아오는 크루즈선이지만, 그럼에도 마치 영영 보지 못할 것처럼 우는 사람들도 있겠지.

참 흥미로웠다. 가끔은 나도 아빠를 떠나보낼 때 그런 기분이 들었다. 배를 타고 점점 멀어지는 사람을 보는 건 뭔가 조금 달랐다. 이상하게 목이 메어왔고, 만남과 이별에 대한 생각이 자꾸만 들었다. 지나간 시간들과, 다시는 보지 못할지 모르는 사람들이 떠올랐다.

그리고 엄마 생각이 났다.

지금은 물론 앞으로도 보지 못할 엄마 생각이 났다. 돌아오지 않는 배를 타고 떠나서, 같은 길에 오른 다른 사람들과 함께 영원히 망망대해를 항해하는 것만 같았다.

그래서 나는 떠나가는 배들을 보면 늘 잠시 멈춰 선다. 흘러가는 시간과 어른이 되는 것과 늙는 것에 대해 생각하게 된다.

배는 파란 물 위에 흰 거품 길을 남기며 떠난다. 얼마 후면 그 물거품이 사라지고, 배는 수평선 위의 점 하나가 되어 점점 멀어진다. 사람들은 모험을 하러 떠나고, 나는 육지에 남겨진다. 그것도 왠지 가슴을 날카롭게 찔러왔다. 일종의 질투였다. 함께 가지 못한다는 것에 대한 슬픔과 부러움.

하지만 이번에는 달랐다. 여태껏 클리브와 나는 항구에 서서 목청이 터져라 인사하고 팔을 저으며 새로운 세계를 보기 위해 떠나가는 사람들을 보고만 있어야 했다.

하지만 이번에는 우리도 그 여정에 있었다.

우리도 떠나가는 배 위에 있었다.

침대 정리를 마친 후, 우리는 가방을 그 위에 두고 갑판 위로 올라가기 위해 선실 문으로 향했다.

"우리가 지금 뭔지 알아, 클리브?"

"응." 클리브가 대답했다. "쌍둥이잖아."

"맞아. 근데 그것보다 더 중요한 게 있어. 우리가 지금 뭘까? 쌍둥이란 거 말고, 이 배가 항구를 떠난 순간 우리는 뭐가 되는 걸까?"

"뭔데?"

"밀항자. 우린 밀항자가 되는 거야."

"우와." 클리브가 말했다. "우와, 우와."

이번 반응에 대해서는 뭐라 반박할 여지가 없었다.

6장

바다로 바다로

갑판 위는 난간에 기댄 채 항구에서 배웅하는 사람들을 구경하는 승객들로 바글바글했다.

미로 같은 복도와 갈림길을 통해 들쥐층 선실에서 다시 위로 올라오는 건 예상보다 어렵지 않았다. 배 전체가 야단법석이었기 때문에, 남자애 둘이 여기저기 들쑤시고 다녀도 아무도 신경 쓰지 않았다. 이상하게 생각하기보단 어딘가에 일행이 있으려니 하겠지. 잠시 마음대로 놀러 다니라고 부모님이 허락해준 것일 수도 있고.

나는 클리브한테 선원 중 누구라도 우리를 의심스러운 눈초리로 보면 아무 어른이나 골라 일행인 척하고, 마치 큰 다툼이 있어서 평생 대화를 나누지 않을 것처럼 삐치고 화난 표정으로 그 사람을 따라가야 한다고 말했다. 그러면 선원들이 그 사람을 우리 부모님으로 생각할 거라고 말이다. 하지만 일행인 척하는 어른이 자꾸 바뀌는 것도 곤란했다. 5분마다 한 번씩 부모님으로 보이는 사람이 바뀌면, 그것도 의심스러워 보일 테니까. 그래서 우리는 한 명을 정하면 한동안 그 사람만 따라 다니기로 했다.

우리는 갑판 위로 올라와 누가 우리 부모님이 될 수 있을까 찬찬히 둘러봤다. 솔직히, 아무도, 아이들과 함께 온 부부조차도 딱히 적합해 보이지 않았다. 하지만 한참 후 적당한 나이대의 즐거워 보이는 부부를 찾을 수 있었다. 자녀는 없어 보였지만, 집에 두고 왔을지도 모른다. 어른들은 종종 휴가를 떠날 때 아이들을 집에 두고 가니까. 우리 학교에 도널드 데이비스라는 애가 있는데, 그 애의 경우가 그렇다. 걔네 부모님이 여섯 달 동안 호주로 휴가를 갔는데, 아들이 있다는 걸 까먹은 건지 떠난다는 얘기도 안 해주고 가버렸다고 한다.

어쨌든 우리는 이 부부 뒤로 가서 섰다. 그동안 선원들이 배를 부두에 묶고 있던 밧줄을 풀었고, 드디어 배가 출항했다.

예인선 두 대가 모나리자호를 부두에서 끌어냈다. 항구에서는 사람들이 배웅하며 음악을 연주하고, 몇몇은 폭죽까지 터뜨렸다. 선장이 웅장하고 묵직한 경적을 울렸다. 깊숙한 곳에서 터져 나오는 소리에, 소름이 다리를 타고 등골까지 올라왔다. 경적이 한 번 더 울렸는데, 배의 굴뚝이 커다란 코 같아서 선장이 보이지 않는 커다란 손수건으로 배의 막힌 코를 풀어준 것 같았다.

두 번째 경적과 함께 예인선과 묶여 있던 줄이 풀리고, 비로소 모나리자호의 자체 동력으로 항해를 시작했다. 선장이 뱃머리를 넓고 열린 바다를 향해 돌렸다. 굉장한 광경이었다. 아이스크림보다 나왔다.

스피커에서 선장의 목소리가 나왔다. 조금 지지직거리고 갈라졌지만, 그래도 무슨 말을 하는지는 알아들을 수 있었다. 선장은 승선을 환영하며 편안한 여행이 되길 바란다는 인사를 시작으로 날씨가 어떨지, 얼마나 빠른 속도로 항해할지, 목적지가 어디인지, 처음 기항지에 다다르기까지 얼마나 걸릴지 등을 방송했다.

다음으로 다른 목소리가 스피커에서 흘러나왔다. 이번에는 여자였는데, 자기는 모나리자호 매니저라고 소개했다. 그리고 시작부터 해야 할 것들이 많으니 만약 궁금한 게 있으면 언제든지 상갑판에 있는 데스크로 찾아와 질문하시라고, 그럼 친절하게 답변해드리겠다고 말했다.

다른 관계자들도 하나씩 돌아가며 방송 마이크를 잡았다. 클리브와 나는 곧 스피커에 귀 기울이는 데 지쳐, 모나리자호를 탐색하기로 했다.

우리는 정말 모든 곳을 닥치는 대로 돌아다녔다. 출입 금지된 곳이 아니라면 무조건 한 번씩 둘러봤다. 정말 끝이 없었다. 모퉁이를 돌 때마다 새로운 공간이 나왔다. 체육관과 가게들을 둘러보고 레스토랑 두 군데도 들여다봤다. 아직 영업시간이 되지 않아 들어갈 수 없었지만 근처에 가자 음식 냄새가 솔솔 풍겨왔다. 하얀 식탁보가 덮인 테이블 위에는 곧 생선 튀김이 담길 커다란 은그릇들이 차려져 있었다.

"배고파." 클리브가 말했다.

하지만 클리브는 늘 배가 고픈 녀석이기 때문에 나는 못 들은 척했다.

맨 꼭대기 갑판에서 우리는 야외 수영장을 발견했다. 여름 하늘처럼 파란 수영장이 두 개나 있었다. 문제는 해가 나지 않아 어두운 하늘에 구름이 많이 끼어 있고, 심지어 곧 비가 내릴 듯 공기가 차갑다는 거였다. 야외 수영장에서 놀기엔 너무 추운 날씨였다.

"하루나 이틀 지나면 곧 따뜻해질 거야." 내가 말했다. "좀 더 남쪽으로 내려가면."

"그러면 좋겠다." 클리브가 말했다. "괜히 수영복 가져온 게 아니면 좋겠어."

우리는 의자에 앉아서 배의 프로펠러가 만들어낸 물 위의 은색 거품 꼬리를 구경했다. 해변이 멀어지는 걸 보고 있으니 갑자기 춥고 외로워졌다. 밀항하지 말고 집에 있을걸 하는 생각이 스멀스멀 올라왔다.

클리브도 같은 생각이 들었는지 이런 질문을 던졌다. "할머니는 뭐 하고 계실까?"

나는 시계를 들여다봤다. 늦은 오후였다. 아빠와 집을 나와서 할머니 댁에 가는 척하다 버스에 오른 지 벌써 몇 시간이 지난 후였다. 생각하다 보니, 점심을 먹지 못했다는 사실이 기억났다. 배고픈 건 클리브만이 아니었다. 나도 슬슬 출출해졌다.

"할머니는 차를 끓이고 계실 거고, 할아버지는 정원에서 거닐고 계시겠지."

클리브와 함께 의자에 앉아 있다 보니, 앞으로 지내야 할 날들이 끝도 없이 길게만 느껴졌다.

배를 타고 있으면서도 정말 배의 일부가 될 수 없다는 게 슬펐다. 일행에 속해 있는 것도 아니고, 친구도 없고, 아는 사람은 아빠밖에 없었다. 하지만 만약 여기서 아빠를 만난다면, 반갑기는커녕 뒷일을 상상하기도 싫었다.

아빠랑 함께 있으려고 몰래 배를 탔으면서, 마주치지 않도록 피해 다녀야 한다니.

"있지," 클리브가 말했다. "나 솔직히— 솔직히 내가 바라는 건……."

클리브는 말을 잇지 못하고 얼버무렸다.

"뭐? 솔직히 뭐?"

"아니야. 그냥 바라는 게 있다고. 그게 다야."

왠지 무슨 뜻인지 이해할 수 있을 것 같았다. 나도 클리브가 바라는 것과 비슷한 걸 바라고 있을 테니까.

그때 클리브가 앞을 가리키며 외쳤다.

"저기! 저기 봐!"

난 또 돌고래라도 본 줄 알았다. 그런데 클리브가 가리킨 건 바로 아빠였다. 우리보다 한 층 아래의 갑판에서 은쟁반을 손에 들고 1등급 선실로 걸어가고 있었다. 쟁반 위에는 샴페인 병이 담긴 얼음 양동이와 유리잔 두 개와 장미 한 송이가 꽂힌 꽃병이 놓여 있었다.

"저기 봐." 클리브가 말했다. "아빠야."

의자에서 일어난 우리는 난간으로 기어가 혹여나 위를 볼까 봐 바닥에 납작 엎드려 아빠를 구경했다.

아빠가 그토록 멋있어 보일 수 없었다. 검은 바지와 흰 재킷에, 셔츠의 깃은 세워져 있고 목에는 빨간 나비넥타이를 하고 있었다.

"누가 신혼여행 왔나 봐." 클리브가 말했다.

샴페인과 장미를 보아 녀석의 말이 맞을 수도 있겠다는 생각이 들었다. 문에 다다른 아빠는 쟁반 위의 작은 종잇조각에 쓰인 숫자를 확인한 뒤 노크를 하고 선실 안으로 사라졌다.

아빠가 샴페인을 배달하는 동안, 보석으로 온몸을 치장한 조그만 할머니가 옆의 1등급 선실에서 나왔다. 너무 가냘파서 지팡이를 짚고 걸어야 할 정도였다. 주렁주렁한 보석들을 떼어내면 몸이 한결 가벼워질 거라고 말해주고 싶을 정도였다.

할머니는 갑판 난간을 따라 걸어갔다.

"뛰어내릴 건가 봐." 클리브가 속삭였다. "너무 늙어서 삶이 지루하고 재미가 없는 거지. 아침에 일어날 만한 가치가 없다고 느낀 거야."

"그걸 어떻게 알아?"

"예전에 수백 번 본 적 있어."

물론 말도 안 되는 소리였다. 백 번은커녕, 녀석은 저런 부자 할머니를 본 게 지금이 처음일 터였다.

"그래." 클리브가 말을 이었다. "내 생각엔 이제 곧 뛰어내릴 거야. 더 빨리 가라앉으려고 보석들을 매달고 나온 거야. 그래, 맞아. 늙은 여자들은 늘 크루즈선에 타서 바다로 뛰어내려. 늘 그래. 너무 자주 그래서 뉴스에 나오지도 않지."

글쎄, 할머니는 전혀 바다로 다이빙할 생각이 없어 보였다. 난간에 기대어 가만히 풍경을 감상할 뿐이었다. 얼굴에는 온화하고 자비로운 미소를 띠고 있었는데, 마치 허공을 바라보며 소녀 시절을 회상하는 것 같았다.

그때 아빠가 빈 쟁반을 겨드랑이에 낀 채 선실에서 나왔다. 선실 문이 딸깍하고 닫혔다. 그 소리에 바다를 감상하던 할머니가 뒤를 돌아봤다.

"존!"(우리 아빠 이름이다.)

"도미닉스 부인. 오랜만입니다."

"모나리자호가 출항한다는데 안 올 수가 없지요."

"그간 잘 지내셨어요? 혹시 필요한 것 있으세요?"

"아니, 아니에요. 지금은 괜찮아요."

우리는 아빠와 도미닉스 부인이 나누는 여담을 조용히 엿들었다. 아는 사람이 내가 그 자리에 있다는 걸 모르고 하는 행동을 구경하는 건 참 재미있다. 내가 아는 사람이라서 언제 가식을 부리고, 언제 거짓말을 하는지 딱 알아챌 수 있기 때문이다. 그냥 상대방에게 잘 보이려고 보통 같으면 하지 않을 말을 하고, 보통 같으면 함께 대화하지 않을 사람들과 떠들고, 목소리를 바꾸거나 웃기지도 않는데 웃음을 꾸며내는 걸 모두 관찰할 수 있다.

그런데 아빠와 도미닉스 부인은 달랐다. 둘은 아주 평범하게 이야기를 나눴다. 아빠와 도미닉스 부인의 나이 차이나 신분 차이, 재산 차이 등은 둘의 대화에 아무런 영향을 끼치지 못하는 듯 보였다. 진심으로 서로에게 관심을 갖고 있는 것 같았다.

왠지 자랑스러웠다. 아빠가 자랑스러웠다. 역시 아빠는 좋은 사람이라는 생각이 들었다.

"저는 이만 가봐야 할 것 같네요." 몇 분 후 아빠가 말했다.

"그래요, 바쁜데 잡아두면 안 되지."

"필요한 것 있으면 언제든지 불러주세요, 부인."

"고마워요, 존. 그럴게요."

그때 아빠가 갑자기 고개를 올려 우리를—

아니, 하늘을 쳐다봤다.

"좀 있으면 비가 올 것 같네요. 그래도 하루나 이틀 후면 날씨가 갤 겁니다. 음, 이만 가보겠습니다."

그러고서 아빠는 갈 길을 갔다.

도미닉스 부인은 난간 옆에서 선체를 때리는 파도를 가만히 들여다봤다.

"이제 뛰어내릴 거야." 클리브가 속삭였다. "보고 있어 봐. 좀 있다 난간에 기어 올라가서 풍덩! 하고 사라질 테니까."

하지만 그런 일은 없었다. 애초에 나는 도미닉스 부인이 난간에 올라갈 수 있을 거라는 생각이 안 들었다. 사다리, 아니 에스컬레이터가 있더라도 그런 일은 없었을 것이다.

클리브는 조금 실망한 것 같았다.

"저녁 먼저 먹으려고 하나 봐." 클리브가 말했다. "최후의 만찬을 끝내고 어두워지면 뛰어내리려는 거야. 사실—"

갑자기 클리브의 표정이 무슨 복잡한 생각이라도 하는 양 구겨졌다.

"사실, 누가 밀어주길 바라는 걸 수도 있어. 그러니까 우리가 가서 조금 도와주는 것도 괜찮다고 봐. 다리를 들어 영차! 하고 바다로 던지는 거야. 전혀 어렵지 않아."

"클리브, 사람들이 온몸에 장신구를 매달고 바다로 뛰어내리든 말든, 그건 그 사람들 마음이야. 하지만 우리가 도와줘서는 안 돼. 도와달라는 부탁을 받아도 말이야. 절대로 누구 발목 잡고 물속으로 빠뜨릴 생각 하지 마. 그 사람이 빌든, 돈을 주든 말이야. 약속해."

"알았어, 그럼. 그러지 뭐."

그때 뱃고동 소리가 다시 한 번 크게 울렸다. 하지만 이번에는 선장이 울린 소리가 아니었다. 클리브의 뱃속에서 나온 꼬르륵 소리였다.

"배고파 죽겠어." 클리브가 말했다. "저녁은 뭘 먹어?"

"가자. 같이 찾아보자구."

크루즈 여행을 하면 먹을 일이 참 많다. 정말 끔찍할 정도로 많다. 사실, 애초에 먹는 것에 목적을 두고 온 사람들도 있었다. 그런 사람들은 일부러 잘 늘어나는 바지나 여러 사이즈를 가져오기도 했다. 그래서 한 번 거하게 식사를 할 때마다 점점 큰 사이즈로 차례대로 갈아입는데, 작은 사이즈로 돌아가는 일은 절대 없었다. 크루즈선을 타면 모두가 커지기만 하지, 날씬해지지는 않으니까.

정말 대단한 것은 이 모든 음식과 음료수가 무료라는 거였다. 티켓 값에 포함되어 있기 때문이다. 그래서 위가 가득 찰 때까지 마음 놓고 먹어댈 수 있었다.

여행 첫날에는 먹을 것이 많이 없었지만, 본격적으로 넓은 바다에 도달한 후에는 먹을 일밖에 없었다.

아침은 몇 시간 동안 먹더라도 상관없었다. 8시에 식사를 시작해서 11시까지 먹어도 됐다. 한 끼 먹고 갑판을 산책하다가 돌아와서 애피타이저와 한 끼를 더 먹어도 모두 아침으로 취급됐다.

먹는 거라면 사족을 못 쓰는 클리브는 10시 전까지 세 끼를 먹고도 한 끼를 더 먹었다. 하지만 아무리 클리브라 하더라도 그건 좀 무리였다. 그날 녀석은 점심을 건너뛰고 저녁을 두 끼 먹는 걸로 하루를 마무리해야 했다.

아침을 먹고 나면 '아점' 커피와 비스킷, 케이크를 먹을 수 있었다. 12시가 되면 점심 서빙이 시작됐는데, 이건 2시 반까지 이어졌다.

점심시간이 끝나고 한 시간쯤 후 설거지가 끝나고 테이블에 깨끗한 식탁보가 모두 깔리면 오후 티타임이 시작되었다. 이때도 홍

차와 더불어 스콘, 잼과 크림, 케이크와 쇼트브레드가 나왔다.

여기서 놀랍고도 끔찍한 사실은, 바로 이 오후 티타임이 끝난 뒤에는 무려 한 시간 반 동안 아무것도 나오지 않는다는 거였다!

그래, 나도 안다. 어떻게 그 오랜 시간 동안 굶주림을 참으며 생존할 수 있는지 여러분도 의아할 것이다. 솔직히 말하자면, 아무것도 나오지 않는다 해서 먹을 게 전혀 없는 건 아니었다. 배가 고프면 수영장 옆 바에서 과자를 집어 먹거나 선원에게 샌드위치를 선실로 배달해달라고 부탁하면 됐다.

어쨌든, 6시 반쯤이 되면 1차 저녁식사가 시작되었다. 1차 때 자리를 잡지 못하면, 8시에 시작되는 2차 식사 때까지 기다려야 했다.

공식적으로 3차 식사는 없었지만, 배에는 레스토랑이 여러 개 있기 때문에 한 군데서 식사를 마치고 그냥 다른 식당으로 이동하기만 하면 됐다. 너무 배불러서 자리에서 일어나지 못할 때까지 장소를 옮기는 데에는 아무런 제한이 없었다.

저녁이 끝나면 노래와 함께 춤을 추는 시간이 왔다.(그렇다고 내가 클리브랑 춤을 췄다는 건 아니다. 우선 클리브는 어떻게 춤을 추는지 모르고, 만약 녀석이 안다 하더라도 여자애가 아니기 때문에 함께 춤을 추지 않았을 것이다.)

아무튼, 조금 놀고 춤을 추면서 열량을 소비하면 또 출출해졌다. 그러면 주방에 들어가서 가벼운 간식이나 과자를 집어 먹으면 됐다.

클리브는 가벼운 간식을 좋아했다. 특히 반으로 뭉텅 썰린 통감자 튀김을 땅콩버터, 과일 잼, 바나나 잼, 초콜릿 잼, 헤이즐넛 잼에 찍어 먹는 걸 좋아했다. 이걸 밤에 먹으면 잠이 잘 온다며 늘 선실에 들어가기 전에 하나씩 먹었다. 하지만 클리브 뱃속에서 나는 소리 때문에 나는 제대로 잠을 잘 수가 없었다. 처음엔 소화시키는 소리인 줄 알았는데, 얼마 후 그게 아니라 녀석의 위장이 살려달라고 외치는 소리라는 걸 깨달았다.

클리브한테 그게 가벼운 간식이면 도대체 무거운 간식은 어느 정도냐고 물어봤다. 그러자 녀석은 그걸 알면 악몽을 꿀 것 같기 때문에 모르는 채로 살겠다고 대답했다.

그런데 정말 이상한 점은, 녀석은 절대 살이 찌지 않는다는 거였다. 이런 식으로 8일을 먹었는데, 그냥 그대로 삐삐 마른 상태였다.(녀석의 엉덩이 빼고 말이다.) 다른 사람들은 벌써 큰 바지를 입기 시작했는데, 클리브는 여전히 영양실조에 걸린 막대기 같았다.

"너한테 기생충이 있나 봐."

"아니야." 클리브가 대답했다. "난 기생충이 없어. 어느 레스토랑에서 파는 거야? 내일 한번 먹어보게."

이런 애하고 무슨 얘기를 더 하겠나.

어쨌든, 배에 오른 첫날, 야외 수영장 의자에 앉아 회색 하늘을 구경하던 우리는 어서 레스토랑에 내려가서 뭐라도 먹어야겠다고 생각했다.

"저녁 먹으려면 옷을 제대로 입어야 할까?" 클리브가 말했다.

"모르겠어. 가서 알아보자."

우리는 크루즈 매니저의 데스크와 안내 게시판이 있는 상갑판으로 내려갔다.

안내 게시판을 찬찬히 살펴보고 있는데, 옆 사람들이 줄을 서서 뭔가를 작성하고 있는 게 눈에 들어왔다. 게시판에는 '크루즈 카드 수취하는 곳'이라고 쓰여 있었다.

"크루즈 카드가 뭐야?" 클리브가 말했다.

나도 몰랐지만, 다행히 내 앞의 게시판에 설명문이 쓰여 있었다. 나는 클리브가 들을 수 있도록 큰 소리로 읽었다.

"배 위에서는 현금 대신 카드 계산 시스템을 사용합니다. 선상에서 구매를 할 때 현금을 사용하지 않습니다. 대신, 이름과 선실 번호를 적어 간단히 크루즈 카드를 신청하세요. 보통 신용카드처럼 사용 가능합니다. 여행 중 구매 내역이 모두 계산되어 마지막에 영수증으로 제공됩니다."

우리에겐 필요 없는 내용이었다. 나는 크루즈 카드 설명문을 건너뛰고 배 위에서 할 만한 프로그램과 어린이용 활동표를 읽기 시작했다.

키즈 클럽은 크게 두 개가 있었다. 하나는 (진짜 어린애들을 위한) '꼬마 해적 클럽', 다른 하나는 '나는야 갑판장 클럽'이었는데, 나랑 클리브는 후자에 알맞았다.

나는 클리브한테 이 사실을 알리기 위해 뒤돌아봤다.

"이것 좀 봐, 클리브. 갑판장이 돼볼래? 여기 가입할까? 물론 넌 갑판장보다 겁쟁이에 가깝지만. 안 그래, 클리브— 클리브?"

클리브는 그곳에 없었다.

주위를 두리번거리다가 크루즈 카드 줄의 맨 앞에서 클리브를 발견했다. 어느새 저기까지 갔는지 참 대단했다. 끼어들었거나 비집고 들어갔거나 둘 중 하나겠지 뭐.

"크루즈 카드 하나 주세요." 클리브가 말했다.

막고 싶었지만, 내가 여기서 뭘 어떻게 하겠나? 사람들이 보는 앞에서 대놓고 끌고 나올 수는 없었다. 우리는 최대한 사람들 눈에 띄지 않게 가만히 있어야 하니까.

크루즈 카드를 나눠주던 여자 직원이 얼굴을 찡그렸다.

"부모님 허락이 필요하단다. 선실 번호가 몇 번이니?"

"들쥐층에 있어요." 클리브가 말했다.

여자 직원이 클리브를 더욱 세게 노려봤다.

"미안하지만, 잘 못 들었구나."

"음, 스탠더드 층이에요." 클리브가 말했다.

"호수는?"

"없어요."

직원의 눈초리가 점점 더 강렬해졌다.

"없다고?"

"네. 문에 번호판이 붙어 있었는데, 세게 닫으니까 떨어졌어요."

슬슬 끼어들 타이밍이었다. 나는 데스크 앞쪽으로 밀고 들어간 후 방금 막 뛰어온 척했다.

"아, 거기 있었구나! 아빠가 너 찾으라고 보내셨어. 저녁 먹을 준비 해야 하니까 빨리 따라와."

나는 클리브의 팔을 잡고 끌고 나왔다.

"무슨 생각으로 그런 거야?" 대화가 안 들릴 만한 데로 벗어나자 클리브가 물었다. "크루즈 카드를 거의 받을 수 있었는데. 저거만 있으면 뭐든지 맘껏 살 수 있단 말이야."

"그래, 클리브. 근데 여행 끝나고 그걸 무슨 수로 갚을 건데?"

"아, 그러네."

클리브는 이런 녀석이다. 이러니 5분 늦게 태어날 수밖에.

"어서 가자. 선실로 돌아가야 해. 저녁 먹으러 가려면 멋있게 하고 가야 하니까. 드레스 코드에 너무 편안한 복장은 안 된다고 쓰여 있었어."

"난 절대 드레스 안 입어." 클리브가 말했다. "무슨 일이 있어도."

"드레스 코드는 그냥 옷 입는 방식을 말하는 거야. 깨끗한 바지 입으러 가자. 어서."

그래서 우리는 다시 선실로 내려갔다.

하마터면 찾지 못할 뻔했다.

배 안은 미로나 다름없었다. 오페라의 유령 같은 것이 망도와 마스크를 쓰고 갑자기 튀어나올 것만 같았다.

선실과 갑판을 오가는 게 우리에겐 가장 위험한 여정이었다. 잡히거나 발각될 가능성이 가장 컸다. 우리는 승객들이 가지 않는 공간을 드나드는 것이고, 처음 몇 번은 길을 잃었다며 둘러댈 수 있지만 그 이상은 아무도 믿지 않을 게 분명했다. 의심을 갖고 이 것저것 질문해대겠지.

"들어봐, 클리브. 횟수를 정해야겠어. 앞으로 하루에 선실 드나드는 횟수를 두 번으로 제한하자. 아침에 나올 때 한 번, 저녁에 자러 갈 때 한 번, 이렇게."

그때 갑자기 클리브가 소리쳤다. "누가 오고 있어!"

앞쪽에서 누군가 우리를 향해 걸어오는 소리가 들렸다. 선원 중 하나였다.

"이리 와. 이쪽이야."

나는 가장 가까이 있는 문을 열었고 우리는 그 안으로 숨었다. 발소리가 점점 다가오더니, 곧 지나쳐 멀어졌다.

"여기 봐." 클리브가 말했다. "우리가 어디 들어왔는지 봐봐."

우리는 작은 4인실에 들어와 있었다. 한눈에 봐도 모든 침대에 주인이 있었다. 선실은 비좁고 덥고 환풍이 안 됐다.

"저기 봐봐." 클리브가 말했다. "우리야."

정말 그랬다. 그곳은 아빠의 침대였다. 그리고 그 옆의 작은 탁 자에는 아빠가 액자에 담아 늘 갖고 다니는 우리 사진이 놓여 있 었다. 엄마가 살아 계실 때 어린 나와 클리브와 함께 찍은 가족사 진이었다.

"아빠 침대에 앉고 싶어." 클리브가 말했다.

그러고서 녀석은 정말 아빠 침대에 가서 앉았다. 왠지 좀 웃겨 보여서 나는 그러지 않았다. 하지만 베개를 살짝 만지긴 했다.

그러고서 우리는 선실을 나왔다.

다행히 아무도 만나지 않고 우리 선실까지 갈 수 있었다. 우리는 챙겨온 좋은 옷으로 갈아입고 잠시 침대 위에서 쉰 후 저녁을 먹으러 가기 위해 자리에서 일어섰다. 둘 다 배가 고파 쓰러지기 직전이었다.

복도의 갈림길에 다다랐을 때, 왼쪽 대신 오른쪽으로 올라가는 새로운 길을 발견했다. 원래의 길보다 적은 수의 선실을 지나치기에 사람을 만날 가능성도 그만큼 줄어드니 훨씬 낫다고 생각했다.

"레스토랑에 가면 우리가 왜 어른 없이 왔는지 이상하게 보지 않을까?" 클리브가 말했다.

내 걱정도 비슷했다.

"그럴 수도 있지."

"그럼 어떻게 해?"

"같이 앉을 사람을 찾아야지."

"그 사람은 이상하게 생각하지 않을까?"

"그럼 뭐라고 둘러대야지."

"뭐라고?"

"생각해보자. 일단 가자. 이가 음식 씹는 법을 까먹을 것 같아."

안내 데스크에서 프롬나드 레스토랑은 저녁이 뷔페라고 봤기 때문에, 우리는 그곳에서 식사를 하기로 했다.

우리에겐 웨이터가 요리를 서빙 하는 곳보다 뷔페가 더 나았다. 웨이터가 서빙 해주는 레스토랑의 문제점은, 가기 전에 이름과 선실 번호로 테이블을 예약해야 한다는 거였다. 그 사람들한테 들쥐층의 1호실에 묵는다고 말할 수는 없지 않나. 게다가 어찌어찌해서 예약을 한다 쳐도, 아이 둘이 와서 식사를 하면 웨이터들이 의아해할 게 분명했다.

사람들은 항상 어른 없이 돌아다니는 아이들을 이상하게 생각한다. 왜 그런지 모르겠다. 아이들 없이 돌아다니는 어른은 이상하게 생각하지 않으면서 말이다.

그래서 우리는 뷔페가 있는 프롬나드 레스토랑으로 향했다. 애피타이저 코너로 가서 음식들을 그릇에 담은 후, 어느 테이블에 끼어 앉아야 할지 주위를 둘러봤다.

그때, 온몸을 보석으로 치장하고 혼자 앉아 있는 도미닉스 부인이 눈에 들어왔다.

나는 클리브를 팔꿈치로 쿡쿡 찔렀다.

"예의 바르게 해야 해."

클리브가 '예의 바르다'는 게 무슨 뜻인지 못 알아듣겠다는 표정으로 나를 쳐다봤다.

"목사님이 가정 방문 왔을 때처럼 행동하라고."

"맥주를 숨기라는 소리야?" 클리브가 말했다.

"쉿! 이제 얌전히 나만 따라 해. 말은 내가 할 테니까."

나는 도미닉스 부인의 테이블로 가서 고개 숙여 인사했다.

클리브도 나를 따라 인사했다.

인사하는 걸 보고 아마 우리가 일본인이라고 생각했을지도 모른다.

"안녕하세요." 내가 말했다. "테이블에 같이 앉아도 괜찮을까요?"

안 된다고 할 줄 알았지만, 아니었다. 도미닉스 부인은 활짝 웃어 보이며 대답했다.

"나야 좋지, 얘들아. 반갑구나. 어서 앉으렴."

"감사합니다."

우리는 한 번 더 인사하고 예의 바르게 의자에 앉았다.

"소금 좀 주세요." 클리브가 말했다.

나는 테이블 밑으로 클리브의 다리를 찼다.

"소금 좀 주실 수 있으세요?" 클리브가 고쳐 말했다.

훨씬 듣기 좋았다.

도미닉스 부인이 클리브한테 소금통을 건네줬다. 팔에 장신구가 너무 많아 움직일 때마다 쨍쨍 부딪치는 소리가 났다.

"여기 너희들 혼자 왔니?"

"네." 클리브가 말했다.

"아뇨." 내가 정정했다. "어른이랑 같이 오긴 했는데—"

"아빠랑 같이요." 클리브가 말했다.

"근데—"

"뱃멀미 하고 계세요." 클리브가 말했다.

"맞아요." 내가 맞장구쳤다. "그래서 저녁을 못 드실 것 같다고 하셨어요. 지금 속 안 좋으셔서 선실에서—"

"토하고 계세요." 클리브가 덧붙였다.

"어머." 도미닉스 부인이 말했다. "안됐구나. 얼른 나으셨으면 좋겠다. 아니면 여행을 제대로 못 하실 텐데 말이다."

"그러니까요." 내가 말했다. "그래서 일단 우리끼리 올라가서 뭐 좀 먹으라고 하셨어요."

"그렇구나." 도미닉스 부인이 고개를 끄덕였다. "이제 알겠다. 그래, 맛있게 먹자꾸나."

그렇게 합석에 성공했다. 우리는 도미닉스 부인과 곧 집의 난롯 가에 모여 앉은 가족처럼 친해졌다. 보석을 주렁주렁 매달고 있긴 했지만, 도미닉스 부인은 생각보다 상냥하고 따뜻한 할머니였다.

첫 번째 그릇을 비운 후, 클리브가 예의 바르게도 만약 걷기 힘 드시면 필요한 음식을 떠 오겠다고 제안했다. 도미닉스 부인은 웃으며 고맙다고 하고 원하는 요리를 말했다. 얼마 후에는 나도 일어나 할머니께 드릴 푸딩을 떠 왔다. 우리는 여러 가지 질문을 받았지만, 모두 대화를 이어나가기 위한 것일 뿐 꼬치꼬치 캐물 으려는 질문이 아니어서 마음이 편했다. 부인은 1년에 두세 번 크 루즈 여행을 떠나며, 외롭지 않고 젊어지는 기분이 들어서 여행을 좋아한다고 말했다.

어느 선실에 묵느냐는 질문을 받자, 클리브는 내가 미처 막기 도 전에 들쥐층에 머문다고 불쑥 말했다. 부인은 들쥐층이 뭐냐

고 물었다. 클리브는 아마 모르시는 게 나을 거라고 대답했다. 그
때 내가 끼어들어 동생은 그냥 농담을 하는 것이며, 꽤 크고 침대
가 여러 개 있는 좋은 선실에 머문다고 설명했다.

도미닉스 부인이 그런 큰 선실을 빌리려면 큰돈이 들었겠다고
하기에, 나는 그럭저럭 쉽게 방을 구할 수 있었다고(완전히 틀린 말
은 아니었다), 하지만 아무리 그래도 우리보다는 도미닉스 부인이
더 부자일 거라고 대답했다.

어쨌든 푸딩까지 먹은 후 도미닉스 부인은 피곤한 하루였다면
서 그만 선실에 들어가겠다고 했다.

"어디에 들어가요?" 클리브가 물었다.

나는 또 한 번 테이블 밑으로 녀석을 찼다.

우리는 도미닉스 부인이 지팡이를 짚고 일어설 수 있도록 부축
했고, 부인은 1등급 선실 쪽으로 걸어갔다.

웨이터가 테이블을 정리하러 다가왔다.

"할머니 주무시러 가셨니?" 웨이터가 물었다.

"네?"

"같이 식사하시던 할머니 말이야. 주무시러 가셨니?"

"네, 네." 내가 대답했다. "피곤하다고 하셨어요."

그렇게 대답한 후 클리브와 나는 서로를 보며 시익 웃었다. 이
렇게 알리바이가 생겨났다. 우리의 승선에 타당한 이유가 생겨난
것이다. 이제 사람들은 모두 우리가 할머니(도미닉스 부인)와 함께
여행을 왔다고 생각할 것이다.

사람들이 그렇게 생각한다는데, 우리가 뭘 어쩌겠어.

적어도 이젠 '도미닉스 부인의 손자'라는 신분이 있었다.

즉, 우리는 안전했다.

아마도.

우리 생각은 그랬다.

저녁식사를 마치자 하늘이 점점 어두워져서, 우리는 밖으로 나가 달을 구경했다. 마치 하늘에 커다란 은색 단추가 달려 있는 것처럼 크고 환했다. 우리와 같이 구경 나온 다른 사람들도 밤 추위에 온몸을 꽁꽁 싸매고 하늘을 올려다봤다. 바람은 부드럽고 공기는 맑고 하늘에는 수백만 개의 별이 박혀 있었다. 주위에 더 이상 육지는 보이지 않았고, 대신 잔잔한 바다만 한없이 펼쳐져 있었다. 아무리 멀리 바라보려 해도, 어둠 속에 검게 변한 물만 눈에 들어왔다. 가끔씩 멀리서 다른 배들의 불빛이 반짝이거나, 뱃고동 소리가 들려오기도 했다.

크루즈 여행은 정말 즐거웠다.

"가자, 클리브. 화장실 찾아서 이 닦고 자러 가자. 내일도 할 거 많잖아. 나는야 갑판장 클럽에 들어가게 될 수도 있고. 너도 갑판장 되고 싶지?"

"잘 모르겠어." 클리브가 말했다. "너무 애매하게 들려. 갑판장이 뭘 하는데? 널빤지 위를 걷거나 해먹에서 잘 수 있는 것도 아니잖아."

"그냥 어린이 활동 클럽이야. 할래?"

"일단 어떤 건지 보고서."

아래층에서 음악과 노랫소리가 들려왔다.

"카바레인가 봐." 클리브가 말했다. "가서 구경할까?"

"내일 가자. 나 피곤해."

"알았어, 그럼. 내일 가지 뭐."

선실을 떠날 때 칫솔 두 개와 작은 여행용 치약을 가지고 왔었다. 우리는 화장실에 들어가 이를 닦고 몸을 씻었다. 마지막으로 볼일을 본 후 우리는 다시 들쥐층으로 향했다.

복도는 조용하고 텅 비어 있었다. 대부분의 선원이 바쁘게 일하는 시간대였기 때문에 우리에겐 오히려 안전했다.

문제없이 선실로 돌아온 우리는 잘 준비를 했다.

"재미있는 얘기 해줘." 클리브가 말했다.

하지만 나는 해줄 이야기가 없었다.

"그럼 읽었던 책 얘기라도 해봐. 바다에 관한 거."

하지만 내가 읽은 바다에 관한 이야기는 '보물섬'밖에 없었다. 그래서 나는 짐 호킨스와 롱 존 실버와 숨겨진 보물과 장님 퓨와 미치광이 벤 건, 그리고 해적들에 관한 이야기를 죽 풀어놓았다.

"해적들이라." 클리브가 말했다. "우리가 해적을 만날 일이 있을까?"

"말도 안 되는 소리야. 요즘 세상에 해적은 없어. 해적들은 예전에나 있었지. 애꾸눈 선장이나 앵무새나 나무로 만든 의족이나 해골 깃발, 이빨에 물고 다니는 단도 같은 거 말이야. 그런 건 요즘 없어. 사라진 지 오래라구."

그때 나는 확신에 차 있었다.

하지만 근거 없는 확신이었다.

어쨌든 나는, 곧 잠이 들었다.

대피 훈련

우리 선실에는 빛이 들어올 창문이 없기 때문에, 잠에서 깼을 때 낮인지 밤인지조차 알 수 없었다. 들쥐층은 하루 종일 한밤중 같았다.

클리브는 커다란 통조림 따개를 가져와 벽에 창문을 뚫어야 한다고 주장했지만, 나는 그러면 엄청난 소금물과 물고기들이 구멍으로 흘러들어와 우리를 잡아먹고 말 거라고 대꾸했다.

전등 스위치가 어디 있는지 보이지 않았기 때문에 나는 클리브의 손전등을 찾아 바닥을 더듬었다. 클리브는 여느 때와 마찬가지로 코를 골고 있었다. 녀석은 가끔씩 깨어 있을 때도 코 고는 시늉을 하는데, 참 당황스러운 짓이 아닐 수 없었다.

손전등을 찾아 내 시계를 비췄다. 시침이 9에 가까워지고 있었다. 아침을 먹으려면 지금 당장 클리브를 깨워야 했다. 클리브는 하루를 바람직하게 시작하기 위해서는 아침에 시리얼 두 상자나 식빵 두 덩어리, 잼 한 병씩 먹어주는 게 좋다고 생각하는 녀석이다. 나는 클리브를 흔들어 깨우기 위해 다가갔다. 흔들어서 깨지 않으면 베개로 머리를 몇 번 때려줄 생각이었다.

하지만 그때, 배가 방향을 잃고 무너지기라도 할 것처럼 엄청난 혼돈이 우리를 덮쳤다.

'엄청난 혼돈이 덮쳤다'니, 왠지 웃긴 표현같이 느껴질 수도 있다. '엄청난 혼돈'이란 생명체가 배를 채우기 위해 우리를 덮쳤다는 것처럼 들리지 않는가. 하지만 그때의 상황은 정말 뭔가가 우리를 잡아먹으러 쫓아올 것만 같았다.

갑자기 어딘가에서 온갖 벨과 사이렌이 비명을 지르기 시작했고, 누군가가 "상황실! 상황실! 모든 선원과 승객들을 갑판으로 집합시킬 것. 반복, 모든 선원과 승객들을 갑판으로 집합시킬 것." 하고 소리쳤다.

방에 스피커도 없는데 어떻게 그 소리를 들을 수 있었는지 궁금해할 독자도 있을 것이다. 알다시피 우리 선실은 일반적인 방이 아니라 여분의 침대를 보관하는 창고라서 제대로 된 시설이 갖춰져 있지 않았다.

음, 웃기게 들릴 수도 있지만 우리는 방 안의 작은 구멍을 통해 위층에서 일어나는 모든 일을 엿들을 수 있었다. 심지어 가끔은 속삭이는 소리까지도 들렸다.

구멍에 이어진 환기구나 공기 통로를 통해 소리가 들어오는 것 같았다. 어떨 때는 사람들의 목소리가 너무 가깝게 들려, 바로 어깨 너머에 있는 게 아닐까 착각할 정도였다.

예를 들어, 바로 옆에서 "저기요, 음료수 하나만 갖다주세요." 하고 주문하는 소리가 들리기도 했다. 또 승객들끼리 싸우는 소리도 들렸다. 어느 날 밤 잠에 들려 하는데, 환기구를 타고 "난 네가 싫어. 너랑 왜 여행 왔는지 모르겠어. 넌 골칫덩이고 다시는 너랑 놀러 오지 않을 거야." 하고 말하는 소리가 내려왔다.

목소리의 주인공이 나라고 생각했는지, 침대에서 일어나 앉으며 클리브가 말했다.

"나도 마찬가지거든. 형은 그냥 쓰레기야. 냄새도 나."

하지만 녀석은 곧 그게 내 목소리가 아니란 사실을 깨달았고, 결국 우리는 멀뚱멀뚱 앉아서 알 수 없는 남녀가 싸우는 소리를 가만히 듣고 있어야 했다. 꽤 적나라한 이야기도 끼어 있었기 때문에 클리브한테 손가락으로 귀를 막으라고 했지만, 녀석은 내 말을 듣지 않았다. 얼마나 시끄럽게 소동을 벌이던지, 듣기 싫어도 어쩔 수 없이 들어야만 했다. 마치 강제로 스파이가 되어 몰래 엿듣는 기분이었다.

마침내 클리브가 참지 못하고 일어나 파이프에 대고 소리쳤다.

"좀 조용히 못 하겠어요! 이 아래 들쥐층에서 다 들리거든요!"

그 소리가 위에까지 다다랐는지는 모르겠지만, 둘의 싸움은 얼마 후 끝이 났다.

또 언제는 쥐나 귀신이 속삭이는 것 같은 으스스한 소리가 들려오기도 했다.

"이 배는 귀신이 씌었어." 클리브가 말했다.

"배엔 귀신이 씌지 않아. 보통 귀신의 집이라곤 해도, 귀신의 배라곤 하지 않잖아."

"씌었어. 들어봐. 분명 귀신이야. 제대로 들으면 내 말이 맞다는 걸 알게 될 거야."

그래서 우리는 조용히 입 다물고 귀신들이 나누는 대화를 이해해보려 노력했고, 마침내 그중 하나가 "내 멀미약 어디 있는지 알아요, 여보?"라고 속삭이는 걸 들을 수 있었다.

즉 그 소리의 주인공이 귀신이 아니라는 뜻이었다. 하지만 클리브는 여전히 그게 귀신일 수 있다며, 귀신들도 멀미를 한다는 건 누구나 아는 상식이라고 고집부렸다. 나도 처음 들어본 것으로 봐서 누구나 아는 상식일 리는 없을 텐데 말이다.

어쨌든, 위에서 말했던 것처럼 엄청난 혼돈이 우리를 덮쳤다. 클리브는 바로 잠에서 깨어났다.

"뭐야?" 클리브가 말했다. "사이렌 아니야? 저거 긴급 사이렌이야! 침몰하나 봐! 침몰한다구!"

"아니야!"

"맞아!" 클리브가 침대에서 뛰어나와 옷을 입었다. "가라앉고 있어! 우린 익사하고 말 거야." 잠시 생각한 후 녀석이 덧붙였다. "빙하에 부딪힌 게 틀림없어."

"그냥 비상 상황 대비 훈련이야. 항해 시작 24시간 내에 훈련이 한 번 있을 거라고 안내 데스크에서 그랬어. 학교에서 하는 소방 대피 훈련처럼 말이야."

소란스럽게 뛰어다니는 발소리, 문과 해치가 열리고 닫히는 소리가 여기저기서 들려왔다.

"만약 훈련이 아니면?" 클리브가 말했다. "정말이면? 그럼 우린 여기 갇혀서—"

일리 있는 말이었다. 이게 훈련이 아니라 실제 상황일 가능성도 조금은 있었다. 때마침 밖에서 들려오던 소음이 순식간에 뚝 끊겼다. 마치 배에 남아 있는 사람이 우리 둘밖에 없는 것같이 오싹하고 텅 빈 침묵이었다.

"아, 알겠어. 나가는 게 좋을 것 같아."

우리는 서둘러 위 갑판으로, 그러니까 위층으로 올라갔다.

산책로가 있는 갑판에 도착해서 문 밖으로 고개를 빼꼼 내밀고 무슨 일이 일어나고 있는지 살펴봤다. 몇 백 명은 족히 돼 보이는 승객들과 선원들이 이상하게 질서 정연한 혼란 속에서 바글바글 모여 있었다.

"거기 두 명 더 있구나! 얘들아, 선실 번호가 어떻게 되니?"

갑판에 발을 딛자마자, 체크 리스트를 들고 있던 선원 하나가 우리를 포착했다.

"아— 음……."

"기억이 안 나는가 보구나. 괜찮아. 10분 동안만 있으면 되니까. 곧 엄마 아빠를 찾을 수 있을 거다. 구명조끼 집어서 5번 조회상 가서 서거라."

선원이 옆의 커다란 상자를 가리키며 말했다. 우리는 상자 안에서 구명조끼를 하나씩 골라 입고, 벽면에 커다랗게 5라고 쓰인 동그란 판이 달려 있는 쪽의 승객 무리에 합류했다. 그 중심에는 또 다른 선원이 한 명 있었다.

"좋아요." 선원이 말했다. "이제 기억하세요. 만약 비상 상황이 발생할 경우 이곳에 모이시면 됩니다. 여기가 5번 조가 모이는 장소고, 여기 있는 게 우리가 타게 될 구명보트예요."

선원이 공중에 대롱대롱 매달린 바로 옆의 보트를 가리켰다. 구명보트는 일종의 거중기 같은 것에 연결되어 있었는데, 아마 멀고 먼 수면까지 배를 내리기 위함인 듯싶었다.

"질문 있나요?" 선원이 물었다.

"저요." 클리브가 말했다.

그럼 그렇지. 그토록 관심 받는 걸 좋아하는 녀석이 아무 질문 없이 넘어갈 리 없었다.

"말해봐라." 선원이 말했다.

"구명보트가 내려가는 도중에 멈추면 어떻게 하나요? 그럼 계속 그렇게 중간에 매달려 있어야 하잖아요."

"조용히 해, 클리브." 내가 말했다.

때마침 선장이 이쪽으로 다가왔고, 다행히도 선원은 그쪽으로 주의를 돌렸다.

"잘들 하고 있나?"

"모두 질서 바르게 계획대로 되고 있습니다."

"좋아. 계속 하게. 잠시 후 종료할 걸세."

선장은 다른 피난 조를 살펴보기 위해 자리를 옮겼다.

나는 1등급 선실 갑판을 올려다봤다. 바로 아빠가 눈에 들어왔다. 아빠도 다른 선원들처럼 승객들을 집합시키고 있었다. 내가 봤을 때는 도미닉스 부인이 구명조끼 입는 걸 돕고 있었다.

하마터면 이름을 부르고 인사할 뻔했다. 하지만 그전에 얼른 현실을 파악했다.

선장은 1등급 선실 갑판에도 얼굴을 비췄다. 아빠랑 잠깐 이야기하더니, 고개를 끄덕인 후 다른 곳으로 걸음을 옮겼다.

안내 데스크에서 봤는데, 선장의 이름은 코너튼이었다. 흔치 않은 성인데 우리 가족과 같다는 사실이 흥미로웠다. 그렇다고 우리의 먼 친척일 것 같지는 않았지만 말이다. 코너튼 선장은 여느 다른 선장과 마찬가지로 어두운 색 유니폼과 흰 모자, 금장을 달고 다녔다. 또 수염이 아주 덥수룩했다. 클리브가 우리는 다른 곳이 아니라 선장의 수염 속에 숨었어야 했다고 주장할 정도였다. 녀석은 안에 밀항자 몇 명쯤은 충분히 들어갈 수 있을 것 같다는 말도 덧붙였다.

비상 대비 훈련이 잘 진행되고 모두가 진짜 비상시에 어떻게 대응해야 하는지 익힌 것 같아 보이자, 선장은 만족하며 훈련을 끝내고 일상으로 돌아갈 것을 지시했다.

하지만 그때, 클리브가 그만 구명조끼를 부풀려버리고 말았다. 어디서 훅훅거리는 소리가 들리긴 했는데, 나는 주위를 구경하느라 그게 클리브라는 걸 까맣게 모르고 있었다.

녀석은 조끼 맨 위에 달린 공기 주입용 튜브를 '위대한 뚱뚱보 소년'이 될 때까지 있는 대로 분 모양이었다. 정말 거대해져 있었다. 거기까지만 해도 충분히 끔찍한 상황인데, 선장이 훈련이 끝났다고 방송하자마자 아직 조끼를 입고 있다는 사실을 까먹은 클리브가 아침 먹으러 레스토랑으로 달려가다가 문에 끼어버리면서 상황이 악화되었다.

"클리브." 나는 속삭였다. "뭐 하는 거야?"

"끼었어." 클리브가 말했다.

"공기를 빼."

"뭐? 방귀를 뀌라고?"

"조끼에서 공기를 빼내라고!"

문을 통해 안으로 들어가려는 사람들이 우리 뒤로 모여들기 시작했다. 아침을 먹으러 온 사람들이었다.

"왜 안 들어가지?"

"앞에 뭐 있어요?"

"무슨 일이야?"

"어떤 뚱뚱한 애가 문에 낀 것 같아."

상황을 파악한 클리브가 앞뒤로 몸을 꿈틀거리며 빠져나오려고 애썼지만, 그럴수록 문틀에 더욱 단단히 끼어버릴 뿐이었다.

"클리브, 어서! 공기를 빼라니까."

"어떻게?"

"몰라. 그 고리 같은 거 잡아당겨봐."

클리브가 고리 하나를 잡아당겼다.

하지만 큰 실수였다.

엉뚱한 고리를 당긴 모양이었다. 공기가 빠지기는커녕, '쉬이익' 소리와 함께 조끼 안의 비상 주입기에 압축돼 있던 공기가 나오며 조끼를 더욱 부풀렸다.

이젠 그냥 '위대한 뚱뚱보 소년'이 아니라, '위대한 뚱뚱보 소년' 과 '위대한 피자 소년'이 합체를 한 것 같은 모양이 되어버리고 말 았다. 이전보다 두 배는 더 단단히 낀 것 같았다.

"무슨 일이야? 훈련이 끝난 줄 알았는데. 왜 안에 못 들어가는 거야?"

"아직 아침을 못 먹었는데."

"나도 못 먹었어."

"지금 못 들어가면 남은 음식이 없을 텐데."

음, 음식이 없을 것 같지는 않았다. 하지만 실제로 그렇든 말든 무슨 상관이람. 뒤에 줄 서 있던 사람들 사이에 남은 음식이 없을 거라는 소문이 돌기 시작하자, 사람들은 그 어느 때보다 사나운 기세로 밀어대기 시작했다.

"죄송한데요," 내가 소리쳤다. "여기 문제가 생겼어요! 다른 문 으로 들어가주세요."

사람들은 다른 문에는 관심이 없었다. 반드시 이 문으로 들어 가겠다고 마음먹은 것 같았다.

하지만 클리브는 마치 틀에 담긴 스펀지케이크처럼 문에 딱 맞게 끼어 이도 저도 못하는 상황이었다. 꼭 배가 툭 불거져 나오고 얇은 팔다리가 나와 있는 거대한 비치볼 같아 보였다.

"도와줘!" 클리브가 말했다. "어떻게 하면 돼?"

"다른 고리를 당겨봐. 그중에 공기를 빼는 게 있을 거야."

"손이 안 닿아."

"잠깐만."

갑자기 좋은 생각이 떠올랐다. 나는 클리브의 바지 주머니로 손을 뻗었다.

"뭐 하는 거야?"

"다 널 위한 거야."

"저번에 무화과 시럽 갖고도 그 말 했었잖아!" 클리브가 반항했다. "그거 때문에 몇 주 동안 화장실에서 고생했다구!"

"이제 됐어! 찾았거든."

녀석의 주머니를 뒤져서 찾은 건 바로 맥가이버 칼이었다. 늘 언젠가는 써먹을 때가 있을 거라고 주장해왔는데, 내가 보기엔 바로 지금이 진가를 발휘할 순간이었다.

"좋아, 클리브. 가만히 있어. 얼른 구해줄게."

"뭐 하는 거야? 아프진 않겠지?"

나는 칼에 달린 여러 도구들 중 짧고 송곳같이 뾰족한 것을 폈다. 무슨 용도로 사용하는지는 몰랐지만, 이 상황에는 그게 가장 적당해 보였다.

구명조끼에 구멍을 뚫을 생각이었다.

나는 칼을 클리브의 배에 냅다 꽂았다.

슈우우우우위이이이이잉이이이아아아아아아악!

말로 표현하기 힘든 소리였다. 방금 **빵빵**하게 분 풍선의 주둥이를 놓으면 죽어가는 파리처럼 풍선이 방을 이리저리 날아다니다 램프 갓에 걸려 멈춰버릴 때 나는 소리랄까?

클리브에게도 비슷한 일이 벌어졌다.

조끼가 거의 폭발을 하면서, 그 충격이 클리브를 복도 아래로 밀어버리고 말았다. 공중제비를 두 번 정도 돌더니 소화기와 모래함 옆에 가서야 움직임을 멈췄다.

나는 쏜살같이 달려갔다.

"괜찮아?"

다행히 녀석은 괜찮았다. 녀석이 잠시 정신과 숨을 가다듬으며 몸의 먼지를 털어내는 동안, 나는 바람 빠진 조끼를 주워 쓰레기통에 버렸다.

클리브가 안정을 되찾고 있는데, 선원 하나가 우리 쪽으로 걸어왔다. 저번에도 몇 번 본 적 있는 선원이었는데, 반죽 덩어리같이 생긴 대머리 때문에 '덩어리'라고 줄여 부르기로 했었다. 딱 봐도 우리를 별로 좋아하지 않는 게 느껴졌다.

"너희 둘!" 덩어리가 말했다. "할 말이 있다!"

"저희요?" 클리브가 순진한 투로 말했다.(녀석은 순진한 척을 참 잘한다. 아마 많은 범죄자들도 마찬가지일 거라고 생각한다.)

"방금 있었던 일 모두 봤어." 덩어리가 말했다. "부자 할머니랑 같이 왔다고 해서 마음대로 휘젓고 돌아다녀도 된다는 생각은 금물이다. 그 구명조끼는 장난감이 아니야."

"사고였어요." 클리브가 말했다. "죄송해요."

"앞으로는 그런 일을 벌이지 않는 게 좋아." 덩어리가 말했다. "또 그러면 할머니께 말씀드릴지도 모르니까. 만약 할머니가 너희를 제대로 돌보지 못하시면, 그땐 선장님께 말씀드려야지. 혹시나 모를까 봐 해주는 말인데, 이 배엔 유치장이 있단다."

"유치장요?"

"작은 1인용 감옥이지. 혹시나 말 안 듣는 승객이 못된 짓을 저지르려 하면 거기에 가두는 거야. 남은 여행을 감옥에 갇혀서 하고 싶진 않겠지?"

"모르겠어요." 클리브가 말했다. "들쥐층보다 낫나요?"

"들쥐라고?" 덩어리가 말했다. "이 배에 쥐가 있다는 거냐?"

"어떤 배든 쥐가 몇 마리는 있는 법 아닌가요?"

"이 배는 아니야." 덩어리가 말했다. "거미도 없을 정도로 깨끗한 배니까! 다 필요 없고, 이것만 기억해두면 된다. 부자 할머니랑 왔다고 봐주는 거 없어. 그러니까 똑바로 행동해라."

덩어리는 말을 마친 후 갈 길을 갔다.

"가자, 클리브. 가서 아침 먹자. 시리얼 몇 박스랑 요거트 몇 바가지랑 삶은 계란 열두 개 정도 먹으면 기분이 좀 나아질 거야."

"맞아." 클리브가 말했다. "비스킷도 먹어야지."

"그럼, 그럼. 우리도 휴가를 즐기러 온 건데 뭐."

면, 물속에 홀로 남아 죽기만을 기다려야 할지도 모른다.

나는 천천히 고개를 돌려 우리를 적발한 자와 마주했다.

아, 이렇게 끝나는 것인가? 우리의 대단한 모험이, 우리의 밀항이, 우리의 여행이 이렇듯 허무하게 끝나는 것인가? 이제 우리는 어떻게 될까? 감옥에 갇힐까? 아빠가 뭐라고 하실까?

최악이었다.

아빠가 대체 뭐라고 하실까? 우리 말을 믿으실까? 아빠랑 같이 있고 싶고 육지에 홀로 남겨지기 싫어 따라왔다는 말을 믿으실까? 이해는 하실까? 그게 그럴싸한 이유라고 생각하실까? 아빠 엄마 없이 혼자 남아 있으면 외롭다는 걸 아실까? 우리가 원하는 건 단지 세 가족이 함께 모여 있는 것이라는 걸 이해해주실까?

우리를 용서해주실까?

나는 손과 목소리의 주인이자 우리를 선장에게 정의롭게 넘길 고발자와 용감하게 마주했다.

"안녕!" 목소리의 주인이 말했다. "역시 너희 둘인 줄 알았어! 그래, 그래, 그래! 여기서 만나게 돼 정말 반가워! 잘 지내고 있니? 난 잘 지내고 있어."

잘난척대마왕 왓슨이었다.

8장

잘난척대마왕의 초대

녀석은 혼자가 아니었다. 앵거스 왓슨 옆에는 엄마인 왓슨 부인, 아빠인 왓슨 씨, 또 다른 왓슨 가 형제들이 잔뜩 서 있었다. 집에서 키운다는 강아지 예삐 왓슨, 고양이 나비 왓슨, 토끼 콩콩이 왓슨을 빼고 온 가족이 크루즈 여행을 온 모양이었다.

"놀라워." 잘난척대마왕 왓슨이 말했다.(사실 놀랍기보단 충격을 받은 것 같아 보였다.) "넘실대는 파도 위에서 너희 둘을 만나다니!"

"누구니, 앵거스?" 왓슨 부인이 클리브와 나를 선글라스 너머로 흘긋 보며 물었다. 마치 참새우나 조개의 먼 친척뻘 되는 새로운 해양생물 종이라도 구경하는 듯한 눈빛이었다.

"같은 학교 다니는 애들이에요." 왓슨이 말했다. "제가 공립학교에서 살을 맞대며 생활하는 평범한 애들요."

이 대답에 클리브와 나는 놀란 표정을 주고받았다. 내가 기억하는 한, 잘난척대마왕 왓슨은 우리와 살을 맞댄 적이 한 번도 없었다. 사실, 만약 녀석이 클리브한테 다가와서 살을 맞대보자고 했다면 클리브는 분명 녀석한테 한 방 먹였을 것이다.

"어머, 정말 반갑구나." 왓슨 부인이 악수를 위해 한 손을 내밀었다. "그래, 너희가 평범한 애들이란 말이지? 정말 끔찍하게 반갑다."

우리는 셔츠에 손을 슥 닦은 후 왓슨 부인과 악수했다. 마치 시든 봄 양파나 민들레 줄기와 악수하는 느낌이었다.

"만나 뵙게 되어 저희가 영광입니다, 부인." 클리브가 말했다.(영화 대사에서 따온 구절이 분명했다.)

"뭘 그렇게까지."

하지만 잘난척쟁이 왓슨 부인의 얼굴은 자기가 우리한테 엄청난 영광을 선사하고 있다는 듯한 표정을 띠고 있었다.

잘난척대마왕 왓슨이 나타난 것도 문제였지만, 그보다 심각한 문제가 있었다. 우리 형제는 전에 녀석과 이야기를 나누다 아빠의 직급에 대해 거짓으로 둘러댄 적이 있었다.

여러분이 오해하지 않았으면 하는 게 있는데, 우리는 절대 아빠의 직급이 부끄럽지 않다. 정반대다. 우리는 아빠가 정말 자랑스럽다. 인기 많고 친근하고 능력도 있고 주위 사람들을 잘 도와서 모두가 아빠를 좋아하기 때문이다.

하지만 세상에는 그런 가치들이 사람을 평가하는 데 적합하지 않다고 여기는 사람들이 존재한다. 그런 사람들에겐 높은 급여, 직급만이 중요하다.

음, 아빠에겐 그런 것들이 없었다. 그렇지만 다른 애들이 우리 아빠를 자기들 아빠의 연봉, 직급과 비교하며 깎아내리는 건 싫었다.

우리는 왓슨 씨가 성공한 기업가이며, 얼마나 돈이 많은지 알고 있었다. 잘난척대마왕 왓슨은 우리 아빠가 선원이라는 걸 알고 있었지만 정확히 어떤 일을 하는지는 몰랐다.

그러던 어느 날 학교에서 왓슨이 우리 아빠가 정확히 어떤 일을 하는 선원이냐고 물었을 때, 클리브가 엄청난 허풍을 떨어버렸다.

"당연히 선장이지. 크루즈선의 선장 말이야."

왓슨은 상당히 깊은 인상을 받은 것처럼 보였다. 그 순간만큼은 클리브가 잘난 척으로 녀석을 앞질렀다.

"오, 세상에." 잘난척대마왕 왓슨이 말했다.(녀석은 이런 감탄사를 참 많이 사용한다. 가족들이 많이 쓰는 표현인 모양이다. 저녁때마다 식탁에 둘러앉아 '오 세상에', '오 맙소사' 등 각종 어색한 감탄사를 외쳐대겠지.) "오, 세상에. 선장이라고? 바다를 항해하는 그 커다란 크루즈선의 선장 말이야?"

"맞아, 바로 그거야." 클리브는 그만 조용히 하라는 내 몸짓 신호를 무시하고 계속해서 입을 놀렸다. "처음엔 카누로 시작하셨는데, 노 젓는 배로 사업을 늘리셨어. 그것도 대성공을 해서 그 다음엔 통통배, 그리고 점점 더 큰 배의 선장이 되셨지. 증기선, 그 다음엔 해협 횡단 카페리, 그 다음엔 유조선, 그리고 지금은 크루즈선을 몰고 계셔."

"세상에." 왓슨이 말했다.

111

자기보다 잘난 척을 잘하는 사람을 세상에 태어나서 처음 봤을 테니, '세상에'밖에 할 말이 없는 건 어쩌면 당연했다.

"대단해." 녀석이 말했다. "아빠가 크루즈선 선장이라니. 그럼 같이 여행 가본 적은 있어?"

"아직은 없어." 클리브가 말했다. "하지만 언젠가는 데려가실 거야. 그리고 선장 아들이니까 우리한테는 당연히 꼭대기 선실을 배정해주시겠지. 온수도 나오고, 커다란 냉장고에는 초콜릿이 잔뜩 있을 거야."

"세상에. 우리 아빠도 선장이면 좋겠다. 하지만 우리 아빠는 그냥 부자일 뿐이야."

"너무 상심하지 마. 모든 걸 다 이룰 순 없잖아."

그러고서 클리브는 위로의 의미로 왓슨의 어깨를 토닥였다. 넓은 의미로 보면 그것도 살을 맞댄 것에 포함될지 모르겠다.

그리고 지금 나와 클리브는 불행하게도 우리와 성이 같은 선장이 운전하는 배에서 잘난척대마왕 왓슨과 마주치고 말았다.

클리브와 왓슨 부인이 악수를 마치자 왓슨이 말했다.

"여기서 뭐 하고 있니?"

"음, 넌 뭐 하고 있는데?" 알리바이를 생각할 시간을 벌기 위해 내가 되물었다.

"휴가로 여행 왔어." 녀석이 대답했다.(당연히 일하러 오진 않았겠지.) "크루즈선은 처음이야. 보통은 먼 곳에 있는 특급 호텔 스위

트룸에 머물지만, 매년 그러면 너무 지루하지 않겠어?"

"그치." 클리브가 고개를 끄덕였다. "그렇겠지. 휴가 때마다 야자수만 본다면 정말 짜증이 날 거야."

왓슨 부인이 선글라스 너머로 우리를 쳐다봤다.

"여기 혼자 탄 건 아니지, 애들아?"

"오, 아니에요." 내가 말했다. "설마요. 크루즈선을 애들끼리만 탈 수는 없어요. 세상에, 절대 아니죠. 아주 위험한 일인걸요. 그렇지, 클리브?"

"그렇지." 동생이 맞장구쳤다.

"만약 우리끼리만 왔다면," 내가 말했다. "사고가 나거나, 바다로 떨어지거나—"

"너무 많이 먹어 배탈이 나거나." 클리브가 끼어들었다.

"맞아." 나는 고개를 끄덕였다. "그러면 안 되잖아요. 바로 그거예요!"

"그럼 누구랑 왔니?" 왓슨 부인이 물었다.

(그 순간 나는 왓슨 부인이 고집 센 여자이며, 우리가 아무리 둘러댄들 절대 두루뭉수리로 넘어가지 않으리란 걸 느꼈다. 원하는 답을 얻을 때까지 우리한테 질문을 계속 할 게 분명했다. 하긴, 잘난척대마왕 왓슨의 엄마인데 그럴 수밖에.)

"저희는— 저희는 여기에— 그러니까 저희는—"

"네, 저희는 여기 있어요." 클리브가 고개를 끄덕였다. "여기요."

"저희만 여기 있는 게 아니라 저희랑 같이—"

"같이—"

"같이—"

"음?" 왓슨 부인이 말했다. "누구? 누구랑 같이 왔니?"

"누구냐면—"

"아빠요."

달리 둘러댈 수가 없었다.

이 대답을 놓치지 않고 왓슨이 달려들었다. 녀석은 곧장 왓슨 부인에게 알고 있던 사실을 보고했다.

"얘네 아빠가 선장이잖아요."

사람 태도가 그렇게 빨리 변하는 건 처음 봤다. 갑자기, 부인이 거만하던 모습을 싹 거두고 세상에 그렇게 상냥할 수 없는 표정으로 우리를 바라봤다.

"어머나, 아빠가 선장이시라고! 세상에! 정말 놀랍구나!"

그러고는 아들을 보며 얼굴을 찌푸렸다.

"선장님의 자제 분들을 보고 평범한 애들이라고 하다니, 앵거스."

"평범해요." 클리브가 말했다. "정말 평범한걸요. 아빠가 승객 몇 천 명이 타는 커다란 배의 선장님이긴 하지만, 그래도 평범하게 모두와 어울리면서 살 맞대고 지내는걸요. 아빠가 저희를 공립학교에 보내신 것도, 저희가 겸손하게 사는 법을 배우길 원하시기 때문이에요."

"오, 그렇고말고." 왓슨 부인이 말했다. "그래 보이는구나. 우리도 같은 가치관을 갖고 있단다. 게다가 학교 등록금도 절약이 되 잖니."

한편 왓슨 부인이 우리와 대화하는 동안, 왓슨 씨는 옆에서 잘 난척대마왕 왓슨 형제의 막내 아기를 안고서 한 마디도 않고 서 있었다. 옆에는 잘난척대마왕 왓슨의 유모도 있었는데, 난간을 기어올라 바다로 다이빙하려 하는 왓슨의 여동생을 막으려 애쓰 고 있었다.

왓슨 씨가 기업의 사장이긴 해도, 집안의 가장은 아닌 것 같다 는 생각이 들었다. 집안 내에서는 왓슨 부인이 모든 권력을 쥐고 있는 것처럼 보였다.

"어쨌든 앵거스가 정말 좋은 애들과 친구가 돼서 기쁘구나." 부 인이 말했다. "선장님의 자제들이라면 우리처럼 특실에 머물고 있 겠구나."

"음, 그렇진 않아요." 내가 말했다. "하지만 저희한테만 배정된 특별한 선실에 묵고 있어요."

"오, 그럼. 그럴 수 있지."

"네. 그런데 아빠는 배 위에서 저희랑 아는 척하길 원하지 않으 세요."

"응? 왜 그러실까?"

"이유는 많아요. 일단 저희가 직원 가족이라 특별대우를 받는 다는 오해가 생길 수 있고, 또 일에 방해가 될 수도 있기 때문이 죠. 선장 아들인 걸 알면 납치될 가능성도 있고요."

"오, 그렇구나. 그래, 그래."

"쌍둥이라서 혹시나 납치를 당하면 몸값도 두 배로 뛰죠."

"그래."

"그래서 배 위에선 서로 모른 척해요. 아빠랑 마주치면 조용히 '아빠, 안녕하세요.' 하고 인사하지만, 그럼 아빠는 저희를 처음 보는 것처럼 놀란 척하시죠."

"아주 현명하시구나."

"그러니까 어디 가서 저희가 선장 아들이란 말씀은 삼가주셨으면 좋겠어요. 사람들이 질투하거나 나쁜 감정을 가질 수도 있고, 선원들이 반란을 일으킬지도 모르거든요. 솔직히 말씀드리면, 몇몇 선원들은 벌써 못된 생각을 가지고 있어요. 대머리 선원을 보신 적이 있나요?"

"아니. 어쨌든 우리는 믿어도 된단다."

운 좋게도 바로 그때 선장이 우리 쪽으로 다가왔다.

배를 둘러보는 중인 것 같았다. 선장은 하루에 한 번씩 승객들에게 인사하고 웃어주며 모두가 즐거운 시간을 보내고 있는지, 불만 사항은 없는지 확인하고 돌아다녔다.

"어머, 너희 아빠가 오시는구나." 왓슨 부인이 우리를 보며 말했다. "그래, 그래." 두 명의 선원과 함께 다가오는 선장의 얼굴을 보고 부인이 탄성을 질렀다. "정말 가족이 맞구나. 똑 닮았어."

"하지만 여보, 선장은 수염 때문에 얼굴이 잘 안 보이는걸." 왓슨 씨가 말했다.

"나도 알아요." 왓슨 부인이 쌀쌀맞게 대꾸했다. "하지만 이 애들한테 저렇게 두꺼운 수염이 나 있는 모습을 상상하면, 정말 아빠하고 똑 닮았다는 게 그려질 거예요."

"아, 그래. 정말 그렇겠군."

나는 수염이 난 클리브를 상상해보려 애썼다. 그때 수염이 있는 사람들은 모두 닮아 보인다는 사실을 처음으로 깨달았다. 마치 '수염 가문'이라도 존재할 것만 같았다.

선장은 승객들에게 일일이 고개를 끄덕이고 미소 지으며 갑판을 따라 우리 쪽으로 걸어왔다. 너무 친절하고 상냥해서, 물건을 팔고 다니는 게 아닐까 착각할 정도였다.

왓슨 가족도 선장과 한 명 한 명 인사를 나누었고, 마침내 우리 차례가 왔다.

"안녕하세요, 아빠." 클리브가 뻔뻔스럽게 말했다.

선장이 얼굴을 찡그렸다.

"미안하구나. 뭐라고 했니?"

"아, 죄송해요. 잘못 나왔어요." 클리브가 정정했다. "안녕하세요, 선장님."

그러고서 서로 뭔가 비밀스러운 계획을 공유하기라도 하는 것처럼 선장을 향해 눈을 찡긋했다. 지나치게 과장된 윙크였다.

선장은 당황한 표정이었다.

"그래, 안녕, 얘들아." 선상이 말했다. "좋은 시간 보내고 있니?"

117

"완전 잘 지내고 있어요." 클리브가 말했다. "좋은 서비스 감사하다고 따로 전하고 싶었어요. 특히 1등급 선실에서 일하는 고위 승무원요. 선원들 중에 최고인 것 같아요."

"그러니? 음, 좋은 정보 고맙다. 난 이만 자리를 떠야 할 것 같구나."

"그래요, 아빠— 아, 아니지. 선장님."

클리브는 또다시 눈을 찡긋해 보였고, 선장은 발걸음을 옮겼다.

선장이 시야에서 사라지자, 왓슨 부인이 우리를 보며 말했다.

"어쩜 저렇게 신중하실까? 분별력 있고 침착하셔. 역시 직함에 어울리는 성품이야. 아빠가 정말 자랑스럽겠구나."

"네." 내가 말했다. "맞아요."

사실이었다.

"오늘 밤엔 우리와 함께 저녁식사를 하는 게 어떻겠니." 왓슨 부인이 말했다. "앵거스의 말동무도 되어주고 말이야. 애버딘에서 이사 온 후로는 친구를 사귈 기회가 많이 없었단다."

"아." 클리브가 말했다. "애버딘에서 살았다는 건 처음 알았네요."

"어쨌든," 부인이 말했다. "1등급 선실 레스토랑에 자리를 예약해놓을게. 오늘 저녁 어떠니?"

엄청난 일에 휘말리는 기분이었다.

"감사하지만, 저희는—"

"입을 옷이 없어요." 클리브가 말했다. "정장 가져오는 걸 까먹었거든요."

"걱정 마렴. 너무 편한 복장만 아니면 문제될 게 없단다. 애들이 턱시도나 커머번드를 갖춰 입을 거라고 생각하는 사람도 없고 말이야."

(클리브는 커머번드가 뭔지 알지 못했다. 그래서 공식적인 자리에서 허리에 두르는 띠라는 걸 나중에 따로 설명해줬다.)

"꼭 와서 함께 저녁 먹자." 왓슨 부인이 말했다. "저녁 여덟 시에 보는 걸로 하자. 그럼 얘들아, 우린 수영장에 갈 건데, 앵거스 넌 어떻게 하겠니? 친구들하고 좀 더 놀겠니?"

잘난척대마왕 왓슨이 아니라고 대답하길 바랐는데, 녀석은 '선장 아들'인 친구들과 좀 더 시간을 보내겠다고 대답했다.

하지만 걱정했던 만큼 끔찍하지는 않았다. 우리는 남은 오전 시간 내내 수영장 옆 갑판에서 게임을 하며 놀았다.

'갑판 투호'라는 게임이 있었는데, 가운데 구멍이 뚫린 무거운 고무 고리를 던져 목표물에 맞히는 놀이였다. 클리브의 차례가 왔을 때, 녀석이 온힘을 다해 고리를 던지는 바람에 자꾸만 배 밖으로 고리가 튕겨나갔다. 원반던지기에서 늘 1등을 하는 녀석이기에, 왠지 관심을 끌려고 일부러 저러는 것 같다는 생각이 들었다.

그 다음엔 테니스를 했는데, 이번에도 클리브는 공을 자꾸만 배 바깥으로 쳤다. 라켓 담당 직원도 녀석이 일부러 공을 튕겨내는 것 같다고 생각했는지, 한 번만 더 그러면 바다로 들어가 공을 주워 오게 하겠다고 경고했다.

그후 우리는 수영장에서 놀았다. 물은 생각보다 따뜻했고, 수영을 마친 후에는 물기를 닦을 수 있도록 직원들이 수건도 나눠 줬다. 누워 볕을 쬐면서 "이게 사는 맛이지." 하고 중얼거리며 빈둥거렸다. 물론 매일 그런다면 지겨워질 테지만, 잠시 며칠간 여유를 가지는 것도 좋았다.

배 위에 수영장이 있다는 게 웃기게 느껴지기도 했다. 왜냐하면 물 위에 배가 떠 있는데, 그 배 위에 또 물이 있으니까.

잠시 일광욕을 즐긴 후, 또 보자는 인사와 함께 잘난척대마왕 왓슨은 가족들에게 돌아갔고, 클리브와 나는 점심을 먹으러 떠났다.

점심을 마치고 소화를 위해 일광욕을 한 후, 나와 클리브는 '나는야 갑판장 클럽'에 가서 활동 두어 개를 신청했다. 양궁, 축구, 보물찾기, 퀴즈 등 갖가지 프로그램이 많았다.

겉보기엔 이렇게 즐겁기만 한 시간을 보내고 있었지만, 언제 엄습할지 모르는 위험이 우리의 마음을 불편하게 했다. 바로 들킬 가능성이었다.

그게 밀항의 문제점이었다. 무엇을 하든, 어디에 있든, 가장 즐거운 순간에도 마음 깊숙한 곳에 언제 들킬지 모른다는 조마조마한 두려움이 숨어 있었다.

지금 우리에게 가장 두려운 상황은 두 가지였다. 첫째는 아빠와 마주치는 것, 둘째는 들쥐층의 선실을 오가는 길에 직원과 마주치는 것.

120

몇몇 선원은 우리가 도미닉스 부인의 손자라고 생각했다. 어떤 선원들은 우리가 왓슨 가족의 일행이라고 생각했다. 왓슨 가족은 우리가 선장의 아들이라고 생각했다. 우리가 밀항자라고 생각하는 사람은 아무도 없었다. 유일하게 아니꼬운 눈길을 보내는 건 저번에 우리를 꾸짖었던 대머리 선원뿐이었다.

배에 타고 내릴 때 빼고는 그렇게 큰 위험이 없었다. 항해 도중에는 사람들의 이목을 끌 행동만 하지 않으면 비교적 안전했다.

하지만 우리의 경우엔 배 위에 아빠가 있었다.

그래서 시간이 갈수록 자꾸만 죄책감이 늘어갔다.

"아빠가 우리를 보면 어떡하지, 클리브?"

"어떻게 보시겠어? 1등급 선실 쪽에 계시잖아."

"그래도 만약 보시면? 크게 문제가 되진 않겠지? 우리가 몰래 탔다고 해도?"

"별 문제 없겠지. 아닌가?"

그러고서 우리는 그냥 할머니 댁에 있을걸 하고 후회하기 시작했다. 우리 때문에 아빠한테 문제가 생기는 건 싫었기 때문이다. 가장 피하고 싶은 상황이었다.

하지만 후회해봤자 이미 늦고 말았다. 벌써 배를 탔는걸. 이젠 배가 출항지로 다시 돌아갈 때까지 조용히 기다리는 수밖에 없었다. 여행을 마친 후의 일은 그때가 되면 답이 나오겠지.

수영장에 있을 때 아빠가 두어 번 바로 옆을 지나쳐 갔는데, 우리 쪽으로는 눈길도 주지 않았다. 햇볕에 살이 조금 탄 데다 선글

121

라스까지 쓰고 있어서 알아보지 못한 것 같았다. 게다가 손님들에게 인사하고 필요한 것은 없는지 물으며 분주히 일하고 있었기 때문에 일광욕 중인 남자애 두 명에게 신경 쓸 겨를이 없었을 것이다.

아빠는 모든 승객들에게 친절했고, 대부분의 승객들도 아빠의 인사에 호의적인 반응을 보였다. 하지만 1등급 선실을 쓰는 사람들 중에는 무례한 손님들도 있었다. 신경질을 부리며 아빠한테 "음료수에 얼음이 없잖아! 얼음 갖고 오라고 했는데, 당신 귀먹었어?" 하고 소리 지르는 남자도 있었다.

클리브가 달려가서 뒤통수를 때려주겠다고 했지만, 나는 동생을 말렸다.

아빠는 변함없이 침착한 태도로 정중히 사과하며, 직원이 실수를 한 것 같으니 새 음료수를 만들어 오겠다고 남자한테 말했다. 그런데도 남자는 고맙다는 인사조차 하지 않았다.

돈이 많으면 다른 사람을 막 대해도 되는 걸까?

나는 아니라고 생각했다.

배를 탄 사람들 중 가장 부자일지 모르는 도미닉스 부인도 그렇게 보석과 비싼 시계를 주렁주렁 달고 다니면서 늘 친절하고 예의 바르고 상냥한 태도로 사람들을 대하지 않는가?

돈이 많다는 이유 하나로 다른 사람들에게 못되게 굴어도 된다고 생각하는 사람들이 참 이상했다. 도미닉스 부인 같은 착한 부자들도 있는데 말이다.

122

음료수 사건이 있고 한 시간쯤 후, 이리저리 돌아다니던 클리브가 일광욕 침대에 누워 있던 무례한 남자한테 얼음물 반 바가지를 '실수'로 엎지르고 말았다.

물론 남자가 화를 냈지만, 클리브의 말마따나 그건 '실수'였다.

오후에 우리는 다시 앵거스 왓슨을 만나 숨바꼭질을 했다. 하지만 워낙 배가 큰 데다 숨을 곳이 너무 많았기 때문에, 술래였던 나는 클리브를 찾는 걸 관두고 게임을 마쳤다. 녀석은 한 시간 후 나와 왓슨이 수영장 근처에서 한창 빈둥거리고 있을 때에야 다시 나타났다.

"화요일에 여행 가?" 왓슨이 물었다.

클리브와 나는 멍해져서 왓슨을 쳐다봤다.

"여행? 무슨 여행?"

"그때 정박하잖아. 첫 기항지야. 유적지 보러 가는데, 너희도 가니?"

"음, 아마 그럴 거야." 내가 말했다. "내일 다시 생각해보려고. 일정이 바뀔 수 있어서……."

"정말 엄청난 유적지래." 왓슨이 말했다. "난 보러 갈 거야."

"우리도 가능하면 가고 싶어."

"가고 싶으면 빨리 예약해야 할걸. 음, 난 이제 선실로 돌아가야겠다. 여덟 시에 보자."

여덟 시?

맞다.

왓슨 가족과 1등급 선실용 레스토랑에서 저녁을 먹기로 했었지.

왓슨이 선실로 돌아간 후, 나는 클리브를 보며 물었다.

"어떻게 할 거야? 안 가면 의심스러워 보일 거야. 근데 가면 아빠랑 마주칠지도 몰라."

하지만 클리브는 아무 걱정이 없는 듯 보였다.

"아니야. 아빠는 선원이지, 웨이터가 아니잖아. 음식 나르는 건 아빠 일이 아니야. 아빠는 사람들이 주문한 걸 선실로 갖다 주지. 그리고 저기 봐."

그러면서 어딘가를 가리켰다.

녀석은 1등급 선실 쪽 갑판에 있는 아빠를 가리키고 있었다. 아빠는 다른 선원에게 뭔가를 넘겨주며 이야기하고 있었다.

우리는 여태껏 아빠의 근무시간을 알아내려고 노력했다. 하지만 감을 잡을 수 없을 정도로 불규칙해 보이는 데다 쉬는 시간도 없이 근무하는 것 같아서 거의 포기한 상태였다.

하지만 지금은 쉬러 가는 게 분명해 보였다.

"괜찮을 거야." 클리브가 말했다. "이제 근무 마치신 것 같아. 아마 여덟 시간 동안 쭉 주무실 테고, 그럼 우리가 1등급 갑판에 있어도 안전하겠지."

"그래, 그런 거 같아. 그럼 우리 방 가서 제일 좋은 옷으로 갈아입고 준비하자. 왓슨 가족이 우리가 선장 아들이란 걸 제발 비밀로 해줬으면 좋겠는데. 안 그러면 정말 큰 문제에 빠질지도 몰라.

아주, 아주 큰 문제. 그러니까 우리는 절대로 말실수를 하면 안
돼."

하지만 클리브는 큰 문제든, 아주아주 큰 문제든 별 신경이 쓰
이지 않는 모양이었다. 워낙 이런 녀석이다 보니, 가끔씩은 동생
이 문제, 특히 큰 문제를 일부러 찾아다니는 건 아닌가 하는 생각
이 들 때도 있었다.

9장

위험한 저녁식사

솔직히 말하자면, 클리브의 옷 중에는 딱히 좋은 옷, 나쁜 옷이 랄 게 없었다.

녀석은 모든 것을 쓰레기로 만들어버리는 특기가 있었다. 그림을 그릴 때 붓을 헹구는 통 안의 물이 처음엔 깨끗해도 나중엔 결국 탁한 갈색이나 회색으로 변하지 않는가? 클리브의 옷들이 꼭 그랬다. 분홍색 바짓단에 주황색 줄무늬가 그려진 밝은 보라색 바지를 입혀놔도 결국에는 탁한 갈색으로 더럽혀놓았다.

나는 매일 깨끗이 갈아입을 수 있을 만큼 바지를 넉넉하게 가져왔다. 하지만 클리브는 겨우 두 벌밖에 가져오지 않았다. 하나를 입으면 다른 하나를 빨고, 빤 바지가 다 마르면 입었던 바지를 빨면서 번갈아 입겠다는 계획이었다.

하지만 짐을 쌀 때의 계획과 달리, 항해가 시작된 후 클리브는 한 벌만 계속해서 입었다. 내가 바지 좀 갈아입으라고 하자, 클리브는 깨끗한 새 바지는 혹시 모를 상황에 대비해 아껴두겠다고

126

했다. 하지만 내가 계속 독촉하자, 녀석은 결국 화장실에 있던 대야를 산책로 갑판으로 가져와 더러워진 바지를 손빨래했다. 빨래를 마친 후 어떻게 말리냐고 묻기에, 나는 바지를 사방으로 흔들어서 물기를 털어내라고 했다. 하지만 그러다가 바지가 바다에 빠지고 말았다. 녀석이 두 벌 중 하나를 잃어버렸기 때문에 나는 내 바지 하나를 녀석한테 내줘야 했다.

사실 양말 갖고도 이런저런 일이 많았지만, 그에 대해서는 자세히 다루지 않겠다.

어쨌든, 우리는 1등급 레스토랑에서의 저녁식사를 위해 가장 좋은 옷으로 멋지게 갈아입었다. 방에 거울이 없기 때문에 진짜로 멋진지 아닌지는 서로의 눈을 믿어야 했다. 클리브는 내가 괜찮아 보인다고 말했지만, 나는 녀석의 눈을 믿을 수가 없었다. 화장실에 가서 거울을 봤더니, 그럼 그렇지, 무슨 곰인형같이 코에 커다란 검댕이 묻어 있었다.

식사하러 올라가기 전, 나는 클리브한테 잠시 설교를 늘어놓았다.

"오늘 밤은 정말 최고로 예의를 갖춰야 해. 안 그러면 모든 게 들통 날 수도 있어. 그럼 우리뿐 아니라 아빠까지 위험해져. 그럼 안 되잖아, 그렇지?"

"절대 안 되지." 클리브가 말했다.

진심인 것 같았다.

"좋아. 이제 가자."

클리브가 우리 선실을 한 번 슥 둘러봤다. 내가 보기에도 우울 우리는 레스토랑에 가서 아침식사를 충분히 즐기다 나왔다.

그 다음 갑판에서 잠시 산책을 했다. 밤새 많이 남쪽으로 내려왔는지 날씨가 벌써 많이 따뜻해졌다.

"점점 뱃사람 다리(sea legs)가 생기는 것 같아."

"그게 무슨 말이야?" 클리브가 물었다.

"왜 있잖아, 배 흔들리는 거에 익숙해져서 잘 걸어 다닐 수 있게 되는 거."

"아, 맞아. 그럼 나도 뱃사람 다리가 생기고 있어. 그리고 뱃사람 팔도, 뱃사람 팔꿈치도, 그리고―"

하지만 말을 잇기도 전에 우리 뒤에서 불쑥 나타난 손 하나가 내 어깨 위에 내려앉았다.

이어서 나는 정말 꿈에도 듣기 싫은 말을 듣게 되었다. 배에 오르는 순간부터 듣기 싫었던 말, 모든 밀항자들이 밀항이 역사 속에서 처음 시작되었을 때부터 증오했을 말.

"어이! 잠깐만!" 누군가가 말했다. "여기서 뭐 하는 거야? 우리, 아는 사이 아닌가?"

달아나고 싶었지만, 지금 어디로 도망칠 수 있겠는가? 잠시 동안 나는 바다로 뛰어내려볼까 고민했다. 먼저 클리브를 난간 너머로 민 다음 따라 뛰어내리는 것이다.

하지만 갑판에서 물까지는 너무 멀었다. 그리고 일단 죽지 않고 물에 빠진다 해도, 차가운 바닷물이나 상어 등등 위험 요소가 너무 많았다. 우리가 없어졌다는 사실을 모르고 배가 그냥 가버리해 보이는 공간이었다.

"저번에 창문으로 특실 안을 들여다봤는데," 클리브가 말했다. "텔레비전이며 소파며 별의별 게 다 있더라구."

"나도 알아, 클리브. 하지만 우린 이게 최선이잖아."

그때 클리브가 좋은 생각이 떠오른 듯 말했다.

"알았다. 업그레이드 해달라고 하면 되잖아."

순간 빨랫줄에 걸려 있던 녀석의 젖은 바지로 입을 막아버리고 싶었다.

"밀항 중인데 우리가 어떻게 선실을 업그레이드 시켜달라고 하냐! 지금 여기도 우리가 있으면 안 되는 곳인데."

"그렇지." 녀석이 말했다. "하지만 빈 선실이 있는데도 우리가 못 들어가고 있는 거면 아깝잖아."

우리는 문 쪽으로 걸어갔다. 그때 어디선가 사람 목소리가 들렸다. 나는 발걸음을 멈췄다. 클리브의 목소리는 아니었다. 다른 사람의 목소리였고, 점점 이쪽으로 가까워지고 있었다―

"뭐야?" 클리브가 물었다.

"쉿! 들어보자."

환기구를 타고 내려오는 대화 소리였다. 두 명이었는데, 그중 한 명은 얼굴이 기억 안 날 뿐 분명 어디선가 들어본 목소리였다.

"그 여자, 정말 뭐가 많아 보였는데." 낯선 목소리가 말했다. "너도 본 적 있냐? 여기저기 보석을 뚝뚝 흘리고 다니잖아. 그 목걸이만 해도 5만 파운드는 될걸. 그 팔찌도―"

"맞아." 익숙한 목소리가 말했다. "그 여자뿐이야? 승객들마다 금시계에 보석, 돈…… 왜 집에 안 두고 다 챙겨 왔나 몰라."

"무서워서?" 낯선 목소리가 말했다. "집에 두면 누가 훔쳐갈지도 모르잖아."

둘은 세상에서 가장 웃기는 농담이라도 들은 것처럼 낄낄대며 웃었다. 이어서 대화 소리가 점점 희미해졌다. 다른 곳으로 걸어가는 것 같았다.

클리브가 귀를 긁었다.

"뭐라는 거야?"

"그러게. 이 환기구가 갑판의 어디로 이어져 있는지 알 방법이 없을까?"

"환기구가 한두 개여야지."

"하긴. 빨리 안 가면 늦겠다. 아, 그리고 기억해. 예의 바르게 행동하는 거."

"당연하지." 클리브가 말했다. "내가 원래 그렇잖아."

우리는 정확히 8시에 1등급 승객용 레스토랑에 도착했다. 데스크에는 수석 웨이터가 예약자 명단을 가지고 서 있었는데, 프랑스 억양을 섞어 말했다. 하지만 내가 보기에 그 사람은 프랑스 출신이 아니었다. 저번에 복도를 지나치다 다른 웨이터와 영국 리버풀 억양으로 말하는 걸 들었기 때문이다.

"봉주르, 무슈." 웨이터가 말했다. "어서 오십시오."

"봉주르, 오시." 내가 말했다.(학교에서 프랑스어를 조금 배웠다.)

"예약하셨습니까?" 웨이터가 물었다.

"했어요." 클리브가 말했다. "잘난척대마왕 왓슨네하고요."

"왓슨 가족을 말하는 거예요." 나는 서둘러 정정했다. "저쪽에 보이네요."

"물론입니다. 이쪽으로 오시죠."

웨이터가 우리를 레스토랑의 한구석에 있는 좋은 자리로 안내했다. 바로 옆에 난 창문을 통해 아름다운 바다 풍경이 한눈에 들어왔다.

왓슨 부인이 우리를 환영하며 왓슨와 여동생 옆의 의자를 권했다. 아기 왓슨과 유모는 그 자리에 없었다.

잘난척쟁이 왓슨 씨도 테이블에 앉아 있었지만 전과 마찬가지로 별 말이 없었다. 테이블 앞에 놓인 와인 병에 온 관심이 쏠려 있는 것 같았다. 크루즈선 내에서는 모든 술이 무료였는데, 왓슨 씨는 그 혜택을 최고치로 즐기고 있는 듯 보였다.

"그래, 얘들아." 왓슨 부인이 말했다. "오늘 하루 즐겁게 놀았니?"

"네." 내가 말했다.

"짱이에요." 클리브가 동의했다.

"다행이구나."

그후 부인은 우리를 저녁식사에 초청한 속내를 슬슬 드러냈다. 그때까지 나는 어째서 우리를 초대한 건지 의아했었다. 일반적인 사람이라면 클리브와 마주 보고 밥 먹는 걸 아주 꺼리기 때문이다. 녀석과의 외식은 보통 다른 사람의 옷 세탁비를 물어주는 것으로 끝나곤 했다.

"부탁할 게 한 가지 있는데⋯⋯." 부인이 말을 꺼냈다.

"네." 클리브가 말했다. "말씀하세요."

"그래." 부인이 말했다. "너희도 알겠지만, 크루즈에서는 선장님의 테이블에서 선장님과 함께 식사하는 게 아주 큰 영광이란다."

"아." 내가 대꾸했다. "네, 맞아요."

"그래, 당연히 그 사실은 너희들도 알겠지. 더 말할 필요가 있겠니? 너희는—" 그러고서 부인은 목소리를 낮췄다. "선장님의 자제들인데."

"그럼요." 내가 말했다. "맞지, 클리브?"

"맞아." 클리브도 동의했다.

"지금 익명으로 여행 중인 건 알고 있지만—"

"네?" 클리브가 물었다.

"아무도 우리가 실제로는 누군지 모른다는 뜻이야." 내가 말했다.

"아, 그렇지. 계속 그래야 할 텐데." 클리브가 말했다.

"그렇지만," 왓슨 부인이 말했다. "아버님께 하루만 우리 가족을 식사에 초대해달라고 살짝 귀띔해줄 수 있겠니? 너무 힘든 부탁일까? 너희들이 학교에서 앵거스랑 아주 친하게 지내고 서민 애들 사이에서 잘 적응하고 있는 걸로 아는데."

"물론이죠, 왓슨 부인." 내가 말했다. "최대한 부탁드려볼게요. 벌써 저녁식사 약속이 많이 잡혀서 확신드릴 순 없지만 조용히 말씀드려볼게요."

"고맙구나, 얘들아. 아, 여기 웨이터가 음료수를 갖고 왔네. 메뉴도 살펴보고 뭐 먹고 싶은지 주문하렴. 어머, 저기에 너희—" 부인이 또다시 목소리를 낮추었다. "아버님이 오시는구나."

클리브와 나는 순간 레스토랑을 뛰쳐나갈 뻔했다. 진짜 우리 아빠를 말하는 줄 알았기 때문이다.

하지만 부인은 선장을 말한 거였다.

최고의 유니폼으로 아주 멋지게 차려입은 선장은 모든 테이블의 승객들과 조금씩 여담을 나누며 선장 전용 테이블로 걸어가고 있었다. 오늘 저녁에 초대된 손님들은 저 자리에서 선원 둘을 대동한 선장과 함께 저녁식사를 하게 될 터였다.

선장이 우리 테이블에 점점 가까워지자, 왓슨 부인은 핸드백에서 거울을 꺼내 얼굴을 빠르게 한 번 살폈다. 왓슨 씨는 웨이터를 불러 와인 한 병을 더 주문했다. 클리브와 나와 왓슨과 그 여동생은 그냥 멀뚱히 앉아서 버거킹에 가는 게 나았겠다고 생각하고 있었다.

"즐거운 시간 보내고 계신가요?"

우리 테이블에 다가온 선장이 안부 인사를 건넸다. 클리브가 선장의 수염을 뚫어져라 쳐다봤다. 그 안에 누가 살고 있는지 살펴보는 게 분명했다.

왓슨 부인은 선장을 보며 크게 웃어 보였다. 마치 여분의 이빨을 입술 사이에 밀어 넣은 것처럼 커다란 미소였다.

"덕분에 정말 즐거운 시간을 보내고 있답니다, 선장님."

"다행이군요." 선장이 말했다. "그럼 식사 맛있게 하시기—"

그때 다음 테이블로 이동하려는 선장을 왓슨 부인이 붙잡았다.

"그리고," 부인이 말했다. "그리고 말이죠."

갑자기 부인의 태도가 선장과 엄청난 공모라도 하는 듯 비밀스럽게 바뀌었다. 저번에 클리브가 했던 것처럼 윙크까지 했다. 아마 선장은 왜 이 사람들이 자기한테 이렇게 윙크를 해대나 하고 혼란에 빠졌을 것이다.

"정말 훌륭하고 멋진 자제 분들을 두셨다고 말씀드리고 싶었어요."

멍하니 서 있던 선장의 표정이 아주 놀란 모습으로 바뀌었다.

"부— 부인께서 저희 애들을 아십니까?" 선장이 말했다.

왓슨 부인은 또 한 번 윙크를 해 보이고 입술 위에 검지를 댔다.

"알죠." 부인이 말했다. "하지만 부모의 마음을 알기 때문에 비밀을 지킨답니다."

선장은 어리둥절한 표정을 지었다.

"아, 그렇군요. 음—"

"어찌나 잘들 생겼는지요." 왓슨 부인이 말을 이었다.

"특히 둘째요." 클리브가 끼어들었다.

나는 나불대려는 녀석을 테이블 밑으로 걷어찼다.

선장은 점점 더 이해가 안 된다는 표정을 지었다.

"아, 음, 그렇게 말씀해주시니 참, 고맙습니다."

"걱정 마세요." 부인이 속삭였다. "비밀은 지킨답니다."

선장의 얼굴이 빨갛게 달아올랐다.

"비, 비밀요?" 선장이 말했다. "흠."

그러고서 서둘러 자리에서 벗어났다.

"그럼 맛있게 식사하십시오. 손님들이 기다리고 계셔서요."

선장이 떠나자 왓슨 부인이 말했다.

"정말 훌륭한 분이셔. 유니폼도 멋지고, 책임감도 엄청나시지. 이렇게 커다란 배의 선장은 거의 도시 하나의 시장이나 마찬가지일 텐데 말이야."

"와인 어디 있지?" 왓슨 씨가 말했다. "음식은?"

"저기 웨이터가 오네요." 부인이 말했다. "주문을 받으러 오고 있어요."

그때 나는 창문에 반사된 웨이터의 모습을 포착했다. 클리브도 마찬가지였다. 알아보는 데는 잠시 시간이 걸렸다. 평소처럼 선원의 옷이 아닌 웨이터 옷을 입고 있었기 때문이다.

아마 누가 아파서 오늘 저녁 그 사람 대신에 근무를 서는 듯했다.

그래, 우리 테이블로 주문을 받으러 오는 그 웨이터는 우리가 이 배를 타게 된 이유이자 동시에 가장 보기 싫은 사람이었다.

아니다, 정정하겠다. 우리는 그 사람이 정말로 보고 싶었다. 우리가 밀항하기로 마음먹은 것도 그 사람을 보기 위해서였다.

하지만 그 사람이 우리를 보는 건 원치 않았다. 적어도 배 위에 있는 동안은 아니었다.

그래.

바로 맞췄다.

아빠였다.

클리브의 추락

아직 우리를 못 본 듯했다. 그러니까 도망칠 기회는 있었다. 왓슨 부인이 믿을 만한 그럴싸한 핑계를 대고 아빠가 우리를 보기 전에 레스토랑을 빠져나가면 된다.

"저기요, 웨이터!"

다른 테이블에서 누군가가 아빠를 불렀다.

"주방에서 실수가 있었던 것 같은데요. 스테이크를 웰던으로 시켰는데 레어가 나왔어요."

"죄송합니다, 손님. 금방 다시 가져다드리겠습니다."

아빠는 잘못 나온 스테이크 접시를 들고 주방 쪽으로 걸어갔다. 이제 일이 분 정도의 여유가 있었다.

나는 클리브를 쳐다봤다. 클리브도 나를 봤다. 그냥 일어나서 레스토랑을 나갈 수는 없었다. 왓슨 부인이 아주 이상하게 생각할 테니까. 그럼 어떻게 해야 하지? 무슨 수로 레스토랑을 나갈 수 있지?

누군가가 소리를 질렀다.

클리브였다.

녀석은 자리에 없었다.

하지만 목소리는 계속해서 들려왔다.

"아! 오오오! 으으! 아아악!"

왓슨 부인이 식탁보를 걷어 테이블 밑을 들여다봤다.

"동생 괜찮은 거니?" 부인이 물었다.

"걱정 마세요." 클리브의 작전을 얼른 알아차린 내가 말했다. "별거 아니에요. 그냥 발작하는 거예요."

"발작?" 부인이 걱정스럽게 물었다. "발작을 하니?"

"으! 아아아! 우우우!"

클리브가 아랫배를 부여잡으며 계속해서 난리를 쳤다. 아마 심장과 신장을 헷갈린 게 틀림없었다.

"네. 가끔씩 저래요. 열대 지방에 갔다가 걸린 병이죠. 병명이― 병명이― 발작병이었나."

나는 테이블 아래로 들어가 클리브의 겨드랑이 아래에 손을 넣어 녀석을 끌어 올렸다. 녀석은 눈알을 데굴데굴 굴리며 최선을 다해 각종 연기를 펼치고 있었다. 눈동자가 나타났다 없어졌다 하는 게 꼭 탁구공이 튕겨 다니는 모양새였다.

"의사를 부를까?" 부인이 물었다. "부르면 바로 올 텐데. 너희들이 어떤 애들인지 알면 말이야."

"아뇨, 괜찮아요. 염려 감사하지만, 괜찮아질 거예요. 어떻게 하면 멀쩡해지는지 제가 알거든요. 어두운 방에 누워서 차가운 물 한 컵이랑 생간 조금만 먹으면 돼요. 학교 숙제를 푸는 것도 도움이 되고요. 휴가 온 거라서 지금은 숙제가 없지만 말이에요. 어쨌든 걱정 안 하셔도 돼요, 왓슨 부인. 초대해주셔서 감사합니다. 혹시 저희가 저녁식사를 망친 건 아닌지 걱정이네요."

"아니, 아니란다. 얼른 나았으면 좋겠구나."

"내일이면 말끔히 나을 거예요. 그리고 아까 선장 전용 테이블에서 식사하는 건 아빠한테 잘 말씀드려볼게요."

"고맙구나. 음, 그럼 잘 자렴."

"맛있게 드세요. 왓슨 너도. 내일 수영장에서 보자."

그러고서 나는 클리브를 레스토랑 밖으로 끌고 나왔다.

나가는 길에, 1등급 레스토랑 전체가 우리 때문에 적막에 빠졌다는 걸 깨달았다. 모든 손님들이 눈이 돌아간 클리브를 질질 끌고 나가는 나를 조용히 쳐다보고 있었다. 레스토랑 음식 때문에 이렇게 되었다고 생각하고 다음 희생양은 누가 될 것인지 걱정하고 있는지도 몰랐다.

레스토랑을 나가려면 선장 자리도 지나쳐야 했다.

왓슨 부인이 보고 있었기에, '아빠'한테 뭐라도 말하지 않으면 의심을 받을 수 있겠다는 생각이 들었다.

"괜찮아요." 나는 선장 테이블을 지나치며 말했다. "그냥 또 발작하는 거예요. 하루면 괜찮아지잖아요."

선장은 불편한 표정으로 우리를 쳐다봤다. 뭔가 수상쩍은 일이 벌어지는 것 같은데, 그게 뭔지 확신하지는 못하는 모습이었다.

"맛있게 드세요."

그리고서 우리는 레스토랑을 빠져나왔다.

나는 사람들이 없는 곳으로 클리브를 끌고 갔다.

"됐어, 클리브. 이제 걸어도 돼."

하지만 녀석은 도저히 일어나려는 의지를 보이지 않았다.

"조금만 더 끌어주라."

"안 돼. 힘들단 말이야."

"갑판까지만 끌어다줘."

"안 일어서면 그냥 놔버릴 거야."

"그럼 문까지만 끌어다줘."

나는 녀석의 겨드랑이를 받치고 있던 손을 빼버렸다.

"아야! 무슨 짓이야?"

"내가 경고했잖아. 자, 이제 가자."

우리는 산책로 갑판의 작은 카페에 갔다. 24시간 열려 있어서 배고플 때마다 간식을 찾을 수 있는 곳이었다. 우리는 칩과 초콜릿으로 허기를 달랬다. 그날 저녁은 도저히 다른 레스토랑에 발을 들일 수가 없었다.

"진짜 아슬아슬했어."

"맞아." 클리브가 동의했다. "진짜로."

너무 아슬아슬했다. 붙잡히기까지는 시간문제라는 생각이 들었다. 언제 아빠랑 마주치게 될까? 왓슨 부인은 언제 우리가 익명으로 여행하는 선장 아들이 아니란 걸 알게 될까?

밀항을 했을 때의 처벌은 정확히 어느 정도일까? 감옥에 갇히나? 아플까? 어른 말고 애들도 감옥에 가두나?

클리브랑 이 걱정을 나누고 싶지만, 녀석을 걱정시키는 게 상황에 도움이 될까?

얼마나 끔찍한 상황이든 상관없이 자기만의 세상 속에서 늘 행복하게 살아가는 클리브가 너무 신기했다. 5분 늦게 태어난 동생으로서의 특권이었다. 반대로 나는 첫째이기 때문에 모든 걱정과 책임을 짊어져야 했다. 클리브는 축복받은 바보에 불과했다. 사실 축복받았기보다는, 그냥 바보였다.

가끔씩 나는 둘째가 되고 싶었다.

정말이다.

칩과 초콜릿을 모두 해치우고서, 우리는 별을 구경하며 갑판을 산책했다. 별 구경은 할 때마다 새로웠다. 집에서 보던 것보다 훨씬 밝았고 별빛을 방해하는 건물 불빛 같은 것도 없었다. 날씨도 따뜻해져서, 뭔가 아름답고 아늑한 밤이었다.

신혼여행을 온 것 같은 사람들(사람들은 크루즈로 신혼여행을 많이 온다)이 서로 손을 붙잡고 난간에 서서 달과 바다와 별들을 구경하고 있었다.

다른 사람의 손을 잡고 크루즈선 난간에 서 있으면 기분이 좋을 것 같았다. 예를 들어 엄마 손이라든가. 물론 엄마가 있다면 말이다.

하지만 지금 내가 잡을 손은 클리브 손밖에 없었다. 그리고 나는 녀석의 손을 잡기 싫었다. 워낙 더럽기 때문이다.

그래서 우리는 그 자리에 서서 서로 손을 잡지 않은 채 별들을 구경했다. 나는 클리브를 흘끗 곁눈질하며, 사실 녀석이 내 동생이어서 다행이라는 생각을 했다. 이 녀석 아니면 누가 내 동생이겠어? 그리고 만약 외둥이로 태어났다면 외롭게 혼자 커왔겠지. 그래서 클리브가 그렇게 싫지는 않았다. 하지만 이 마음을 표현할 만한 따뜻한 말이 떠오르지 않았다. 그래서 나는 녀석의 엉덩이를 발로 찼다.

"아야! 왜 그래?" 클리브가 소리쳤다.

하지만 녀석도 속으로는 내 마음을 알고 있는 것 같았다.

"엄마가 어디 계시는지 궁금해." 클리브가 말했다. "위에서 우릴 내려다보고 계실까? 저 별들 중 하나에서?"

"응. 아마 그러실 거야."

진짜로 그렇다고 생각하지 않았지만, 클리브의 믿음을 망치고 싶지 않았다.

"평화로운 밤이네."

"응." 클리브가 말했다. "정말 그래."

글쎄, 실제로는 그렇기도 했고 아니기도 했다. 우리는 그날 밤 몇 가지 사건을 더 겪어야 했다. 문제는 못생긴 대머리 승무원과 마주치면서 시작됐다.

양치와 세수를 한 뒤 들쥐층의 선실로 돌아가는 길이었다. 우리는 가장 위험한 지점들을 모두 지나고 '관리자 외 출입 제한' 팻말이 붙어 있는 갈림길에 다다랐다.

잠시 멈춰 서서 목소리나 발소리가 들리지 않는지 확인해봤다. 다행히 인기척은 없었다.

"좋아, 클리브. 가도 되겠어."

하지만 창고 칸 복도로 들어서려는 순간, 뒤에서 누군가가 소리쳤다.

"어이! 거기 둘! 어디 들어가는 거야?"

덩어리 선원이었다. 꼭 아침마다 전동 면도기로 미는 것처럼 밋밋한 대머리를 가진 선원. 머리만 덩어리 같은 게 아니라, 턱, 코, 팔이며 다리까지도 커다란 근육 덩어리 같았다. 선원이 아니라 레슬링 선수가 더 어울릴 것 같았다. 늘 반칙을 써서 모두가 야유하는 레슬링 선수.

"거기, 어디 가고 있는 거냐?"

"에—"

"음?"

"음, 쥐를 봐서요." 클리브가 말했다.

"쥐?"

"들쥐요. 따라가고 있었어요."

"내 말 잘 들어라, 이 녀석들아." 덩어리가 말했다. "쥐를 보진 못했지만, 왠지 쥐새끼들이 설치는 냄새가 나. 쥐새끼들 말이야,

알겠냐? 너희 같은 쥐새끼들이 뭘 꾸미고 있는지 내가 반드시 알아내서—"

"아무것도 안 꾸며요." 내가 말했다. "그냥 구경하고 돌아다니는 건데요."

"어디 딴 데나 구경하고 돌아다녀라." 덩어리가 말했다. "여긴 직원 구역이야. 오면 안 돼."

그래서 우리는 어쩔 수 없이 뒤돌아서 갑판으로 올라가야 했다.

"잠깐!" 덩어리가 말했다. "너희 할머니가 그 보석이랑 목걸이 여기저기 흘리고 다니는 그 늙은이 맞지?"

우리는 아무 대답도 하지 않았다. 거짓말을 하긴 싫었으니까. 그냥 덩어리 마음대로 추측하도록 내버려뒀다.

"그래." 덩어리가 말했다. "조심해라, 그럼. 조심히 다녀."

덩어리는 뒤돌아 관리자 외 출입 제한 구역으로 들어갔다.

도미닉스 부인을 보고 '여기저기 보석을 흘리고 다닌다'고 하는 게 왠지 익숙한 표현처럼 느껴졌다. 어디선가 들어본 적 있는 표현인데 기억이 나지 않았다.

그래서 그 순간은 대수롭지 않게 지나쳤다.

"이제 어떡하지?" 클리브가 물었다.

"갑판으로 다시 올라가야지. 오늘 밤에 또 들쥐층으로 내려가기엔 너무 위험해. 덩어리가 저기 있을 때는 특히 더."

"그럼 어디서 자?"

"장소를 찾아야지. 가자."

우리는 갑판 위로 돌아왔다. 한밤중인데도 배는 음악이며 춤이며 온갖 신나는 것들로 활기가 넘쳤다.

배 안에는 큰돈을 따거나 잃을 수 있는 넓은 카지노가 있었다. 나이가 안 돼서 들어갈 수 없었지만, 창문을 통해 안을 구경할 수 있었다. 그렇게 안을 흘끗거리다가 룰렛 테이블에 몇 천 파운드는 될 법한 칩들을 잔뜩 쌓아놓고 앉아 있는 도미닉스 부인을 발견했다.

우리는 잠시 동안 도미닉스 부인이 돈을 걸고 룰렛을 돌리는 모습을 지켜봤다. 돈을 딸 때도, 잃을 때도 있었다. 하지만 어떻게 되든 부인은 그리 큰 신경을 쓰지 않는 것 같았다. 다른 사람들은 정말 인생을 걸기라도 한 것처럼 도박에 집중하고 있는데 말이다. 마치 도박용 칩들이 아무 가치 없는 플라스틱 동전에 불과하다는 듯. 그냥 게임일 뿐이라는 듯.

우리는 카지노를 떠나 노랫소리를 따라 다음 갑판으로 올라갔다.

믿기지 않을 수 있겠지만, 배 안에는 대형 극장이 있었다. 노랫소리는 그 안에서 들려오고 있었다.

우리는 문을 열고 안으로 들어가 뒤쪽에 있는 빈 좌석 두 개를 찾아 앉았다. 무대 위에는 한 여자가 노래를 부르고 있었고, 그 뒤의 무용수들은 공중으로 발을 차올리며 춤추고 있었다.

무슨 노래인지는 알 수 없었지만 관객들은 꽤나 즐거워 보였다. 노래가 끝나자 마술사가 나와 몇 가지 마술을 보이고 농담을 던졌다. 하지만 클리브는 마술사 실력이 별로라며 자기가 훨씬 재미

있는 농담을 할 수 있다고 투덜거렸다. 그래서 우리는 극장을 나와 좀 더 돌아다니기로 했다.

1등급 레스토랑은 이미 문을 닫은 후였다. 지금쯤 아빠는 선실에 돌아가 쉬고 계시겠지.

우리는 수영장 옆의 의자에 가서 앉았다.

"여행 어때?"

"집에 있는 것보단 나아." 클리브가 대답했다.

사실이었다.

그때 도미닉스 부인이 다가왔다. 짤랑거리는 보석 소리 때문에 부인인 걸 알 수 있었다.

"안녕, 얘들아."

"안녕하세요, 도미닉스 부인. 오늘 많이 따셨나요?"

"따다니?"

"카지노에 계신 걸 봤어요."

"아, 그래. 꽤 괜찮았단다. 하지만 돈보다 젊음을 가진 게 더 부럽더구나."

도미닉스 부인이 크게 미소 지었다. 부인이 갖지 못한 게 있다는 사실이 신기했다.

"돈으로는 살 수 없는 거지. 그렇지 않니, 얘들아? 사랑과 젊음. 그 둘은 돈으로 살 수 없어. 한 가지 비밀을 알려주자면 나도 한때는 그 둘을 갖고 있었단다. 그러니까 참 좋은 인생을 살아온 거지. 불평할 것도 없어. 그러지도 않을 거고. 그럼 난 이만 들어가볼 테니 너희들도 빨리 자거라."

그러고서 부인은 1등급 선실로 돌아갔다.

확실히 그렇게 나쁜 분은 아니었다.

클리브가 입을 쩍 벌리며 하품을 했다. 목구멍 안까지 들여다보일 정도였다. 하긴, 녀석은 입을 다물고 있어도 목구멍이 들여다보였다.

"피곤해."

"나도."

"밤새 여기 있을 순 없어."

"안 되지. 누가 우릴 보고 말 거야. 그리고 밖에 있으면 날씨도 춥고 습해."

"그럼 어디서 자?"

나는 주위를 둘러봤다. 어딘가 잘 만한 곳이 있을 터였다.

그때 뭔가가 눈에 들어왔다.

"저기야, 클리브. 어서. 누가 오기 전에 빨리 가자. 밤에 있을 만한 곳을 찾았어."

"어디?"

"따라와!"

나는 갑판을 가로질러 구명보트로 달려갔다.

구명보트는 배 옆에 한 줄로 매달려 있었다. 각 측면에 10개씩 달려 있었는데, 별로 많지 않은 것 같지만 구명보트치고 크기가 커서 많은 사람들이 들어갈 수 있을 것 같았다.

보트는 주황색 방수포로 덮여 있었다. 바다에 떨어졌을 때 안에 물이 차지 않게 하고 햇빛이나 바닷물이 들어오는 걸 방지하기 위함이었다.

우리는 방수포를 열고 보트 안으로 비집고 들어갔다. 클리브 먼저, 그 다음에 나.

"어두워." 클리브가 말했다.

"좀 있으면 눈이 적응할 거야."

"냄새도 나."

"방수포 때문에 그래."

"불편해 죽겠어."

"기다려봐. 손전등 좀 꺼내게."

어딘가 손전등이 있을 게 분명했다. 원래 구명보트 안에는 온갖 구급용품과 비상물품이 구비되어 있기 마련이다.

나는 보트 안의 상자를 열고 안을 들여다봤다. 잘 보이지 않았지만 대충 손으로 더듬어 손전등을 찾아냈다. 나는 전등을 켰다.

"더 살펴보자." 클리브가 말했다.

"아래로만 비춰야 해. 위를 비췄다가 사람들한테 들키면 안 되니까."

클리브가 상자 안을 들여다봤다.

"이것 봐. 구급상자야. 그리고 비상식량도 있어!"

"건들지 마. 비상식량은 먹으면 안 돼. 정말 비상 상황이 생겨서 배를 버리고 구명보트를 타게 됐는데, 그 전에 어떤 돼지 같은 녀석이 벌써 식량을 다 먹어치웠다면 사람들이 먹을 게 없잖아?"

"내가 언제 이거 먹는댔어?" 클리브가 말했다. "그냥 여기 있다고 한 거잖아. 그리고 누구보고 돼지 같은 녀석이라는 거야?"

"됐어. 이제 자자."

"불편해."

"그럼 편하게 만들면 되지."

우리는 주머니를 열어 반짝이는 비상 담요를 찾아냈다. 그리 부드럽지는 않았지만 그럭저럭 따뜻하고 좋았다. 우리는 베개로 쓸 만한 구명조끼 두 개를 꺼내고 양쪽의 벤치 사이에 나란히 누워서 잠을 청했다.

구명보트 안에 누워 있는 기분도 꽤 괜찮았다. 배의 움직임에 따라 보트가 조금씩 흔들렸는데, 멀미가 난다기보다는 아기 요람에 들어간 것처럼 안정되고 편안한 느낌이었다.

잘 자라 우리 아가
구명보트 안에서
새들도 아가 양도
다들 자는데

나는 자장가를 흥얼거리다 스르륵 잠이 들었다. 깼을 땐 어느새 방수포의 틈 사이로 빛줄기가 스며들고 있었다.

나는 클리브를 쿡쿡 찔렀다.

"클리브!"

"왜?"

"일어나야 돼."

녀석은 시계를 들여다봤다.

"아직 일곱 시 반인데."

"알아. 근데 누가 오기 전에 나가야 한단 말이야. 사람들 있는
데 구명보트에서 나갈 순 없잖아? 빨리. 가서 수영장 옆 의자에
자리 잡자. 거기서 마저 자면 돼."

"아, 알겠어."

우리는 재빨리 모든 걸 접어서 원래의 위치에 넣었다. 그러고는
가만히 주변의 소리에 귀를 기울였다.

"무슨 소리 들려?"

들렸다. 발소리였다. 누군가 갑판에서 아침 조깅을 하는 모양이
었다. 소리를 들어보니 그렇게 날씬한 사람은 아닌 듯했다.

텁, 텁, 텁, 헉, 헉, 헉. 텁, 텁, 텁. 소리가 점차 멀어졌다. 텁, 텁,
텁. 그러다 이내 사라졌다.

"됐어, 클리브. 이상 무. 이제 나가자."

문제는 그때 벌어졌다.

지금도 그때를 생각하면 온몸이 오싹하다. 머리부터 발끝까지
소름이 돋았다. 떠올릴 때마다 정말, 정말 끔찍했다. 자다가 가위
에 눌려 한밤중에 깨서, 이마에서 난 땀이 목을 타고 등까지 흘러

내리고 세차장에 들어갔다 온 것처럼 잠옷이 축축하고 심장이 있는 대로 쿵쾅거릴 때의 기분이었다.

쿵쾅거리는 심장은 목구멍 밖으로 튀어나올 것 같고, '안 돼, 안 돼, 안 돼!' 하고 소리치고 싶지만 그럴 수 없는 기분. 그냥 그 상태로 누워서 심장이 목에 걸린 채 다음 상황을 기다려야만 하는 기분.

클리브가 구명보트의 반대쪽으로 나가버렸다.

우리가 들어온, 받침대가 있는 쪽이 아니라 그 반대쪽 말이다. 아마 졸려서 제정신이 아니었겠지.

녀석은 배가 아닌 공중에 떠 있는 입구로 발을 내디뎠다.

"가자, 그럼." 클리브가 말했다.

내가 미처 멈추기도 전에, 그리고 상황 파악을 하기도 전에, 녀석은 아래로 사라졌다.

그리고 침묵.

아무것도 없었다.

클리브가 보이지 않았다.

파도 소리, 배의 엔진 소리. 배는 변함없이 웅장하고 차분하게 엔진을 굴리고 있었다.

동생이 사라지고 말았다.

돌처럼 떨어지고 말았다. 소리도 지르지 못하고 침묵 속에서 텅 빈 바다로 떨어지고 만 것이다.

50미터 아래로.

잠시 동안 나는 공포에 질려 얼어 있었다. 여러 가지 생각이 머릿속을 스치고 지나갔다. 클리브, 그리고 나. 우리가 어렸을 때. 아련히 남아 있는 엄마의 모습. 아빠. 네 가족. 이제는 세 가족. 앞으로 아빠한테 이 모든 걸 어떻게 설명하나. 밀항에 대해. 우리에 대해. 클리브에 대해.

바다가 클리브를 삼켜버린 것에 대해.

뭔가를 해야 했다. 이제 들키든 말든 신경 쓸 처지가 아니었다. 뭔가를 해야 했다. 비상 핸들을 잡아당기거나, 구조 밧줄을 던지거나, 구명보트를 작동시키거나, 뭐라도, 누구라도, 제발.

이런 커다란 배는 제동을 건다고 해도 일이 킬로미터 정도 더 가서야 멈출 수 있다. 자동차처럼 브레이크가 달린 게 아니니까. 엔진을 끄고 바다가 배를 멈춰주길 기다리는 수밖에 없었다. 클리브를 찾으려면 또 배가 우회해서 원래 지점으로 돌아가야 하는데, 그쯤 되면 벌써…….

상어가 공격할까? 아니면 저체온증? 쇼크? 심장마비?

클리브는 수영을 잘한다. 우리 둘 다 수영을 잘한다. 하지만 그 '수영'은 따뜻하고 상어가 없는 물 안에서 보호자의 감시 아래 하는 거였다. 망망대해에서의 수영은 전혀 다르다.

물론 그것도 떨어질 때의 충격을 견뎌냈을 때의 얘기고.

50미터 다이빙?

물도 콘크리트와 비슷하다는 이야기를 들은 적이 있었다. 생각해보니 나도 낮은 다이빙 보드에서 배치기 다이빙을 한 적이 있었다. 고작 2미터 정도 높이인데도 엄청 아팠던 기억이 났다.

만약 클리브가 배치기 다이빙을 했으면 어쩌지? 수면에서 50미터나 되는 높이에서? 드넓고 끝없는 바다 속으로?

나는 구명보트 밖으로 고개를 내밀고 아래를 내려다봤다.

없었다. 아무도 없었다. 벌써 물살에 휩쓸리고 만 것이다.

조용히, 말없이 가버렸다. '안녕'이란 인사도 없었다. 손을 잡거나 '넌 그래도 좋은 동생이었어'라는 말도 전하지 못한 채로.

마지막으로 이름조차 불러주지 못했다.

"클리브." 나는 속삭였다. "클리브—"

그때 거의 들리지 않을 정도로 모기 같은 목소리가 어디선가 내 부름에 대꾸했다.

그제야 나는 뭔가를 봤다.

손가락이었다.

그리고 하나 더.

얼굴. 공포에 하얗게 질린 얼굴.

클리브였다. 한 손으로 구명보트 가장자리를 붙잡고 온힘을 다해 버티고 있었다. 아래의 바다로 점점 미끄러지는 게 보였다.

"도와줘." 녀석이 말했다.

소리치지도 않았다. 마치 사과라도 하는 것처럼, '방해해서 미안해.' 할 때의 목소리였다. 작별인사와도 비슷한 톤이었다. 작고 조용한 작별인사.

"도와줘."

152

나는 클리브를 붙잡았다. 녀석이 보트를 막 놓치려는 순간, 두 손으로 팔목을 붙잡았다.

"괜찮아, 클리브. 내가 잡았어. 잡았어."

녀석은 무거웠다. 정말 무거웠다. 더 이상 끌어당길 수가 없었다. 그냥 그렇게 잡고 버티는 게 고작이었다. 녀석의 무게 때문에 내 힘이 빠져나가는 게 느껴졌다. 나는 울기 시작했다. 콧물이 흘렀다. 이러다간 놓칠 게 분명했다. 놓아야 하거나, 아니면 같이 바다에 빠지거나 둘 중 하나였다. 얼굴을 타고 눈물이 흘렀다. 내가 여기서 뭘 더 할 수 있을까? 어떤 선택을 해야 하지? 동생을 죽도록 내버려둬야 할까, 아니면 같이 죽어야 할까? 뭐 그런 말도 안 되는 선택지가 다 있지?

"클리브, 클리브, 클리브……."

더 이상 힘이 없었다. 그냥 없었다. 한계였다.

그래서 기도를 했다. 무교라서 딱히 누구한테 하는 기도는 아니었지만, 그래도 일단 빌었다.

"제발. 제발 도와주세요. 클리브를 죽도록 버려두지 마세요. 제발, 제발요!"

그때 누군가 나를 도왔다. 누군가, 어디선가 내게 힘을 줬다. 나는 있는 힘껏 클리브를 잡아당겨 구명보트 안으로 끌어다놓았다. 우리는 울고 웃으며 바닥에 털썩 누웠다. 녀석이 살이 있는지 확인하고 싶었던 건지, 내 손이 나도 모르게 클리브의 머리를 쓰다듬었다.

153

우리는 그냥 그렇게 잠시 누워서 숨을 가다듬었다.

"고마워." 클리브가 말했다.

"아니야."

"이제 갑판으로 나가자. 다른 사람이 우리 보기 전에 말이야."

"그래."

우리는 함께 구명보트 밖으로 (이번엔 맞는 쪽으로) 나갔다.

걷기가 힘들었다. 너무 떨려서 기력이 돌아올 때까지 한동안 서 있을 수밖에 없었다.

클리브도 마찬가지인 것 같았다.

"있지," 클리브가 말했다. "정말 아슬아슬했어."

"맞아. 정말."

그때 클리브가 정말 녀석답지 않은 짓을 했다. 내 어깨에 팔을 두르는 게 아닌가.

"고마워." 동생이 말했다.

"괜찮다니까. 너도 그런 상황이면 똑같이 그랬을 거 아냐."

"그랬을 거야. 맞아. 그랬을 거야."

그후 우리는 그 일에 관해 다시는 언급하지 않았다. 지금까지도 이야기를 꺼내지 않는다. 아마 앞으로도 그럴 것이다. 하지만 만약 언젠가 이와 비슷한 큰 위험이 나한테 닥친다면, 클리브가 나를 놓치지 않을 거라고 믿는다. 확신한다.

한밤의 폭풍우

어제 입고 나왔던 좋은 옷을 그대로 입고 있었기 때문에, 우리는 기회를 엿봐 잽싸게 들쥐층으로 내려갔다. 다행히 이번에는 덩어리와 마주치지 않았다. 우리는 옷을 갈아입고 수영복 등을 챙긴 후 다시 갑판 위로 올라갔다.

잘난척대마왕 왓슨이 왓슨 부인과 함께 수영장 옆에 앉아 있었다.

"동생은 좀 어떠니?" 부인이 내게 물었다. "이젠 괜찮니? 발작은 어떻고?"

"이제 괜찮아요. 신경 써주셔서 감사해요. 원래 그렇게 예고 없이 그래요."

우리는 왓슨과 함께 수영장 주위를 산책했다. 산책로 갑판에는 사람들이 잔뜩 모여 스트레칭을 하고 있었다. 그중 대부분이 60대 중반으로 보였고 모두 아주 큰 바지를 입고 있었다. 앞에서 쫄쫄이를 입고 스트레칭 중인 한 여자를 따라 하고 있었는데, 매일 진행하는 에어로빅 강좌인 것 같았다. 나는 자기도 강좌를 듣겠다고 고집부리는 클리브를 끌고 '나는야 갑판장 클럽'으로 갔다.

우리 일행에 클리브가 있는 걸 본 클럽 관계자는 오전 프로그램의 인원이 모두 찼다며 오후에 다시 오라고 했다. 그래도 자리가 없으면 다음 주에나 와야 할지도 모른다고 덧붙였다.

그래서 우리는 갑판을 더 거닐었다.

어떻게 우리가 아직까지도 아빠와 마주치지 않았는지 신기하게 생각할 수 있겠다. 음, 모나리자호는 아주 큰 배였다. 갑판 15개에 승객 2,500명이 승선할 수 있는 거대 크루즈선이었다. 천 명 정도 다니는 학교에서 같은 반이 아닌 친구를 오가다 마주치기가 아주 어려운 걸 생각하면, 여태 아빠를 만나지 못한 것도 무리는 아니었다.

게다가 우리는 아빠 '구역'이 아니었다. 아빠는 1등급 선실 갑판에서 일했고, 우리는 들쥐층에서 지냈다. 완전히 반대되는 공간에서 생활하고 있었다.

산책을 마치고 수영장 옆 의자에 누워 시원한 음료수를 마시고 있는데, 갑자기 걱정스러운 일이 벌어졌다.

'공식 사진사'라고 써진 하얀 티셔츠를 입은 남자가 카메라를 들고 우리 앞에 나타났다.

"애들아, 웃어보렴."

도망치기도 전에 아저씨가 카메라 셔터를 눌렀다.

"오후에 전광판에 전시될 거야. 엄마 아빠한테 가서 보시라고

156

말씀드려. 원하면 살 수도 있단다."

말리기도 전에 아저씨는 가버렸다.

"안 돼!" 클리브가 말했다. "전광판에 사진이 전시되면—"

"아빠가 보실지도 몰라."

"어떡하지?"

"어떻게든 막아야지."

우리는 몇 시간 동안 걱정하며 안내 데스크 옆의 전광판에 사진이 뜨기만을 기다렸다.

너무 걱정이 된 나머지, 클리브는 점심을 거의 먹지 못했다. 뷔페에서 겨우 애피타이저 두세 그릇, 메인 요리 하나, 푸딩 다섯 개밖에 안 먹었다.

우리는 갑판을 따라 걸어 다니며 아무렇지 않은 듯 전광판을 기웃거렸다. 그 앞에는 늘 사람들이 북적거렸는데, 모두 자기 사진이 잘 나왔나 보려고 기다리는 거였다. 사람들은 개인 카메라를 갖고 있으면서도 공식 사진사가 찍은 사진을 좋아했다. 자기 얼굴이 질리지도 않나 보다.

열 번쯤 아무렇지 않은 척 걸어 다니며 기웃거리던 중, 아침에 찍힌 다른 가족들의 사진과 함께 우리 모습이 전광판에 떴다.

"어떡하지?" 클리브가 말했다.

다른 방법이 없었다. 돈도 없고 크루즈 카드도 없기 때문에 사진을 살 수가 없었다. 그냥 어떻게든 사진을 내려야 했다.

"저거! 저거면 되겠다."

클리브가 안내 사무실 창문에 붙어 있는 행사 안내문을 가리켰다. 녀석은 그것을 뜯어와 전광판 중 우리 사진이 있는 부분에 붙였다. 다행히 다음날까지 안내문은 그 자리에 남아 있었고, 다시 왔을 때는 사진도 안내문도 사라진 후였다. 휴~

벌써 바다로 나온 지 며칠이 지난 후였기 때문에 슬슬 육지가 그리워지기 시작했다. 36시간 안에 첫 번째 기항지에 도착할 예정이었고, 유적지 여행 신청을 받고 있었다.

"여기가 어디쯤 될까?"

"바다잖아." 클리브가 대답했다.

"그러니까 어느 바다?"

"모르겠어. 근데 덥잖아."

"음, 아프리카나 이집트 근처에 온 것 같아. 거기서 하루 머물 건데, 유적지 여행을 신청하면 피라미드도 볼 수 있을 거야. 피라미드 좋아해?"

"여기까지 와서 피라미드를 못 보고 가는 건 좀 아깝지. 근데 낙타들도 있을까?"

"아마도. 책 같은 데 보면 보통 그 두 개가 같이 나오잖아. 내 생각엔 낙타 등에 있는 혹 때문에 그런 거 같아. 낙타 혹이 하늘을 가리키고 있잖아. 피라미드는 아예 하늘을 가리키는 세모고. 그러니까 사람들이 그 두 개를 같이 묶어 생각하는 게 아닐까?"

그렇게 해서 여행 신청서 목록에 우리 이름을 적으려고 하는데, 왓슨이 나타났다.

"너희들도 기항지에서 피라미드 보러 가니?"

"그럴 거야."

"우리 가족도."

우리는 잠시 비켜서서 왓슨이 가족들 이름을 먼저 쓰고 갈 수 있도록 양보했다. 녀석이 사라진 후, 우리는 왓슨 가족 일행에 우리 이름을 집어넣었다. 신청을 하려면 선실 번호가 필요했기 때문이다.

그때 수영장으로 가는 길이던 도미닉스 부인과 마주쳤다. 부인은 수영을 하지 않았지만, 그 주위에서 여유를 즐기는 걸 좋아했다.

"안녕, 얘들아." 도미닉스 부인이 말했다. "오늘은 날씨가 조금 궂을 것 같구나."

처음 안 사실이었다.

"알아두렴. 유비무환이지."

이해할 수 없는 말을 남기고 부인은 보석들을 짤랑거리며 유유히 사라졌다.

아니나 다를까, 얼마 후 스피커에서 방송이 나왔다. 저녁부터 날씨가 안 좋아질 테니 11시 이후엔 선실로 돌아가고 갑판에 나오지 말라는 거였다.

클리브와 나는 첫 번째 굴뚝 근처에 있는 인광욕 갑판으로 가서 누워 있을 자리를 찾았다. 그곳에서는 일등급 선실 데크가 아주 잘 보였는데, 덕분에 아빠가 일하는 모습을 구경할 수 있었다.

아빠는 오후 내내 분주히 돌아다니며 승객들에게 음료수, 간식거리, 수건, 쿠션, 잡지 등을 가져다주었다. 그런데도 아빠는 늘 활기차고 여유로워 보였고, 승객들에게도 늘 친절했다.

그런데 늘 아빠한테 음료수를 가져다달라고 부탁하는 여자가 한 명 있었다. 전에 시킨 걸 다 마시지 않았는데도 얼음을 좀 더 달라든지, 빨대를 떨어뜨렸다든지 하는 이유로 아빠를 불렀다.

우리는 그 여자가 왠지 의심스러웠다.

"전에 피곤하다면서 우리 집에서 자고 갔던 아줌마들 기억나?"

"응. 왜?" 클리브가 말했다.

"저 일등급 칸에 있는 여자 있잖아. 자꾸 뭘 갖다달라고 하는 여자……."

"응?"

"그 아줌마들이랑 비슷한 것 같아."

"응." 클리브가 말했다. "맞는 말이야."

그날 저녁 우리는 왓슨을 피해 프롬나드 레스토랑에서 뷔페를 먹기로 했다. 여느 때처럼 혼자 식사하던 도미닉스 부인이 우리한테 손짓하며 같이 먹지 않겠냐고 제안했다.

우리는 고맙다는 인사와 함께 흔쾌히 제안을 받아들였다. 도미닉스 부인이 좋은 것도 있었지만, 어른과 같이 있으면 의심을 피할 수 있다는 점도 좋았다.

"낙타 보러 여행 가시나요?" 클리브가 물었다.

"아니." 부인이 대답했다. "내가 가기엔 너무 덥고 걸을 일도 많을 거야. 게다가 낙타와 피라미드는 이미 많이 봤는걸."

"진짜요?" 클리브가 말했다. "한창 짓고 있을 때 가셨었나 봐요."

도미닉스 부인이 웃음을 터뜨렸다.

"내가 그렇게 늙진 않았단다, 얘야."

보석이 짤랑거렸다.

부인이 말을 이었다. "너희를 보면 누가 생각나는구나. 알고 있었니?"

"저희요?" 내가 물었다. "누, 누구요?"

"그냥 떠오르는 사람이 있단다. 그런 사람이 있어."

순간 도미닉스 부인이 우리의 정체를 아는 것 같다는 생각이 들었다. 우리가 밀항 중이며, 아빠가 우리 아빠라는 사실, 우리가 아빠를 감시하러 여기에 왔다는 것까지. 왠지 그런 느낌이 왔다. 하지만 아무에게도 그 사실을 말할 것 같지는 않았다. 그냥 흥미롭고 놀라운 듯 보였다.

하지만 또다시 생각해보니, 부인이 눈치를 챘을 리 없었다. 전혀 모르고 의심조차 하지 않는데, 괜히 내가 찔리고 불안해서 그런 느낌을 받은 것일 수 있었다. 사실 밀항을 하는 건 정신적으로 상당한 스트레스였다. 언제 정체가 탄로나 누가 뒤에서 어깨를 턱 붙잡을지도 모른다는 생각이 늘 나를 야금야금 갉아먹고 있었다. 도망치는 범죄자가 된 기분이었다.

"여행 중에 해적 만난 적 있으세요?" 클리브가 물었다.

"아니." 부인이 대답했다. "다행히 그런 적은 없구나."

"아직도 해적이 있나요?" 내가 물었다.

"오, 그럼. 난 있다고 생각한단다. 특히 먼 동쪽에 중국해 쪽엔 말이지. 하지만 이렇게 커다란 배를 건드릴 것 같지는 않구나. 조그만 해적선이 커다란 크루즈선을 약탈하는 건 본 적이 없어. 해적 깃발을 매달고 아무리 위험하고 소리 질러봤자 그냥 무시하고 지나가면 되거든. 달리는 차를 따라 다니며 짖어대는 강아지 꼴이지."

"맞아요." 클리브가 말했다. "그렇겠네요."

왠지 실망한 목소리였다. 녀석은 해적을 만나보고 싶은 눈치였다.

저녁식사를 마치고 도미닉스 부인에게 인사한 후 우리는 화장실로 몰래 들어가 이를 닦았다.(세면도구를 갖고 다니는 게 귀찮아서 자주 찾는 화장실 파이프 뒤에 따로 숨겨놓았다.) 클리브는 더러워진 바지를 빨았고, 그 다음 우리는 살금살금 들쥐층으로 되돌아왔다.

잘 준비를 하는데 환풍구 파이프를 타고 속삭이는 대화 소리가 들려왔다. 저번에 들었던 그 목소리들이었다.

"그럼 언제가 좋을까?" 하나가 말했다.

"정박하는 날."

"확실해?"

"응."

"우리 위치를 알아?"

"정보를 주고받았어. 우리 루트도 알고 항해 속도도 알아. 문제 없을 거야."

"오케이."

그 말을 마지막으로 둘은 저벅저벅 다른 곳으로 멀어져 갔다.

"저게 무슨 뜻일까?" 내가 말했다.

하지만 녀석이 답을 알 리 없었다. 그저 어깨를 으쓱할 뿐이었다.

우리는 침대에 들어가서 서로 잘 자라고 인사했다.

그런데 그때부터 폭풍이 몰아치기 시작했다.

자, 배의 구조를 상상해보라. 물살 때문에 배가 양옆으로 흔들리면, 갑판 아래 있는 사람들보다 위쪽에 있는 사람들이 훨씬 더 많이 움직이고 충격을 받는다. 흔들리는 축에서의 거리가 더 멀기 때문이다.

들쥐층의 상황이 이렇게 심각한데 1등급 선실 쪽은 어떨지 상상도 되지 않았다.

폭풍은 천천히, 그리고 서서히 시작되었다. 처음엔 배가 요람이 흔들리는 것같이 점잖게 양옆으로 흔들렸다.

그런데 날씨가 좀 더 사나워지자, 침대가 방 안을 미끄러져 돌아다니기 시작했다.

쾅!

클리브의 침대에 내 침대가 부딪혔다. 녀석이 잠에서 깼다.

"야!" 녀석이 말했다. "뭐 하는 거야?"

하지만 대답하기도 전에 우리 침대는 다른 방향으로 미끄러져 내려갔다.

쾅!

클리브의 침대가 내 침대에 부딪혔고, 내 침대는 벽과 충돌했다.

우리는 또 원래 자리로 미끄러져 내려갔다.

이번에는 내 침대가 클리브의 침대에, 클리브의 침대가 벽에 부딪혔다.

쾅!

"도와줘!" 클리브가 소리쳤다. "침대를 버려!"

하지만 딱히 갈 곳이 없었다. 침대 위가 가장 안전한 공간이었다.

"갑판으로 올라가자!" 클리브가 징징거렸다. "여기보단 나을 거 아냐."

"내 생각엔 여기보다 훨씬 심각할걸. 바람에 불려 날아갈지도 몰라."

배는 더욱 신나게 춤추기 시작했다. 이젠 양옆 말고 앞뒤로도 마구 흔들렸다.

쾅!

우리는 매트리스 더미에 충돌했다.

쾅!

원래의 자리로 굴러 내려왔다.

쾅!

그때 매트리스 더미 하나가 무너지면서 방을 메운 덕에, 그후로는 조금 덜 굴러다녔다.

"있지," 클리브가 말했다. "앨턴 타워에 갔을 때 탔던 롤러코스터 생각나?"

"타고서 멀미했던 거?"

"응. 그거."

나는 담요를 뒤집어썼다.

정말 영원히 끝나지 않을 것만 같은 밤이었다.

배가 바다에 빠진 코르크 마개처럼 위로 치솟았다가 바닥으로 가라앉고, 흔들리고 파도에 구르기를 반복했다. 이 배는 무게가 수천 톤이나 되는 거대한 부유물이지만, 폭풍우 앞에서는 종이배나 다름없었다. 사람들이 얼마나 크고 대단한 걸 짓고 만들든, 자연의 힘이 그보다 훨씬 강했다. 발버둥치는 인간을 보며 비웃는 것 같았다.

믿기지 않겠지만, 그 와중에도 우리는 결국 잠이 들었다. 그렇게 우리는 다른 매트리스 사이에 깔린 채로 그럭저럭 아늑한 밤을 보냈다.

눈을 떴을 때는 아침이었다. 물론 하늘을 보고 안 건 아니었다. 들쥐층에는 창문이 없으니까. 하지만 클리브의 손전등으로 시계를 비춰보고 알 수 있었다. 8시 반이었다. 폭풍우가 잦아들었는지, 배는 이전과 같이 순항 중이었다.

나는 클리브를 흔들어 깨웠다.

"빨리 일어나. 갑판 위로 올라가서 어떻게 됐는지 좀 보자."

녀석은 눈을 비비고 희미한 불빛 사이로 나를 바라봤다.

"아침부터 먹자. 배고파 죽겠어."

그럼 그렇지.

그날 아침 레스토랑은 오싹할 정도로 조용했다. 나와 클리브, 다른 승객 두 명, 웨이터 두 명밖에 없었다. 음식은 여느 때와 마찬가지로 산처럼 쌓여 있었는데, 아무도 먹으러 올라올 생각이 없는 것 같았다.

"와, 다 먹어야지!" 클리브가 시리얼을 뜨고 초콜릿 크루아상을 접시에 담으며 말했다. "다들 어디 있지? 설마 이걸 안 먹고 남기려고 그러나?"

그런 것 같았다.

"다들 선실에 있을 거야. 멀미 때문에."

클리브는 깜짝 놀랐다.

"왜? 그 정도로 심하진 않았는데. 마멀레이드 좀 집어줘."

"우리한테는 별로 안 심각했지. 이 위는 좀 달랐을 거야."

아침식사를 마친 후 우리는 갑판을 산책했다. 저 멀리 해안선이 보였고, 날씨가 정말 더워져서 밖에 있으려면 모자와 선글라스가 필요했다. 하늘은 구름 한 점 없었고(어제 폭풍 때 다 사라진 것 같았다) 햇볕이 갑판에 쨍쨍 내리쬐었다.

수영장 옆에는 창백하고 힘없어 보이는 승객 여럿이 앉아 있었다. 모두 어젯밤 내내 잠들지 못한 것 같았다.

갑판을 걸어 다니다가 익숙한 얼굴과 마주쳤다. 왓슨 부인이었다. 갑판 난간에 기대서서 금방이라도 뛰어내릴 것처럼 침통하게 바다를 내려다보고 있었다.

"왓슨 부인이다." 클리브가 말했다. "기분이 안 좋으신가 봐. 가서 용기를 북돋아드리자."

우리는 부인에게 걸어갔다.

"좋은 아침이에요, 왓슨 부인." 클리브가 말했다. "어젠 정말 날씨가 험했죠."

"오오오오." 왓슨 부인이 대답 대신 신음했다.

그제야 나는 왓슨 부인이 커다란 갈색 봉지를 들고 있는 걸 발견했다.

"어제 잘 주무셨나요?" 클리브가 예의 바르게 물었다.

하지만 이번에도 왓슨 부인이 "오오오오" 하고 중얼거리며 난간을 잡고 앞으로 푹 고꾸라졌다.

"좀 어지러우신가 봐요." 클리브가 말했다. "그럼 아침식사를 하세요. 조금 나아질 거예요."

"웨에에에엑—"

왓슨 부인이 거품을 물며 눈을 이리저리 굴렸다. 제대로 초점을 맞추기가 힘든 모양이었다.

"위를 잠재우려면 아침식사만큼 좋은 건 없죠." 클리브가 말했다. "다행히 식당에 음식이 아주 가득해요. 산더미예요. 저 빼고 아무도 안 건들더라고요. 기름진 베이컨도 있고 스크램블드에그도 있어요. 반숙 계란 프라이를 싫어하는 사람도 있던데, 개인적으로 저는 왜 싫어하는지 모르겠어요. 부인은 어떠세요? 반숙이 좋으세요, 완숙이 좋으세요?"

그때 왓슨 부인이 이상한 소리를 내며 차마 비위 상해서 말할 수 없는 행동을 했기 때문에 클리브는 입을 다물고 말았다. 여자들이, 특히 1등급 선실에 머무는 여자들이 공개적으로는 하지 않는 행동이었다. 하지만 부인은 어쨌든 그 행동을 했고, 그 결과물은 배를 따라 바닷속으로 떨어졌다.

우리는 조용히 그곳을 벗어나 '나는야 갑판장 클럽'으로 갔다. 우리가 첫 손님이었고, 매니저는 전날처럼 자리가 다 찼다는 변명을 할 수가 없었다. 우리는 이름을 적고 다른 아이들과 온갖 놀이를 하며 재미있게 시간을 보냈다.

클럽에는 부모님 없이 온 아이들도 있었지만, 그중에도 정말 우리 같은 애들은 없었다. 밀항자는 우리뿐이고, 그 사실을 아는 것도 우리뿐이었다.

여태까지는 밀항이 꽤 색다르고 재미있는 것처럼 이야기해왔다. 하지만 이제부터, 상황은 악화되기 시작한다.

사라진 배

다음날 우리는 육지에 도착했다. 승객 모두가 이집트의 항구를 보기 위해 갑판에 줄지어 섰다.

다른 나라에 정박한다는 사실이 너무 신났다. 이 정도로 먼 외국은 와본 적이 없었기 때문이다. 예전에 와이트 섬에 가본 적이 있었지만, 페리 호를 타고 겨우 15분이면 갈 수 있는 거리인 데다 엄밀히 말해서 '외국'이 아니었다. '이국적'이지도 않았다. 게다가 와이트 섬에는 피라미드도 없었다.

이집트는 미치도록 더웠지만 그곳 사람들은 티셔츠와 반바지 대신에 열기를 막아줄 기다란 가운을 둘렀다. 내가 보기엔 그게 더 더워 보였다.

항구에 배다리가 놓이기를 기다리고 있을 때, 클리브가 왓슨 부인을 발견했다. 폭풍우 다음날 아침보다는 많이 회복된 모습이었다. 하지만 클리브가 계란 프라이를 요리할 수 있을 만큼 갑판이 뜨겁다는 이야기로 말을 걸려 하자, 왓슨 부인은 지금은 바쁘니 나중에 보자며 서둘러 도망갔다.

우리는 하선을 기다리는 승객들 사이를 누비며 이집트 여행 후 다시 배에 탑승할 수 있는 재탑승권을 나눠 받았다.

육지에 내리자 에어컨 바람이 나오는 버스가 대기 중이었다. 나와 클리브는 뒤쪽 좌석에 앉았고, 곧 버스가 출발했다.

버스는 열기와 먼지와 사람들, 노점 좌판들을 지나 사막 한복판으로 달려갔다. 사람들이 소포와 짐을 가득 실은 낙타를 끌고 다니고 있었다. 어떤 낙타들은 짐이 아니라 여자와 아기를 싣고 있었다.

클리브는 낙타를 사고 싶다고 했지만, 나는 일단 우리에겐 그럴 만한 돈이 없으며, 둘째 낙타용 탑승권이 없어서 배에 데리고 탈 수 없을 거라고 말했다. 녀석은 낙타는 탑승권이 필요하지 않다고 주장했다. 나는 어차피 직원들이 배에 낙타를 태우도록 허락하지 않을 테니 불가능하다고 반박했다. 게다가 낙타가 배의 어디서 잘 수 있겠어? 그러자 클리브는 우리 선실에서 자면 된다고 말했다. 나는 절대로 낙타와 한 방을 쓰지 않을 거라고 했다. 냄새나는 생물체는 녀석 하나로 충분했기 때문이다.

그때쯤 버스가 피라미드에 도착했다.

우리는 타오르는 열기 속에서 가이드를 따라 다른 승객들과 함께 이동했다. 엽서며 기념품을 팔려는 사람들이 여기저기 넘쳐났다. 모두가 하나라도 팔려고 자꾸만 관광객들을 찔러댔다.

이집트 상인들이 물건을 잘 팔고 말을 잘하기로 소문났다는데,

실랑이의 달인인 클리브에겐 그런 게 안 통했다. 돈이 없는데도 클리브는 엽서와 조그마한 기념품 피라미드를 파는 남자를 붙잡고 실랑이를 벌이기 시작했다. 20분 정도 입씨름 끝에 남자는 물건 팔기를 포기하고 돌아섰다. 하지만 클리브는 쫓아가서 계속 상인을 괴롭혔다. 결국 그는 클리브한테 먹고 떨어지라며 엽서와 작은 피라미드를 공짜로 줘야 했다.

아마 여태껏 관광객에게 역으로 당한 상인은 없지 않을까. 그래도 동생이라고, 클리브는 엽서를 나한테 양보했다.

피라미드가 정말 아름답고 인상적이긴 했지만, 솔직히 너무 더워서 얼른 에어컨 바람 나오는 버스를 타고 다시 배로 돌아가고 싶었다. 수영장 옆 의자에 누워서 차가운 음료수를 연속으로 들이켜고 싶었다.

다시 항구로 돌아왔을 때는 해가 뉘엿뉘엿 기울면서 날이 많이 시원해졌다. 우리는 버스에서 마지막으로 내려 배를 타려고 기다리는 승객 일행에 합류했다.

날씨가 좀 더 쌀쌀해지자, 우리는 다른 사람들이 먼저 승선하는 동안 조금 더 이집트를 돌아다니기로 했다.

우리는 항구 주변을 산책하는 것으로 탐험을 시작했다. 커다란 짐들이 배를 오르내리는 광경에 감탄이 절로 나왔다. 공기는 온갖 향신료와 기름, 그리고 알 수 없는 이국적이고 신기한 냄새들로 가득했다. 전 세계에서 온 배들이 정박해 있었고, 선원들과 부두의 일꾼들은 수백 가지의 서로 다른 언어를 구사하며 일하고 있었다. 하얀 사람, 검은 사람, 갈색 사람, 이외에도 온갖 얼굴색을 가진 사람들이 있었다.

사실 그곳은 우리가 있을 장소가 아니었다. 부두는 위험한 곳이니까. 하지만 딱히 막는 사람이 없었기 때문에 우리는 계속해서 크레인, 포크레인, 그리고 다른 중장비들 사이를 누비며 돌아다녔다.

그렇게 우리는 배들을 구경하고, 온갖 광경과 냄새를 기억 속에 담고, 정박이나 출항을 할 때 울리는 뱃고동 소리를 들으며 한참을 보냈다.

내가 마침내 시계를 들여다봤을 때는 벌써 버스에서 내린 지 두 시간도 더 지난 후였다.

"서두르자, 클리브. 다른 사람들은 다 탔을 거야."

"그래, 그럼." 클리브가 말했다. "좀 있으면 저녁이 나올 텐데."

그때 멀리서 보이지 않는 어떤 배의 고동 소리가 크게 울렸다. 아마 큰 배 하나가 출항을 하는 모양이었다.

우리는 왔던 길을 죽 되돌아갔다. 해가 벌써 다홍빛 오렌지처럼 수평선에 걸쳐져 있었다.

"저것 봐!"

우리는 멈춰 서서 잠시 풍경을 구경했다. 그런 해는 본 적이 없었다. 하늘을 반쯤 잡아먹을 것처럼 커다랬다.

"탑승권 갖고 있지?"

나는 클리브를 돌아보며 물었다. 녀석은 물건을 잘 잃어버리니까.

"당연히 갖고 있지." 클리브가 주머니를 두드리며 말했다. "형 거나 잘 챙겨."

나는 잘 갖고 있었다. 하지만 한 번 더 확인해봤다. 역시 주머니에 잘 있었다.

"좋아, 그럼 됐어. 배가 여기쯤 있을 텐데."

우리는 창고 모서리를 돌았다.

그 순간 내 인생에 일어난 가장 끔찍한 사건 중 하나가 터지고 말았다.

배가 사라져버렸다.

부두가 텅 비어 있었다.

13장

최후의 만찬

그냥 바다에 빠져버리고 싶었다. 클리브를 먼저 빠트릴까도 생각했다. 다시 생각해보니 같이 뛰어내리는 게 제일 좋을 것 같았다. 그럼 함께 모든 걱정을 끝내버릴 수 있을 테니까.

사라지다니.

배가 사라지다니.

아까 멀리서 들었던 뱃고동 소리가 모나리자호의 출항을 알리는 신호였단 말인가.

갑자기 초저녁 해의 열기가 얼음처럼 차갑게 느껴졌다.

"돈 얼마나 있냐?"

클리브가 주머니를 뒤졌다.

"15펜스."

"혹시 이집트 돈도 있어?"

"피라미드랑 엽서는 있는데. 이런 것도 도움이 되지 않을까?"

우리는 텅 빈 부두를 둘러봤다. 낯설고 무서운 느낌이 들었다.

"팔면 되잖아." 클리브가 제안했다. "그 돈으로 호텔에서 하루 묵고 비행기 타고 집에 가면 되지."

글쎄다.

"이집트 말 할 수 있어?"

내 생각에도 아무 의미 없는 질문이었다.

"잘은 못 해." 클리브가 말했다. "그냥 단어 몇 개 정도. 피라미드나 스핑크스나 낙타, 이런 거."

"우리 지금 큰일 났어, 클리브."

"맞아." 녀석이 말했다. 그러고는 닻을 감아 올리는 기둥 위에 앉아서 손으로 머리를 감쌌다. "울고 싶어."

나도 옆의 기둥에 나란히 앉았다. 이렇게 끔찍할 수가 없었다.

"우리가 안 탔다는 걸 알고 돌아오지 않을까?" 클리브가 물었다.

"아니. 애초에 우리가 탑승 명단에 없는데 탔는지 안 탔는지 어떻게 알겠냐?"

"왓슨 부인이 기억해주지 않을까?"

"속 안 좋은데 그 앞에서 기름진 베이컨이랑 반숙 스크램블드에그 얘기를 했으니, 우리가 안 보이는 게 다행이라고 생각할지도 몰라."

"도미닉스 부인은?"

"그럴 수도 있지. 근데 부인이 우리 생각을 할 때쯤이면 벌써 배가 몇 킬로미터나 떠나간 후일걸."

"또 우리를 기억해줄 사람이 있을까?"

"글쎄."

"왓슨은?"

"아마도. 근데 우리가 애초에 이집트를 목적지로 출발했을 거라 생각하고 까먹을 수도 있어. 어떤 사람은 그러거든. 갈 때만 크루즈선을 타고, 올 때는 비행기 타고."

"그럼 우리도 그러자." 클리브가 말했다. "비행기 타고 집에 가면 되잖아."

점점 지치기 시작했다.

"어떻게? 어떻게 비행기를 타고 집에 가냐? 우린 돈도 없고, 이나라 말도 못 하고, 언제 어디서 사고를 당할지 몰라. 납치당하거나 노예로 끌려갈 수도 있어. 아무도 우리가 여기 있단 걸 모르고, 아빠는 집에 도착한 후에야 우리가 없어진 걸 아시겠지. 그래도 어디 있는지 모르니까 아무것도 못 하실 거야. 자책하면서 괴로워하실 테고 우리 이야기는 신문 1면을 장식하겠지."

"좋은 거네." 클리브가 말했다. "유명해지는 거잖아."

"아니. 하나도 안 좋아. 끔찍해."

"그래도 유명해지긴 하잖아."

"실종자로 유명해지는 게 뭐가 좋아? 유명해지려면 좋은 걸로 유명해져야지. 사라진 낙타 소년 클리브로 유명해지는 게 좋냐?"

클리브가 곰곰이 생각한 후 입을 열었다.

"좋게 좋게 생각해. 어쨌든, 배가 영국에 도착하기 전에 우리가 비행기 타고 돌아가면 아빠는 전혀 우리가 밀항한 사실을 모르실 거야. 그럼 아무 문제 없지.”

“이 바보야. 우린 돈도 없고, 신용카드도 없고, 이집트 말도 못
해. 그런데 어떻게 비행기를 탄다는 거야?”

“계획이 있어.” 녀석이 말했다.

“어떤?”

“예전엔 통했어. 그러니까 이번에도 통할 거야.”

“어떤 건데?”

“간단해.”

“말해봐.”

“일단 공항에 가.”

“그리고?”

“영국행 비행기를 찾아.”

“그리고?”

“비행기를 찾으면—”

“응?”

“몰래 타는 거야.”

솔직히 말해서 그 순간은 정말 녀석을 죽여버리고 싶었다. 만약
그때 내 시야 가장자리에서 뭔가를 포착하지 못했다면, 정말 그랬
을지도 모른다. 그랬다면 지금쯤 녀석은 이집트 어딘가의 시체 영
안실에서 발끝에 ‘신상 불명의 소년. 머리에 상처를 입은 채 항구
근처 바다에서 발견됨’이라는 꼬리표를 달고 누워 있겠지.

심장이 얼어붙었다. 그리고 얼어붙은 동시에 녹았다. 엄청난 재

해가 다가오거나, 뭔가 비싼 걸 잃어버렸다는 사실을 막 알아챘다가 그게 착각이라는 걸 깨달을 때의 기분이었다.

"클리브. 우리 배―"

"응?"

"우리 배가 몇 번 부두에 있다고 했었지?"

"7번."

"저쪽 봐봐. 9번 부두 쪽."

클리브가 고개를 돌렸다.

그곳에, 크레인과 창고 바로 위에 모나리자호의 굴뚝이 보였다. 꼭대기에서 연기가 모락모락 올라오고 있었다.

"아." 클리브가 말했다. "우리 배 같은데?"

"이 멍청아! 너 땜에 심장마비 걸릴 뻔했잖아. 7번 부두가 아니잖아? 너같이 멍청한 녀석이 내 동생이라니, 정말 끔찍하다 끔찍해!"

"그럼 형이 알아서 번호 기억하지 그랬어?"

"쓸데없는 걸로 그만 떠들고 어서 가자."

우리는 서둘러 모나리자호가 있는 9번 부두로 갔다. 몇몇 승객이 여유로운 발걸음으로 배에 탑승하는 중이었다.

우리는 입구 앞에 서 있는 선원에게 재탑승권을 보였다.

"늦게 타는구나." 선원이 말했다.

"언제 출항인데요?"

"30분 안에. 부모님은 어디 계시니?"

"뒤에 오고 계세요."

우리 뒤로 어른들 몇 명이 다가오고 있었다. 꼬치꼬치 캐묻지만 않는다면 부모님이라고 해도 꽤 그럴싸한 모습이었다.

배에 오른 후 우리는 바로 갔다.

"콜라요." 클리브가 말했다. "제일 큰 걸로요. 그리고 아이스크림도요."

음료수를 받자 그제야 마음이 좀 편해졌다.

"집에 가면 어떻게 말할지 생각해봤어? 아빠한테 계속 할머니 댁에 있었다고 어떻게 둘러대지? 피부 탄 것 때문에 의심스러워 보일 거 아냐."

"모르겠어." 클리브가 말했다. "난 그냥 잊고 있을래. 어떻게든 되겠지."

하긴, 클리브는 원래 그런 녀석이었다. '어떻게든 되겠지.' 녀석 인생의 신조였다. 가끔씩, 그게 맞을 때도 있었다. 결과가 그다지 바람직하지 않다는 게 문제지만.

그리고 가끔씩, 끔찍한 결과를 낳을 때도 있었다.

그날 저녁, 우리는 도미닉스 부인과 함께 뷔페를 먹었다. 클리브는 혹시 오늘도 식사 후에 카지노에 가실 거냐고 물었고, 부인은 그렇다고 대답했다. 부인 말에 따르면, 카지노에는 매일 와서 도박을 하는 남자가 하나 있다고 했다. 그 남자는 친구가 넷인데 수영도, 갑판 산책도 하지 않고 하루 종일 카지노에 앉아서 도박

179

만 한다고 했다. 또 실내에서도 늘 검은 선글라스를 쓰고, 술이 떨어질 때마다 친구들 중 하나가 웨이터를 불러 잔을 채우게 한다고 했다.

도미닉스 부인은 그 사람들이 평범한 승객 같지는 않다고 했다. 크루즈 여행이 아니라 라스베이거스에 가야 했을 사람들이라고.

우리도 그 사람들을 본 적이 있기 때문에 부인의 말을 이해할 수 있었다. 덩어리가 그 승객들한테 붙어서 아첨하는 것도 많이 봤다. 클리브는 항해 끝나고 받는 팁 때문이라고 주장했다. 계속해서 음료와 간식거리를 날라다주면, 어쩌다 큰돈을 땄을 때 그중 일부를 개평으로 줄지도 모르고.

어쨌든, 길고 피곤했던 하루를 마치고 우리는 별 문제 없이 들쥐층으로 몰래 내려왔다. 뒤척임 없이 오랫동안 푹 잠을 청했고, 덕분에 다음날 아침 깨어났을 때는 훨씬 상쾌한 기분이었다.

여태까지는 여러모로 잘 풀리는 편이었다. 몇 번 위험한 상황이 있었지만, 그래도 들키지는 않았으니까. 밥도 잘 먹고 구경도 잘하고 일등급 층 시설들도 누려보고(물론 선실 빼고) 정말 아무런 불만이 없었다.

하지만 좋은 패에는 나쁜 패가 늘 딸려오는 법이다. 운이 항상 좋을 수만은 없다. 여태까지는 좋은 운만 누려왔지만, 이제 슬슬 상황이 전환될 시점이었다.

꼭 수도꼭지를 트는 것 같았다. 처음엔 불운이 마치 가랑비처럼 한 방울, 두 방울씩 떨어진다. 방심하지 말라는 경고의 의미로 말이다. 그러다가 운명의 손이 수도꼭지를 확 틀어버리면, 순식간에 불운이 폭포처럼 쏟아진다.

그리고 미처 알아채기도 전에, 우리는 그 속에서 흠뻑 젖고 만다.

시작은 왓슨 부인이었다.

우리는 수영장 옆에서 편히 쉬고 있었다. 우산이 꽂혀 있는 시원한 음료수를 마시면서. 아, 물론 진짜 우산이 아니라, 오렌지 조각이나 파인애플에 꽂혀 있는 장식용 미니 우산 말이다.

우리는 선글라스를 쓰고 햇볕에 흠뻑 취해 도서관에서 빌려온 책을 읽었다. 나는 공상과학소설을, 클리브는 '파란 수염의 이야기'를 읽었다. 해적 이야기였는데, 녀석은 해적을 어찌나 좋아하는지 맥가이버 칼을 마치 단검인 양 입에 물고 돌아다닌 적도 있었다.

어쨌든, 클리브가 기름진 베이컨 이야기를 한 후 늘 우리 형제를 피해 다니던 왓슨 부인이, 그날따라 입꼬리가 귀까지 걸려서 우리를 향해 곧장 걸어왔다.

"아, 거기 있었구나!" 부인이 말했다. "정말 고맙다. 오늘 아침에 초대장을 받았단다."

우리는 멍하니 부인을 쳐다봤다. 아, 물론 클리브는 항상 멍하지만. 녀석은 선글라스를 쓰면 특히 멍해 보였다. 하지만 지금은 거기다 추가로 더 멍한 표정이었다.

"네?" 클리브가 말했다.

왓슨 부인이 뭔가 비밀스러운 이야기를 하려는 듯 주위를 쓱 둘러본 후 목소리를 낮추고 말했다.

"너희 아버님!"

"누구요?"

"너희 아버님."

"네? 우린 아버님이 없는데요."

"너희 아버지—"

"아, 네—"

"선장님—"

그때 또다시 소름이 온몸을 감쌌다. 그리고 착잡한 기분이 그 뒤를 따랐다. 금방이라도 천재지변이 닥칠 것처럼 장이 뒤틀리는 느낌이었다.

"서, 선장님요?" 내가 말했다. "아, 그래, 클리브. 우리 아빠, 선장님!"

"맞아." 클리브가 말했다. "우리 아빠 선장님!"

"아버지가 너희를 많이 아끼시는 것 같더구나." 왓슨 부인이 말했다.

"그런가요? 음, 네, 그래요. 소중한 아들이니까요."

"뭐라고 말씀드렸는지 모르겠지만, 오늘 아침에 초대장이 우리 선실로 배달됐어. 선원 하나가 가져왔더라. 아버지께서 오늘 저녁 식사에 우리 가족을 초대하신다고 말이야!"

나는 클리브를 쳐다봤다. 얼마나 창백해졌는지, 검게 탔던 피부가 원래대로 하얘 보일 정도였다. 잠시 후 피부색이 점차 돌아왔다.

"오늘 저녁요?"

"오늘 저녁. 앵거스 아빠랑 나. 다 너희 덕분이야. 정말 고맙다. 우리 앵거스가 너희같이 착한 애들과 같은 반이고 친구라는 게 너무 기뻐."

"음, 근데요, 왓슨 부인. 선장님, 그러니까 아빠랑 오늘 저녁식사 하실 때 저희 얘기는 안 하실 거죠?"

부인이 알 수 없다는 표정으로 나를 봤다.

"하면 안 되니?"

"음, 제가 전에 말씀드렸듯이, 저희 승선 사실을 다른 사람들이 아는 걸 아빠가 싫어하셔서요."

"납치나 그런 위험이 있어서요." 클리브가 설명했다.

"오, 그렇지. 물론 사람들 있는 장소에선 절대 언급하지 않는단다. 하지만 저녁 정찬에선 예의 바른 아들들 얘기 듣는 걸 기뻐하실 거야."

그 말을 마치고 부인은 자리를 떠났다.

나는 클리브를 봤다. 클리브도 나를 봤다.

"우린 끝났어." 클리브가 말했다. "왜, 대체 왜 선장이 왓슨 가족을 초내한 거지?"

그런 질문에는 딱히 정답이 없었다. 그냥 그러고 싶었나 보지 뭐. 아니면 일등급 선실 사람들과 식사하는 게 업무일지도. 아니면 그런 사람들이랑 대화하면서 괴로워하는 걸 즐긴다든가.

"대체 어떤 천재가 그런 얘기를 했을까? 왓슨 부인한테 우리가 선장 아들이란 얘기를, 응? 대체 어떤 녀석이 그런 기가 막히는 소리를 나불거렸을까? 그거나 대답해, 클리브. 그거나 대답하라고!"

"형 생각 아니었어?" 녀석이 말했다.

나도 기억이 나지 않았기 때문에 그냥 지나가기로 했다.

"자, 이제 우린 어떻게 해야 하지? 여덟 시간 후면 저녁이야. 여덟 시간. 시간이 없어. 여덟 시간 지나면 우리 정체가 탄로 나고 말 거야. 그럼 우린—"

"감옥에 가겠지."

"감옥이라고?"

"철창에 갇히겠지. 열미호랑 같이."

"구미호야, 클리브. 열미호라니, 그 말이 갑자기 왜 나와?"

"어떡하지?"

방법은 한 가지였다. 어떻게든 왓슨 부부와 선장의 저녁식사를 막아야 했다. 아니면 여덟 시간 후에 레스토랑에서 이런 이야기가 오가는 걸 듣게 될 테니까.

왓슨 부인 아, 맞다. 선장님께 정말 훌륭한 자제 분들을 뒀다는 말씀을 드리고 싶었어요. 정말 훌륭한 아이들이랍니다. 테이블 매너도 아주 바람직하고요.

코너튼 선장 (알쏭달쏭한 표정으로 부인을 바라보며) 제 아이들요? 제 아이들을 안다고 말씀하셨습니까?

왓슨 부인 물론이죠. 아주 잘 알아요.

왓슨 씨 (풀린 눈으로) 웨이터, 와인 추가요. 큰 병으로.

코너튼 선장 어떻게 알게 되셨는지 물어봐도 될까요?

왓슨 부인 저희 아들 앵거스랑 같은 학교에 다니거든요. 물론 같은 반이고요. 자리도 같이 앉고 정말 단짝 친구랍니다.

코너튼 선장 (혼란에 빠져 수염을 씹으며) 단짝이라고 말씀하셨나요, 왓슨 부인?

왓슨 부인 오, 그럼요.

왓슨 씨 웨이터— 어서 와인을 가져와요.

코너튼 선장 정말 이상하군요, 부인. 제 아이들은 학교에 다니지 않습니다.

왓슨 부인 (어리둥절해서) 뭐라고 말씀하셨죠, 선장님? 아드님들이 학교에 다니지 않는다고 하셨나요?

코너튼 선장 절대 아닙니다. 지금은 졸업했지요. 사실 제 큰아이는 의사고 작은아이는 대학을 다닌답니다.

왓슨 부인 대학요? 그러면—

코너튼 선장 그리고 한 가지 더 말씀드리자면, 아들들이 아니라 딸들이랍니다!

왓슨 부인 (비명을 지르며) 딸들요? 아니, 그럼, 어떻게, 누가, 어디서, 왜죠?

코너튼 선장 선원! 구급상자를 가져와. 후자극제가 필요해.

왓슨 씨 내 와인 어디 있어!

(선원이 후자극제를 가져온다. 왓슨 부인이 잠시 쇼크 상태에서 벗어나 말을 잇는다.)

왓슨 부인 하지만, 그럼 그 아이들이 자제 분들이 아니면요, 선장님. 그 아이들이 혼자서 이 배를 탔다는 뜻인가요?

(선장의 얼굴이 무섭게 창백해진다. 선장이 사무장 펜슬리 씨를 부른다.)

코너튼 선장 펜슬리 씨, 선원 몇 데리고 가서 무장시키세요. 두 밀항자가 이 배에 탄 것 같군요!

펜슬리 사무장 네, 네, 선장님! 바로 실행하겠습니다.

(펜슬리 씨가 무장 선원을 대동하고 밀항자들을 잡는다. 그들은 밀항자들을 자루 안에 넣어 철창에 가둔다.)

나는 선글라스 뒤에서 도통 무슨 생각을 하고 있는지 모르겠는 동생 녀석을 바라봤다.

"어쩌지?"

"저녁 못 먹게 막아야지." 클리브가 말했다.

"쉽지 않을 거야. 아주 선장이랑 식사하려고 단단히 마음먹은 것 같아. 사실 애초에 크루즈선을 탄 이유가 그것 같기도 해. 어떻게 저녁식사를 막을지 생각이 안 나. 이번엔 진짜 모르겠어."

"배탈이 나게 하는 거야."

너무 절망적인 나머지, 나는 그것도 선택지에 포함시켰다.

"어떻게?"

"몰라. 어떻게든. 독살할 필요는 없고 속만 조금 불편하게 하는 거지. 또 가서 계란 반숙이랑 기름진 베이컨 얘기 좀 해볼까?"

"아니. 이번엔 그 정도론 안 돼. 계란이 아니라 타조 알이라 해도 기어코 가고 말걸."

"그럼 위급 상황 같은 걸 만들어서, 선장이 약속을 취소할 수밖에 없게 만드는 거야."

"어떤 위급 상황?"

"모르겠어. 뭐든."

진퇴양난이었다.

우리는 마지막 묘책 없이는 꼼짝 없이 저녁에 전기의자에 앉을 운명의 사형수처럼 참담한 마음으로 수영장 옆에 늘어져 있었다. 배탈이 나게 한다거나, 배 밖으로 밀어버린다거나, 화장실에 가둔다거나, 옷을 입고 대신 부인인 척한다거나, 별의별 방법을 다 떠올려봤지만 그 무엇도 가능성이 없어 보였다. 가능성이 있다 해도 그리 인간적인 방법은 없었다.

그 와중에도 배는 아름답고 고요한 푸른 바다를 가르며 계속해서 나아갔다. 다른 갑판을 이리저리 돌아다니며 사람들에게 음료를 나눠주고 빈 유리잔을 수거해 가는 아빠의 모습이 보였다.

그제야, 나는 아빠가 왜 바다 일을 쉽게 관두지 못하는지 깨달을 수 있었다. 폭풍우와 거친 날씨, 온갖 멀미에도 불구하고 바다는 계속해서 사람을 부르는 묘한 매력이 있었다.

"나중에 어른 되면 말이야, 난 아빠처럼 선원이 될 거야."

"나도." 클리브가 말했다. "나도야."

우습게 들릴 수 있지만, 나는 밀항을 했다는 사실이 뿌듯해졌다. 이제 앞으로 어떤 일이 닥치더라도 말이다. 새로운 장소를 보고 경험했다는 사실이 좋았다. 특히, 왜 아빠가 바다를 사랑하는지 이해할 수 있게 돼서 더 좋았다. 선원 일을 관두는 걸 계속 미루고 '한 번만 더 나갔다 올게. 이번이 마지막이야. 진짜로.' 하고 말씀하시는 이유를.

왠지 아빠가 바다를 떠나면 다시는 행복할 수 없을 거란 생각이 들었다. 새장에 갇힌 야생 새 같은 기분이 들지 않을까. 항구를 지나면서 커다란 배들을 볼 때마다 다시 배에 올라 항해를 하고 싶다고 생각하시겠지.

하지만 우리 때문에 그러지 못하시겠지.

"클리브. 배에서 무사히 내리게 되면, 아빠가 항해할 때 할머니 댁에 머무는 거 갖고 다시는 징징대지 않기로 하자. 어때?"

"좋아." 클리브가 말했다. "그러자."

나보다 5분 어린 동생이긴 하지만, 녀석도 내 뜻을 이해하는 것 같았다.

아빠한테서 바다를 물려받은 것 같다는 생각이 들었다. 사람들은 우리를 보고 '넌 아버지 눈을 닮았구나.', '어머니 코를 쏙 빼닮았어.' 등의 말을 한다. 하지만 우리는 그것보다 바다를 물려받았다.

188

몸 안에 바다가 넘실댔다. 심장이 뛸 때마다 몸 안에서 밀물이 되었다 썰물이 되었다. 밀물이 되었다 썰물이 되기를 반복하며 그 위에 떠 있는 배가 두둥실거렸다.

만약 의사가 우리 가슴에 청진기를 댄다면, 심장박동 소리가 아니라 파도가 철썩이는 소리, 모래의 한숨 소리, 먼 하늘의 갈매기 울음소리와 고래의 노랫소리를 듣게 될 것이다.

우리 안의 뭔가가 바뀌고 있는 게 느껴졌다. 이제는 뭔가 예전과 달랐다. 이게 바로 여행의 의미인 것 같았다. 새로이 성장해가는 것이다.

'최후의 만찬'.

그런 말이 있지 않은가? 곧 죽을 사람이 죽기 전에 먹는 식사 말이다. 사람들은 죽으러 가기 전에 든든히 먹는다.

음, 어떻게 그러는지 이해할 수가 없었다. 왜냐하면 나는 그럴 수 없었으니까.

어떻게 발각에 대한 두려움에 질린 채 만찬을 즐길 수가 있겠는가? 전기의자에 대한 두려움과는 조금 다르지만 말이다.

물론, 클리브는 사정이 달랐다. 녀석의 심장은 콘크리트 기둥 같았다. 어떤 상황에서든 만찬을 즐길 수 있는 아이였다. 시한폭탄에 묶어놓고 5분 후 터지도록 맞춰놔도 여전히 뭐든 잘 먹을 것이다. 그러고서 폭탄과 함께 터지겠지.

음, 어차피 시한부이고 이젠 손쓸 방도가 없다는 걸 우리는 알고 있었다. 그래서 들쥐층의 선실로 내려가 최후의 만찬을 위해 옷을 갈아입었다.

"든든히 먹어둬야지." 클리브가 말했다. "왓슨 부인이 모든 비밀을 쏟아내기 전에."

하지만 나는 전혀 든든히 먹을 상태가 아니었고, 비밀을 쏟아낸다는 표현만으로도 전에 먹은 걸 쏟아내고 싶은 기분이었다.

옷을 갈아입고 있는데 환풍구에서 속삭이는 소리가 또 들려왔다. 조금 익숙한 목소리와 아예 모르는 목소리의 대화였다.

"오늘이군."

"다 준비된 거야?"

"연락은 닿았대?"

"그건 걱정 마. 준비나 확실히 해놓으라구."

목소리가 점점 희미해졌다.

"있지," 내가 말했다. "저건 누구 목소리일까?"

"덩어리." 클리브가 말했다. "덩어리 목소리잖아."

"무슨 계획을 세운 거지?"

"레스토랑에서 은수저를 훔치려는 게 아닐까?" 클리브가 말했다. "집에 가져가 녹여서 보석 만들려고."

그런 것 같지는 않았다.

우리는 다시는 돌아오지 못할 감옥 방을 마지막으로 한 번 둘러보는 사형수처럼 선실을 둘러봤다.

"내 바지는 어쩌지?" 클리브가 빨랫줄에 널어놓은 바지를 보며 말했다.

"놔둬. 그건 걱정거리도 아냐. 엄청난 걱정거리가 위에서 기다리는데 뭐."

"모든 것에 인사를 해야겠어." 클리브가 말했다. "안녕, 들쥐층 선실. 안녕, 침대들. 안녕, 바지야. 안녕, 모나리자호……."

이런 식으로 녀석은 한없이 작별인사를 해댔다. 급기야 문의 경첩에까지 인사를 했다.

"됐어, 클리브. 가자."

클리브는 다시 한 번 방을 둘러봤다.

"있잖아," 녀석이 말했다. "내 생애 가장 대단한 모험이었어. 이런 모험, 다신 할 기회가 없을 거야. 어른이 되면 직업을 얻고 지루하게 살겠지. 이게 옳다는 건 아니지만, 그래도 좋은 경험이었어."

"내 생각도 그래. 정말."

우리는 들쥐층의 선실 문을 닫고 최후의 만찬을 위해 갑판으로 올라갔다.

클리브는 여느 때처럼 잔뜩 집어먹었지만, 나는 도저히 음식을 목 뒤로 넘길 수 없었다.

"어디 안 좋니, 얘야?" 도미닉스 부인이 물었다.

왠지 사실대로 털어놔야겠다는 생각이 들었다. 하지만 또, 이미 알고 계실 것 같다는 느낌이 왔다. 어찌 됐든, 곧 아시게 되겠지.

"오늘은 별로 식욕이 없어요." 내가 말했다.

선장이 레스토랑 중앙을 거쳐 초대된 손님들이 앉아 있는 선장용 테이블을 향해 가고 있었다.

조금 있으면, 정말 조금만 있으면 식탁에 둘러앉아 이야기꽃을 피우기 시작하겠지. 왓슨 부인이 '두 아들' 이야기를 꺼내면, 우리는 끝이었다.

나는 기다렸다. 입술을 잘근잘근 씹으며 기다렸다. 하지만 아무 일도 벌어지지 않았다.

클리브가 자리에서 일어나 푸딩을 가지러 갔다. 나는 무장한 사무장이 다가와 우리를 철창으로 끌고 가기를 기다렸다. 하지만 여전히 아무 일도 없었다.

클리브가 또 한 번 푸딩을 가지러 일어섰다. 점점 더 긴장됐다. 더 이상 참기 힘들었다.

"차라리 그냥 가서 자백할까 봐. 매도 먼저 맞는 게 낫다잖아."

"서두르지 마." 클리브가 말했다. "아직 푸딩 한 번 더 먹을 시간은 있어."

녀석은 세 번째 푸딩을 뜨러 갔다.

배는 계속해서 항해했고, 시곗바늘은 쉼 없이 돌아갔지만, 여전히 아무 일도 일어나지 않았다. 도미닉스 부인은 식사를 마치고 카지노에 갔다. 그런데도 아무 일 없었다.

우리는 식당 밖으로 나갔다.

"여기 있으면 그 사람들이 우리를 찾을 수 있을까?" 클리브가 말했다.

"어떻게든 찾아올 거야. 걱정 마."

아니, 아무도 오지 않았다.

우리는 카바레를 보기 위해 극장으로 내려갔다.

여전히 무사했다.

그래서 다시 밖으로 나왔다.

"영화관에선 뭐 해?" 클리브가 물었다. "우리가 볼 수 있는 거 있어?"

그때 놀랍게도, 식사를 마치고 나온 선장이 가볍게 목례를 하며 우리 옆을 그냥 걸어 지나쳤다.

왓슨 부인이 우리 이야기를 하지 않은 모양이었다! 안전하게 벗어났다. 이번 위기도 무사히 탈출한 것이다.

그 다음 마주친 건 한 손에 음료를 들고 복도를 걸어오는 앵거스 왓슨이었다.

"안녕, 앵거스."

"안녕, 클리브."

"오늘 저녁에 너희 아빠 엄마랑 선장님, 그러니까 우리 아빠랑 식사하신다고 하지 않았냐?"

"그랬지." 왓슨이 대답했다. "그럴 계획이었는데, 엄마가 저녁 먹으러 가기 전에 잠깐 침대에 앉았다가 침대 전체가 주저앉아버렸어."

"주저앉았다고?"

"응, 엄마 발에. 그래서 의사 보러 갔어. 고소할 거래."

"저런, 저런." 내가 말했다. "정말 안됐다."

"너무 화나서 선장이 치료비를 주지 않으면 저녁식사도 안 할 거래."

"정말 안됐다. 어서 나으셔야 할 텐데."

"고마워. 나중에 보자."

그러고서 왓슨은 자리를 떠났다.

나와 클리브는 선실로 내려가는 내내 기쁨의 춤을 췄다.

정말 복 받은 인생이었다. 정말로. 누군가 하늘에서 우리를 지켜주는 것 같았다.

그런 줄 알았지.

그 순간은.

그런데 아니었다.

들쥐층의 선실로 내려와서 문을 활짝 열었을 때, 그 안에……

누군가가 있었다.

새 침대를 찾으러 온 누군가가.

왓슨 부인을 위한 새 침대를.

그게 과연 누구였을지 짐작이 가는가?

맞다.

우리 아빠였다.

14장

이제 모든 게 끝인가

아빠는 우리를 보고 조금 놀란 모습이었다. 아니, 사실 많이 놀란 것 같았다. 왜, 너무 당황스러워서 할 말을 잃게 되는 그런 상황이 있지 않은가? 마치 공중화장실 칸을 딱 열었는데 바지를 발목까지 내리고 앉아 있는 사람과 눈이 마주쳤을 때처럼 말이다. 그 사람은 목사님일 수도, 경찰일 수도, 담임선생님일 수도 있다. 누구든지 마찬가지로 당황스럽고 얼굴이 화끈거릴 것이다. 둘 다 아무 말 없이 서로를 보다가, 서 있던 사람이 문을 도로 닫고 서둘러 도망가겠지.

아빠는 무슨 남자애 크기의 특이하게 생긴 과일이라도 발견한 것처럼 그냥 그렇게 우리를 보고 있었다. 말을 하려는 듯 입을 끔뻑거리고 있었지만, 아무 소리도 나오지 않았다.

그동안 내 심장은 미친 듯이 뛰고 있었다. 클리브의 심장도 마찬가지였다. 눈에 심장이 뛰는 게 보일 정도였다. 눈알 뒤에 숨어 있는 뇌가 카지노의 슬롯머신처럼 징징 소리를 내며 돌아가

195

는 소리가 들렸다. 연속으로 같은 과일 세 개를 똑같이 맞추려는 거겠지.

"어, 음, 안녕하세요, 아빠." 클리브가 마침내 입을 열었다. "여기서 만나게 돼서 반가워요."

이상하게도, 전혀 그럴 생각은 없었는데, 나도 모르게 내 발이 문을 향해 찔끔찔끔 움직였다. 클리브도 마찬가지였다. 아빠는 가만히 서서 계속 입을 끔뻑거렸고, 나와 클리브는 마법의 구두를 신은 것처럼 복도 쪽으로 도망치기 위해 슬금슬금 이동했다.

그때 아빠가 마침내 목소리를 되찾았다.

"너희, 정말, 이런 *****, 대체 여기서 뭐 하는 거야?"

저 이상한 기호는 우리가 흔히 말하는 '별표'다. 보통 글에서 욕을 대체할 때 쓰는 기호 말이다. 어린 독자들에게 부적합할 수 있기 때문에 아빠가 정확히 무슨 말을 했는지 구체적으로 언급하지는 않겠다. 상상은 여러분의 자유다. 아빠 편을 조금 들자면, 아빠는 여태껏 우리 앞에서 한 번도 욕을 한 적이 없었다. 아니, 딱한 번 클리브가 정원 삽을 휘두르다 아빠 무릎을 때렸을 때 비명과 함께 욕을 하긴 했었다.

들쥐층의 선실에서 두 아들을 발견한다면 내가 아빠라고 해도 놀랄 것 같았다. 아빠의 입장에서 볼 때, 지금 우리는 안전히 할머니 댁 침대에 누워 자고 있어야 했다. 그런 우리가 집을 떠난 지 며칠 후 집에서 수천 킬로미터 떨어진 곳에서 갑자기 나타났으니. 어떻게 그럴 수가 있지? 아마 아빠한테는 순간 우리가 유령처럼 보였을 것이다. 왜 여기 있는 거지? 어떻게 온 거지?

그동안에도 클리브의 발은, 그리고 내 발도 문 쪽으로 뒷걸음 치고 있었다.

하지만 기회는 오지 않았다. 아빠가 팔을 뻗어 문을 닫았기 때문이다. 그러고서 아빠는 평소보다 많이 커다래진 눈으로 우리를 보며 아까 했던 말을 반복했다.

"너희 *****, 대체 무슨 ****** 이유로 여기 있는 거야?"

이번에는 아까보다 별표가 많았다.

"뭐야? 어떻게—? 어떻게 여기에—? 왜—? 무슨—?"

여전히 그 어느 때보다 화난 모습이었지만, 그래도 별표가 없어졌다는 사실에 조금 위안이 되었다.

아빠는 침대 중 하나에 털썩 주저앉았다.

"뭐야? 뭐냐고!"

클리브가 설명을 바라는 듯 나를 쳐다봤다.

"쟤가 형이잖아요." 녀석이 말했다.

"겨우 5분 차이잖아!" 내가 지적했다.

"누구든 상관없어. 빨리 말해봐!"

"그게요, 아빠—"

"그게?"

"그게—"

"그게? 그래서 뭐? 어서. 어서 말해. 여기서 뭐 하는 거야? 어떻게 탔어?"

197

"그게, 음, 그러니까―"

"그러니까? 그러니까 뭐?"

"그러니까―"

"응?"

"그러니까 밀―"

"밀? 밀이라니 무슨 뜻이야?"

"항을 했어요."

"항?"

"네, 항요."

"너희 둘 다?"

"네."

"밀항?"

"네."

"밀항?"

"네."

"누구 생각이었어?"

"쟤요."

"아뇨, 쟤예요."

"누구 생각이었어?"

"쟤요!"

"한 명씩 말해!"

"쟤요."

198

"쟤요."

"알겠다. 둘이 같이 짠 거구나?"

"그런 셈이에요."

"그런 셈? 무슨 뜻이냐, 그게. 맞다고, 아니면 틀리다고?"

"그런 것 같아요."

"뭐가 그런 것 같아?"

"둘이 같이 생각해낸— 그거요."

"그랬군. 알겠어. 그랬구나."

"화나셨어요?"

"화? 화? 화라고 했니? 그냥 말이 안 나오는 상태다! 이걸 어떻게 말로 표현할지 모르겠다! 설명을 못 하겠어. 아빠는 이제 난간에 서 있는 거야, 알아? 아냐고! 이제 조그만 문제가 툭 건드려도 바로 난간 밖으로 떨어지는 거라구. 이해가 되니, 클리브? 신문에서 찬장에 아이들 가둬놓고 개 사료 먹였던 부모 기억나니? 그때 넌 어떻게 자기 자식을 저렇게 대하냐고 그랬었지? 이해가 될 것 같구나, 클리브. 이해가 될 것 같아. 살인자들이 법정에 서서 '아무것도 기억나지 않습니다. 그냥 충동적으로 저질렀습니다.' 하는 것도 모두 이해가 될 것 같아. 질문 해결됐니?"

"네. 고마워요, 아빠. 그럼 화는 안 난 거죠?"

"폭발 직진이야, 클리브! 말로 표현할 수 없을 정도라고!"

"아, 다행이네요. 화만 안 나셨다면요."

아빠는 잠시 동안 침대에 조용히 앉아 있었다. 눈을 감고 열까지 세는 것 같았다. 열 까지 센 후에, 또 처음부터 다시, 이번에는 50까지 세는 것 같았다. 그런 후 아빠는 눈을 떴다.

우리는 여전히 아빠 눈앞에 있었다.

아빠가 그 사실을 기뻐하는지 아닌지 분간할 수가 없었다.

"좋아." 아빠가 말했다. "조금 멍청한 질문처럼 들릴지도 모르지만, 그냥 이것 하나만 답해봐라. 하나만. 한 단어짜리 질문인데, 솔직히 대답해줬으면 좋겠구나. 왜? 왜 몰래 탄 거니?"

"왜요?"

"그래. 왜? 그게 전부다. 왜? 왜냐면, 너희가 지금 여기서 저지른 짓이 대체 뭔지 알고 있나 싶어서 묻는 거야. 조금이라도, 조금이라도 지금 너희가 한 짓이 어떤 건지 감이 오니?"

"무슨 뜻이에요?"

"이렇게 생각해봐, 클리브. 난 이 비싼 크루즈선의 고위 승무원이야. 특실 투숙객들을 관리하고, 그 사람들이 즐겁고 재미있는 시간을 보내도록 돕고 있어. 자, 그런데 아들 둘이 내가 일하는 배에서 밀항한 사실이 밝혀졌어. 그 아들들도 다른 승객들과 마찬가지로 먹고 마시고 즐기는데, 대신 돈을 내지 않았어. 회사 돈으로 놀고 있는 거야. 그럼 누가 책임을 져야 하겠니? 바로 아빠야. 그리고 발각이 되면 어떻게 되는지 아니?"

"어떻게 돼요?"

"아빠가 해고당하는 거야, 클리브. 일자리를 잃는다고!"

그 생각은 해본 적이 없었다. 우습게도 우리는 아빠의 입장에서 생각해본 적이 한 번도 없었다. 우리가 발각되면 어떻게 될까만 걱정했지, 그게 아빠한테 어떤 영향을 미칠지는 심각하게 고민해보지 않았다.

"이제 이해되니? 문제의 심각성을 알겠어? 너희가 상상만 해도 아찔한 온갖 위험을 겪은 걸 넘어서, 아빠가 해고되게 생겼어."

나는 클리브를 쳐다봤다. 녀석의 아랫입술이 떨리고 있었다.

녀석은 아빠 옆으로 가 침대에 앉았고, 나도 따라 앉았다.

"미안해요, 아빠." 클리브가 말했다. "생각 못 했어요."

"못 했겠지." 아빠가 말했다. "못 했겠지. 생각을 안 하지. 너희 둘 다, 생각해본 적이 없지! 왜냐면, 조금이라도 생각했다면, 정말 멈춰 서서 1초만이라도 생각했다면 이런 문제는 안 일어났을 테니까. 이제 난 어떡해야 하지? 내가 무슨 말을 하겠어? 그러니까 한 가지만 대답해봐. 대체 왜 이런 짓을 한 거야?"

"화내지 마세요, 아빠." 클리브가 말했다. "최악의 상황은 아니잖아요. 바다에선 더 나쁜 일이 벌어지기도 하잖아요."

"잊었나 본데, 지금 여기가 바로 바다야!" 아빠가 사납게 쏘아붙였다.

그러고서 긴 침묵이 흘렀다. 정말 어떻게 말로 표현해야 할지 알 수 없었다. 무슨 말을 해야 할지. 나는 설명을 하기 위해 입을 열었다. 그새 클리브가 나를 앞질렀다.

"아빠, 우린," 클리브가 말했다. "아빠랑 같이 있고 싶어서 그랬어요."

아빠가 클리브를 봤다.

"뭐라고?"

"우린— 아빠랑 같이 있고 싶어서 배를 탄 거예요. 맨날 할머니 댁에 두고 가는 게 싫어서, 그냥 아빠랑 같이 있고 싶어서 탄 거라고요."

아빠는 잠시 동안 아무 말도 하지 않았다. 정말 길고 끔찍한 침묵이었다. 또다시 별표가 나올까 봐 두려웠지만, 아빠는 그저 먼 곳을 바라보며 말없이 앉아 있었다.

한참 후 아빠는 클리브와 나를 번갈아 보더니 양팔로 우리의 어깨를 감쌌다.

그렇게 우리는, 서로에게 팔을 두른 채, 허공을 응시하며 오랫동안 앉아 있었다. 아무도 먼저 말을 꺼내지 않았다.

한참이 지나고서야 클리브가 입을 열었다. 녀석은 우리 모두가 생각하고 있던 말을 꺼냈다.

"엄마가 여기 있으면 좋겠어요."

아빠가 우리를 좀 더 꽉 껴안고 말했다.

"나도 그렇단다, 클리브. 나도 그래."

또다시 오랜 침묵이 찾아왔다.

그때 누군가 부들부들 떨기 시작했다. 아빠였다. 나는 감히 아빠를 쳐다볼 수 없었다. 아빠가 울고 있을까 봐 무서웠기 때문이다. 만약 아빠가 운다면, 정말 아무것도 할 수 없을 것 같았다.

하지만 아니었다. 아빠는 웃고 있었다. 자꾸만, 계속해서 웃었다. 중간에 잠깐 멈추고 우리를 둘러보고는 웃고 또 웃었다.

숨이 넘어갈 정도로 크게 웃던 아빠가 주머니에서 손수건을 꺼내 코를 풀었다.

"믿기지 않는구나. 아니, 정말 어떻게 한 거냐? 어떻게 탔어?"

"그냥 걸어 올라왔어요." 내가 말했다. "승객들이랑 같이요."

"보안 절차들은? 티켓 없인 올라올 수가 없는데."

"어른인 경우엔 그렇죠. 그런데 우리 같은 애들은 조금 다른 법칙이 적용되는 것 같아요. 의심을 심하게 안 하더라고요. 다른 어른들한테 딸려 있다고 생각해서."

"그럼 이 선실엔 언제부터 있었던 거야?"

"처음부터요."

"이집트에 정박했을 때는 뭐 했어?"

"나가서 피라미드 구경했어요." 클리브가 말했다. "엽서도 가져왔어요. 미니 피라미드도요. 이거 보세요."

클리브는 아빠한테 미니 피라미드를 자랑했다.

아빠는 그게 굉장히 웃기는 모양이었다. 이유는 알 수 없었다. 아빠는 클리브의 기념품을 들고 눈물이 나올 정도로 미친 듯이 웃으며 계속해서 말했다.

"피라미드를 가져왔어! 미니 피라미드를 가져왔어!"

"엽서도요." 글리브가 상기시켰다. "형한테 주긴 했지만요."

"엽서라니!" 아빠가 소리쳤다.

엽서는 피라미드보다 더 웃기는 모양이었다. 그러다 다시 피라미드를 보면 그게 더 웃겨 보이는 것 같았다. 아빠는 그런 식으로 한동안 웃음을 멈추지 않았다. 찬물을 가져와서 뿌려야 할지, 아니면 클리브의 젖은 바지라도 털어야 할지 고민될 정도였다.

점차 아빠의 웃음이 잦아들었다. 하지만 여전히 눈물을 닦으며 "세상에, 세상에." 하고 중얼거렸다. "세상에, 세상에." 그러고는 좀 더 웃은 뒤 손수건에 구멍이라도 낼 것처럼 세게 코를 풀었다.

이집트에서 미아가 될 뻔한 이야기는 다음에 하는 게 좋겠다는 생각이 들었다. 아빠가 겨우 정상으로 돌아온 상태였으니까.

쌓여 있는 침대로 가득한 선실을 둘러본 아빠는 그제야 왜 이곳에 내려왔는지 기억이 난 듯했다.

"침대 가지러 왔지." 아빠가 말했다. "왓슨 부인 침대. 침대가 무너지는 바람에—"

그러더니 아빠가 또다시 웃기 시작했다. 이번에는 나와 클리브도 그 웃음에 동참했다. 그때 왜 그렇게 웃겼는지는 나도 모르겠다. 사실, 침대가 무너져서 왓슨 부인이 발을 다친 게 뭐가 그리 웃긴다는 말인가. 그냥 침대가 무너졌을 뿐인데!

그런데도 우리는 데굴데굴 구르며 웃었다. 어찌나 큰 소리로 오래 웃었는지, 바깥의 물고기들이 배 벽면을 탕탕 치면서 시끄러우니 입 좀 다물라고 불평할 정도였다.

웃음은 점점 잦아들었고, 마침내 우리는 다시 이야기를 할 수 있는 상태가 됐다.

"와, 세상에." 아빠가 말했다. "세상에. 몇 년 동안 이렇게 웃어

본 적이 없어. 배가 아플 정도야."

아빠는 우리가 눈물과 콧물을 닦을 수 있도록 휴대용 티슈를 꺼내 건넸다.

우리는 이성을 되찾았다.

"자, 얘들아." 아빠가 말했다. "우리 이제 어쩌지?"

"음, 제 생각엔—"

"응, 클리브?"

"그냥 여태 해왔던 대로 집으로 돌아가는 거요?"

"그게 무슨 뜻이야?"

"음, 오랫동안 이렇게 생활해와서요. 아빠 빼곤 우리가 밀항자인 거 아는 사람 아무도 없어요. 그러니까 아빠가 다른 사람한테 말만 안 하면, 우린 여기 있고 아빠가 먹을 거 갖다주고……."

아빠가 클리브를 바라봤다. 조금 충격을 받은 표정이었다.

"아무한테도 말 안 하고?"

"네. 그냥 여태 했던 것처럼 낮이면 나가서 선탠 하고, 밤에 몰래 들어오는 거예요. 그럼 아무도 모르잖아요. 그렇게 조용히 지내다가 영국 도착하면 배에서 몰래 내리는 거죠. 가장 똑똑한 방법이잖아요."

잠시 동안 아빠는 클리브의 말에 혹한 것 같았다. 점점 설득을 당하는 듯싶었지만, 이내 고개를 저었다.

"그러자고 하고 싶지만, 그럴 수가 없구나. 양심상 밀항한 너희 둘을 이 밑에 놔둘 수가 없어. 내 아들이라고 봐줄 순 없지."

"하지만 아빠—"

"미안하다. 이건 보고를 할 수밖에 없는 사안이야. 다른 방법이 없어. 그때 사표도 같이 내는 게 좋겠구나. 너희를 여기 둘 순 없어. 그리고 모르나 본데, 배는 아주 위험한 곳이란다. 특히 이런 작업 공간은 말이야. 잘못해서 엔진실에 들어가거나 하면—"

"그런 바보 같은 짓은 안 해요, 아빠." 내가 말했다.

하지만 아빠는 '정말로? 이미 하지 않았나?'라고 말하는 것 같은 눈빛으로 나를 봤다.

"그래. 하지만 일단 올라가자. 선장님을 찾아서 떳떳하게 사실을 말해야지."

"꼭 그래야 해요?" 클리브가 말했다. "거짓말을 하자는 건 아닌데요, 굳이 그래야 할 필요가 있냐는 거예요. 물론 진실이 좋긴 하지만, 그럴 필요까지 있을까요?"

"필요하단다. 이제 가야 해."

아빠가 자리에서 일어섰다.

"어서 가자."

우리도 아빠를 따라 일어섰다. 유니폼을 입은 아빠는 정말 멋있었다. 우리 때문에 이런 직업을 잃게 된다니 정말 싫었다.

"아빠," 내가 말했다. "더 이상 아빠가 바다로 일하러 가는 거 갖고 징징대지 않기로 했어요. 그리고 따라오지도 않을게요. 그냥 할머니 댁에 가만히 있는 걸로 만족할게요. 그렇지, 클리브?"

"응." 클리브가 말했다. "맞아요, 아빠."

"생각해보자." 아빠가 말했다. "생각해보자. 어쩌면 내가 너희들을 너무 오랫동안 방치해뒀는지도 몰라. 정말 좋아하는 일이 있으면, 관두기가 너무 어려워서 그래."

"아빠는 이 일을 좋아하죠?"

"그래. 하지만 너희를 더 사랑한단다. 그러니까 어서 가자."

우리는 짐을 챙겼다.

"우린 어떻게 될까요? 철창에 가둘까요?"

"아니, 그건 아닐 것 같구나. 다음 기항지에 정박하면 비행기를 태워서 집에 보내겠지. 내 돈으로 말이야."

"아."

일자리만 잃는 게 아니라 엄청난 돈을, 어쩌면 이번 항해로 벌게 될 돈보다 더 많은 양을 우리 때문에 쓰게 될지도 모른다니.

"신경 쓰지 마라. 어차피 벌어진 일인데 뭐."

"잠시만요." 클리브가 말했다. "까먹고 못 챙긴 게 있어요."

"재미있는 건," 아빠가 말했다. "너희가 배를 탄 걸 몰랐을 때도 자꾸 너희가 보였다는 거야. 왔다 갔다 하면서 왠지 너희를 본 것 같았어. 야구모자랑 선글라스 쓰고 수영장 옆에서 빈둥거리는 거. 이제 다 알겠어. 왜 그랬는지 알겠어."

"다 챙겼어요." 클리브가 말했다. "바지랑 잡동사니들 전부요."

"좋아."

"왓슨 부인의 침대는 어떻게 하시게요?"

"그건 나중에 해결해야지. 자, 가자."

아빠는 양손으로 각각 우리의 손을 잡았다. 우리가 한 짓이 자랑스럽지는 않았지만, 그렇다고 부끄러운 것도 아니었다. 이제 진실을 마주할 시간이었다. 아빠와 함께 있다는 사실에 마음이 든든했다.

클리브와 나는 정말 마지막으로 들쥐층 선실을 둘러봤다. 떠나려니 슬펐다. 덥고 비좁고 침대들로 가득 차 있는 데다 냄새도 구렸지만, 그래도 한동안은 우리한테 집 같은 곳이었다.

"클리브, 빨랫줄 안 가져갈 거야?" 내가 말했다.

"응." 클리브가 대답했다. "놔둘 거야. 누가 언젠가 쓰겠지."

우리는 밀항자의 운명을 맞으러 갈 준비를 모두 마쳤다.

"그래도 피터팬처럼 널빤지 위를 걸을 필요는 없을 거야." 아빠가 웃으며 말했다. "예전이랑은 다르니까."

"예전엔 그랬나요?" 클리브가 물었다. "밀항을 하면 말이에요."

"해적들은 그랬지."

"하지만 이젠 해적이 없죠?"

아빠가 입을 열기도 전에 누군가가 대신 대답을 해줬다. 이 세상에, 드넓은 바다에 아직 해적이 있냐는 클리브의 질문에 '그렇다'라고 답한 것이다.

그 사람은 심지어, 우리와 같은 배에 타고 있었다.

정체를 드러낸 해적

"안녕하십니까, 신사 숙녀 여러분. 선장입니다."

들쥐층 선실에는 스피커가 없었지만 환풍구를 통해 갑판에서 방송되는 소리가 메아리로 울려왔다. 문 밖으로 막 발을 내디딜 때였다.

"뭐라는 거예요, 아빠?"

"쉿! 들어보자."

우리는 방송을 들었다. 왠지 그리 신나는 목소리는 아니었다. 오히려 갑작스러운 긴급 상황이라도 마주친 것처럼 긴장하고 목이 멘 소리였다.

"에헴. 선장입니다, 신사 숙녀 여러분. 죄송하지만 저희에게 지금 어려운 상황이 닥쳤습니다."

우리는 기둥처럼 가만히 서서 다음에 무슨 이야기가 나올지 기다렸다.

"빙하에 부딪힌 건 아닐까요?" 클리브가 속삭였다.

"열대 지방인데?" 아빠가 말했다.

"길 잃은 빙하일 수도 있잖아요."

"쉿!"

방송 시스템이 지지직거렸다. 마이크 뒤에서 누군가가 "빨리 안 서둘러? 밤새 떠들려고 그래?" 하고 으르렁거리는 소리가 들려왔다.

다시 선장의 목소리가 나왔다.

"예, 죄송하지만, 놀라지 마시기 바랍니다. 당황하실 필요 없습니다. 정신 똑바로 차리고 침착하게 생각한다면, 아무도 다치지 않을 수 있습니다. 하지만 우선 말씀드릴 것은, 바로 우리 배가 일종의 해적 행위에—"

"앞뒤 자르고," 또다시 퉁명스러운 목소리가 들려왔다. "어서 본론으로 들어가."

"해적에게 점령을 당했다는 것입니다. 사실 저는 지금 함교 위에 서서 장전된 총구를 보고 있습니다."

나는 침을 꿀꺽 삼키고 클리브를 바라봤다. 녀석도 나를 봤다. 그러고서 우리는 아빠한테 시선을 돌렸다. 아빠는 말하지 말라는 뜻으로 손을 들어 보였다.

우리는 가만히 다음 이야기를 기다렸다. 아무 소리도 들려오지 않았다. 아빠가 무슨 소리를 듣고 있는 건지 궁금해졌다.

"들려?" 아빠가 속삭였다.

"뭘요?"

"배가 움직이지 않고 있어. 엔진이 멈췄어."

정말 그랬다. 지금 모나리자호는 엔진을 멈추고 파도와 조류를 따라 바다를 떠돌고 있었다.

그때 '깡' 하고 부딪치는 소리가 들렸다. 바로 우리 옆에서, 옆 선실에서 난 소리였다. 배 바깥, 바다 쪽에서 쇠와 쇠가 부딪치는 소리였다.

"저게 뭐예요, 아빠?"

아빠는 걱정스러운 표정으로 우리를 바라봤다.

"다른 배가 부딪친 것 같구나."

스피커가 다시 지지직거렸다.

"예, 장전된 총입니다. 함교는 무장한 해적들에 의해 점령당했고, 엔진을 멈추라는 요구를 받았습니다. 안전을 위해 모든 승객 분들은 선실에 머물러 계시기 바라며, 만약 밖에 있다면 조속히 돌아가주시기 바랍니다. 요구하는 대로 하시고, 어떤 상황에서든 저항하지 마십시오. 모든 해적이 무장 상태입니다. 필요할 경우 무기를 사용할 수도 있다고 말합니다. 근거 없는 위협 같지는 않습니다."

뒤에서 또다시 위협적인 목소리가 들려왔다.

"좋아. 근거 없지 않지." 그 목소리가 말했다.

"지금 바로 선실로 돌아가주시기 바랍니다. 갑판이나 다른 공공장소에 머물러 계신다면 본인과 다른 승객 분들의 신변이 위험해질 수 있습니다."

잠깐 지지직거리는 소리만 들려왔다. 그리고 으르렁거리는 목소리가 그 뒤를 따랐다.

"어떻게 해야 하는지 말해."

선장이 다시 입을 열었다.

"선실로 돌아가신 후에 갖고 계신 모든 귀중품을 가방이나 자루에 담아주시기 바랍니다. 무엇이든 숨기거나 갖고 있으려는 시도는 삼가주시기 바랍니다."

"아주 중요하지." 어두운 목소리가 말했다. "아주, 아주 중요해."

선장이 말을 이었다.

"배의 안전 설비와 관련된 업무를 하는 직원을 제외한 모든 선원과 직원들은 지금 즉시 선실로 돌아가거나 또 공지가 나오기 전까지 갑판 아래에 머물러주시기 바랍니다. 즉시 실행해주십시오. 승객 분들께 다시 말씀드리자면, 만약 이런 요구를 제대로만 따른다면 아무도 다치지 않고 한두 시간 이내에 다시 항로로 진행할 수 있을 것입니다. 협조 감사드립니다. 이런 상황이 발생한 데 대해 사과드리며, 전혀 예상치 못한 일이었다는 것을 다시 한 번 말씀드립니다."

딸깍 소리와 함께 스피커가 꺼졌다.

우리는 그냥 가만히 서 있었다. 어찌할지 몰라 아빠를 쳐다봤다. 배의 반대편 벽에서 또다시 둔탁한 '탕' 소리가 들려왔다. 다른 배의 방현재(뱃전을 보호하기 위해 두른, 나무나 고무로 만든 띠:옮긴이)가 우리 배에 부딪치고 있는 것 같았다.

"어디서 온 걸까요? 옆으로 기어 올라온 건 아닐 거 아녜요, 그 쵸? 50미터나 되는 높이잖아요."

아빠는 고개를 저었다.

"그런 건 아닐 거야. 그보다는 너희 둘같이—"

"네?"

"내내 타고 있었던 것 같아, 처음부터. 아무도 몰랐고 말이야."

"그러니까 해적들이, 해적들이 승객이란 말이에요?"

"그래. 생각해봐." 아빠가 말했다. "그처럼 안전한 방법이 어디 있겠어. 티켓을 사서 배를 타면 휴가를 보내러 온 다른 사람들이랑 똑같아 보일 거 아냐. 항해를 즐기면서 배가 먼 바다에 나갈 때까지 좀 뜸을 들였다가 나중에 짐에서 총을 꺼낸 거지—"

"그런데 그럼 어떻게 훔쳐서 도망을 가요?"

또다시 둔탁한 충격음이 선실을 울렸다. 바깥의 다른 배가 파도와 함께 넘실대며 계속 부딪치는 모양이었다. 아빠는 소리가 난 쪽으로 고개를 끄덕였다.

"저렇게. 공범자가 있어서 미리 다른 배를 대기시키기로 짜놓은 거지. 그럼 강도짓만 하고 물건들을 옮겨서 바로 도망가면 되니까—"

"저 다른 배가 모나리자호의 위치를 어떻게 알았을까요?"

"그건 간단해. 여기에 승객으로 타고 있던 해적이 정보를 넘겼겠지."

"어떻게요?"

"백 파운드 정도면 GPS(global positioning system, 즉 세계 위치 파악 시스템의 약어:옮긴이) 수신기를 살 수 있어. 인공위성하고 연결된 핸드폰만 있으면 준비 완료지. 그냥 전화해서 어디서 만나면 되는지 알리면 되는 거야."

좋은 생각이 떠올랐다.

"그런데요, 아빠. 다른 승객들도 핸드폰을 갖고 타잖아요—"

"그렇지." 아빠가 말했다. "하지만 이런 데서도 터지는 핸드폰은 드물어. 육지에서 너무 머니까. 만약 인공위성하고 직접 연결된 핸드폰이 있어서 어디에 도움을 청한다 해도, 해양경찰이 여기 도착할 때쯤이면 이미 해적은 물건을 훔쳐 달아난 후일 거야. 멀리 멀리."

"롱 존 실버." 클리브가 말했다.

"뭐라고?"

"아녜요, 그냥 생각하던 거 말했어요. 롱 존 실버라고, '보물섬'에 나오는 해적 아시죠? 그것도 다 옛날이야기죠. 이젠 사라진 롱 존 실버가 됐어요. 아무도 잡지 못했으니까요."

아빠와 나는 답답하다는 눈빛을 교환했다. 가끔씩 클리브는 이렇게 상황에 맞지 않는 이야기를 던질 때가 있었다. 녀석의 뇌는 마치 아무 생각 없이 낯선 복도를 누비는 것 같았다. 아무도 떠오르지 않을 이야기를 갑자기 툭 던지는 게 클리브의 특징이었다.

"사라진 롱 존 실버는 무슨." 아빠가 말했다. "이 녀석들은 은

뿐만 아니라 온갖 보석이랑 귀중품들을 챙겨 사라질 놈들이야. 이 배엔 부자 승객들이 꽤 있거든."

나는 장신구를 주렁주렁 달고 다니는 도미닉스 부인을 떠올렸다. 오른팔에 차고 있는 것만 해도 50만 파운드는 될 것 같았다. 목이랑 왼팔, 카디건의 브로치까지 합하면 아마 200만 파운드 정도?

그때 누군가가 떠올랐다. 어두운 선글라스를 쓴 채 하루 종일 카지노에서 룰렛을 돌리고 카드 게임을 하며 시간을 보내던 남자들. 햇빛을 거의 보지 않던 그 남자들 말이다. 아마, 아마 그 사람들이 해적일 거란 생각이 들었다. 그곳에서 약속된 때만 기다리고 있었던 것이다. 가만히 앉아서 선글라스 너머로 누가 더 많은 보석을 가졌는지 꼼꼼히 파악하고 있었던 게 분명했다.

다음으로 나는 그 남자들한테 늘 아첨하던 덩어리를 떠올렸다. 꼭 일행인 것처럼 친해 보였는데, 정말 그럴지도 모르겠다는 생각이 들었다. 범죄에는 내부 공모자만큼 유용한 게 없지 않은가? 선원 중 하나가 자기들 편이라면, 배 구조 전체를 꿰뚫어볼 수 있는 셈이었다.

덩어리는 늦은 밤 선장에게 코코아를 배달한다는 핑계로 해적들을 선장실까지 안내했겠지. 초대장이나 소환장이 없다면 일반인은 선장실에 들어갈 수 없었다. 하지만 누가 밤참을 나르고 있는 덩어리를 의심하겠는가?

그렇게 싱글벙글 웃으며 코코아와 비스킷 접시가 담긴 쟁반을 들고 '여기 있습니다, 선장님! 수고 많으십니다.' 하면서 선장실에 들어갔겠지. 하지만 다음 순간 선장의 눈에 들어온 건 덩어리 선원이 아니라 선글라스를 쓴 남자였겠지. 위에 초콜릿 스프링클이 뿌려진 따뜻한 코코아 대신, 장전된 총의 총구를 보게 됐겠지.

그래, 내가 보기엔 그랬다.

한편, 내 머릿속에는 다른 생각도 굴러가고 있었다. 나는 왓슨 가족같이, 도미닉스 부인보다는 재산이 적지만 그래도 부자에 속하는 다른 승객들을 떠올렸다. 그 사람들이 갖고 있는 귀중품이랑 여행자수표까지 합치면 장물의 금액이 어마어마하게 늘어난다.

그게 끝이 아니었다. 창문이 있는 특실 갑판에서 창문이 없는 스탠더드 선실로, 이코노미 선실로 내려가면서, 해적들은 승객들의 돈과 보석과 여행자수표와 시계를 모아나갈 것이다. 그렇게 2,500명의 승객 모두에게서 귀중품을 뜯어내고, 배의 금고 안에 들어 있는 돈과 각종 가게, 부티크의 물건들, 선원들의 소지품까지 챙기면 적어도 몇 백만 파운드는 되겠지.

하룻밤 작업 치고는 괜찮은 벌이였다. 게다가 잘해서 정부나 회사와 협상해 크루즈선까지 팔 수 있다면, 내부에서 훔친 돈은 아무것도 아닐 정도로 어마어마한 양의 돈을 추가로 벌 수 있었다.

정말, 나쁘지 않았다. 해적질 조금 해서 그 정도 벌 수 있다면.

"들어봐!"

우리는 가만히 귀를 기울였다. 하지만 아무 소리도 들리지 않았다. 오싹할 정도였다. 소음이나 엔진 소리, 움직이는 소리, 대화나 웃음소리, 그 무엇도 환풍구를 통해 내려오지 않았다.

바다는 잔잔했고, 덕분에 배도 거의 움직이지 않는 것 같았다. 가끔씩 조금 움직일 때는 옆에서 다른 배가 부딪치는 소리가 들려왔다. 엄마 양한테 매달린 새끼 양처럼 모나리자호에 붙어서 씨름이라도 하는 것 같았다.

"뭐 해요, 아빠?"

"그냥 들어봐."

침묵밖에 없었다. 거대한 배는 움직이지 않고 있었다. 반쯤 먹은 요리들만 남기고 텅 빈 채 버려진 마리 셀레스트 호(1872년 12월 3일, 포르투갈 서쪽 아조레스 군도 부근에서 표류하던 중 발견되었다. 당시 배에는 사람은 물론 생쥐 한 마리도 없었다고 한다. 코난 도일의 소설 〈J. 하버쿡 젭슨의 진술〉은 이를 소재로 한 작품이다:옮긴이)가 떠오르는 순간이었다.

모든 게 데이비 존스(뱃사람들 사이에서 전해 내려오는 전설 속 해적. 영화 〈캐리비언의 해적〉으로 우리에게도 널리 알려졌다:옮긴이)의 상자 속으로 사라져버린 것일 수도 있었다. 그런데 데이비 존스는 누구일까? 그리고 그 상자는 어디 있을까?(아마 바닷속 깊이 있겠지.) 그 안에 뭘 보관해놓았을까?(익사한 선원들, 실종된 승객들, 사라진 보물들이 담겨 있지 않을까?)

"쉿!"

아빠가 손가락을 들어 입술에 댔다. 우리는 감히 움직이지 못했다. 그냥 주위에 귀 기울이며 가만히 서 있었다.

나는 이렇게 거대한 배를 만든 사람들은 누구일까 생각해봤다. 만들 때의 온갖 망치 소리, 용접 소리, 그 열기, 소란, 못을 제자리에 박아 넣을 때의 소음을 떠올렸다. 처음으로 항구에서 물 위로 배를 띄울 때, 육지 위의 사람들이 환호하며 샴페인을 터뜨리고 축제를 하는 모습, 그리고 지금은—

정적만이 남아 있었다.

"쉿! 들어봐."

우리는 계속 들었다.

이제 목소리가 들려왔다. 저번에 들었던 목소리였다. 덩어리도 있었다. 역시 우리 생각이 맞았다. 내부 공모자는 덩어리였다. 목소리는 몇 층 위의 먼 갑판에서부터 내려왔다. 하지만 환기구 덕에 바로 옆에서 말하는 것처럼 생생하게 들렸다. 고요한 밤에 울리는 벨 소리처럼 선명했다.

문제는, 만약 우리가 저 둘의 이야기를 들을 수 있다면, 우리 쪽 소리도 위에 들릴 수 있다는 거였다.

그래서 "쉿!" 우리는 입을 다물었다. 조용히, 침착하게. 우리는 아무 말도 않고 서서 눈빛을 교환했다.

"좋아." 낮고 침침한 목소리가 말했다. "최대한 빨리 진행하자구. 일단 특실부터 시작해서 비싼 것부터 모아. 가방에 넣어서 갑판에 남겨두고, 아래로 죽 훑고 내려갔다가 다시 위로 올라오는 거야. 2인 1조로 움직일 거야. 한 번에 한 선실. 밖에서 한 명이

망을 보고, 한 명은 안에서 물건을 훔쳐. 사람들이 물건을 다 내놓는지 확실히 확인해야 해. 필요한 경우엔 선실을 뒤지는데, 너무 시간을 많이 쏟진 마. 만약 숨기는 게 있다는 생각이 들면, 그때는…….”

“그때는?” 다른 목소리가 말했다.

침침한 목소리도, 덩어리도 아니었다. 하지만 왠지 선글라스를 쓴 남자 같다는 생각이 딱 들었다. 카지노에서 하루 종일 시간을 보내면서 가끔 술이나 간식을 주문할 것 같은 목소리였다.

“만약 뭔가 숨기는 것 같다면?” 카지노 목소리 남자가 재촉했다.

“설득해야지. 본보기를 보여줘. 몇 명 대가리를 날리면 돼. 알겠어?”

“오케이.”

“그럼 가자구. 층 하나를 끝낼 때마다 장물을 들고 다음 갑판으로 이동해. 그렇게 한 층 한 층 끝내는 거야.”

“그러고서?”

“다 끝내면 모두 한 갑판으로 모아. 그러고서 배를 옮겨 타고 가는 거지.”

“어느 정도 시간 여유가 있을까?”

“걸리는 만큼.”

“배 전체를 뒤지려면 몇 시간은 걸릴 거야.”

“빨리 서둘러야지. 그리고 늘 주위를 잘 살피고 잘 들어. 신호를 보낼 수 있는 전화를 가진 승객이 있을 수 있으니까 말이야.

해양경찰이 벌써 출발했다고 생각하고 일을 진행해야 해. 우리 중 여기서 망을 보는 사람이 총을 세 번 연속으로 쏘면 그건 해군이든 경찰이든 다른 배가 보인다는 의미야. 이제 가야 한다는 뜻이지. 그러니까 총성이 세 번 연속으로 들리면, 최대한 빨리 갑판으로 올라와."

"오케이."

"그래. 가자!"

발걸음이 멀어졌다. 모두 뿔뿔이 흩어진 것 같았다.

아빠가 우리를 바라봤다.

"저 사람들이 누군지 알겠니?"

우리는 덩어리 선원과 선글라스를 쓴 카지노 남자에 대해 설명했다.

"덩어리? 그게 누군데?"

"대머리 선원요. 목이 거의 없고 머리 크고 어깨 넓은 근육질 선원 있잖아요."

아빠가 고개를 끄덕였다.

"누군지 알 것 같구나. 딱 이번만 타겠다고 임시직으로 들어온 사람이야. 그 전엔 한 번도 본 적 없고 다른 선원들한테 별로 말도 안 하지. 일행이 몇 명이디?"

"네다섯요. 저희가 본 건 그랬어요."

"그래. 더 있을 수도 있겠지. 카지노에만 있었던 게 아닐 테니까."

"어떻게 겨우 몇 명이 이렇게 큰 배를 멈출 수 있죠?"

"간단하단다. 별로 힘들 것도 없어. 총만 있으면 끝이지."

"근데 해적은 겨우 몇 명이고, 승객이랑 선원을 합치면 몇 천이 되잖아요. 그럼 그냥—"

"하지만 누가 앞장서겠니? 누가 총알을 무릅쓰고 앞장서겠어? 공포에 질린 사람들은 아무것도 하지 못한단다. 그리고 어쨌든, 저 해적들이 아주 영리한 게—"

"영리하다뇨?"

"승객들은 해적이 몇 명이나 되는지 알 길이 없어. 모두 선실에 갇혀 있으니까 말이야. 당연히 선장님도 전체 인원은 파악 못 했을 테고. 수십 명이 있을지 누가 알아? 들어보니까 한 명 한 명 선실에 진입할 모양이던데."

"그럼 우린 어떻게 해요?"

"너희 둘은 그냥 이 소란이 끝날 때까지 여기서 기다리면 돼."

"하지만 그 사람들이 우릴 찾아내면요?"

"여기까진 안 내려올 거야. 적어도 아빠 생각은 그래. 뭐 하러 내려오겠니? 여긴 승객 선실이 없는데."

갑자기 왓슨 부인과 왓슨 씨, 앵거스 왓슨, 여동생 왓슨, 아기 왓슨과 유모가 생각났다. 불쌍한 왓슨 부인은 해적이 문을 부수고 들어와 귀중품을 자루에 담는 동안, 아픈 발을 이끌고 무너진 침대 옆에 앉아 있어야 하겠지. 같이 저녁을 먹을 때 하고 왔던 진주목걸이도 뺏기고 말겠지.

어떻게 생각하면 들쥐층 선실이 더 나았다. 적어도 해적이 우리 방을 뒤지러 오지는 않을 테니 말이다.

"그럼 그냥 여기서 기다려요?"

"그래, 여기서 기다려. 내가 돌아올 때까지 움직이면 안 돼. 바깥에 해적선이 떠나기 전까지는."

"어떻게 갔는지 알아요?"

"벽면을 통해 들릴 거야. 엔진 돌아가고 점점 다른 데로 멀어지는 게 들릴 거야. 그럼 그때 갑판으로 올라가면 돼."

그래, 평범한 승객 같으면 그때 올라가면 될지 모른다. 하지만 우리 같은 밀항자는 다르다. 해적들이 사라진 후에도 우리의 문제는 여전히 남는다. 나는 아빠를 보며 어떻게 그렇게 아무렇지도 않게 우리를 선장에게 고발할 수 있는지 의아했다. 하지만 우리를 발견한 이상 아빠한테는 다른 방법이 없을 거라고 생각했다. 아빠는 옳은 일을 해야 하니까. 가장 안전하고 올바른 일. 사실 굳이 아빠가 선장에게 알리지 않는다 해도 우리가 발각되는 건 시간문제였다.

"어쨌든 여기 있으면 괜찮을 거야."

"근데 아빠, 해적이 다 훔쳐가면—"

그 다음 아빠의 입에서 나온 말은 조금 충격적이었다.

"그건 상관없어."

"네? 상관없다뇨? 해적이 귀중품을 모두 훔쳐가는데—"

"가장 중요한 건 따로 있다는 거야. 모두가 안전한 게 제일 중요해. 보석들은 또 구할 수 있지만, 사람은 아니거든."

우리는 아빠의 말이 사실이라는 걸 깨달았다. 시계쯤이야 다시 사면 된다. 하지만 사랑하는 사람이 없어지면, 그 사람은 다시 돌아오지 않는다.

"근데 아빠, 아빠는 어떻게 하시게요? 우리랑 같이 안 있어요?"

아빠가 심각하고 경건한 얼굴로 우리를 바라봤다.

"아빠는 배의 일부야. 이런 상황이 생겼을 때 무엇이든 하는 게 내 업무고. 해적들이 선장님께 총구를 들이대도록 그냥 둘 순 없지. 선원으로서 명예롭게 뭐든 해야 해. 다른 선택지가 없어."

영화의 한 장면 같았다. 모자를 쓴 영웅이, 모두가 도망가는 동안 홀로 적군에 맞서 싸우러 돌아가는 장면. 그동안 우리는 아빠가 집에서 요리나 빨래를 하고, 클리브의 숙제를 도와주거나 식물에 물을 주는 모습만 보아왔다. 아니면 유니폼을 입고 음료수를 나르며 사람들에게 웃음과 행복을 전파하는 줄만 알았다. 그런 영웅이 아빠일 거라는 생각은 한 번도 해본 적이 없었다.

"위험할 수도 있어요! 총 맞으면 어떻게 해요!"

"걱정 마라, 클리브. 조심할 거야."

"근데 대체 어떻게 하시려고요? 막을 수는 없어요. 총 갖고 있는 사람들을 무슨 수로 막아요."

"아니, 아빠는 무선통신실에 갈 거야."

"구조 요청을 해도 다른 배가 여기 오려면 몇 시간이나 걸린다면서요?"

223

"아마, 그렇겠지. 하지만 어떻게 될지는 아무도 모르는 거야. 가까운 곳에 다른 배가 있을 수도 있고 헬기가 지나갈 수도 있어. 아빠는 그냥 메이데이(선박, 항공기의 국제 조난 무선 신호:옮긴이) 요청을 하려는 것뿐이야. 비행기는 한 시간 정도면 금방 올 수 있어."

"하지만 아빠, 해적들도 그 생각을 하지 않았을까요? 무선통신실에 보초를 세워두거나 했을 수 있잖아요. 아니면 아예 신호기를 부쉈을 수도 있고요."

아빠가 고개를 끄덕였다.

"그래도 시도는 해봐야지. 그러니까 여기 있어, 알겠지? 해적이 갈 때까지 절대 움직이면 안 돼. 그럼 아빠는 우리 아들들 믿고 갈게. 믿어도 되겠지?"

"네. 근데 조심하셔야 해요. 알겠죠?"

"걱정 마라. 좀 있다 보자."

아빠는 우리 둘을 한 번 껴안은 후 말했다.

"아빠 나가면 문 닫아. 절대 열지 마."

그러고서 선실을 떠났다.

클리브와 나는 침대에 앉아 서로를 바라봤다.

"별 일 없었으면 좋겠다." 클리브가 말했다.

"그러게."

"해적들이 해치지 않으면 좋겠어."

"그러게."

"엄마 없는 걸로도 서러운데," 클리브가 말했다. "아빠까지 없으면 정말 끔찍하잖아."

"맞아. 생각하기도 싫어."

"아빠가 용감해서 자랑스러워."

"내 말이."

"아빠 혼자 용감한 게 좀 불공평하지만 말이야. 다른 사람들도 같이 용감하게 맞설 수 있는데, 아빠 혼자 다 짊어진다는 게 불공평해 보여."

"맞아. 하지만 우린 이미 아빠랑 약속했잖아. 선실에 머무르겠다고."

"맞아. 근데 나 사실, 약속할 때 등 뒤로 손가락을 꼬았어. 그러니까 무효인 거지."

"정말? 사실이야?"

"응." 클리브가 말했다. "정말이야."

"음, 우연의 일치네."

"왜? 뭐가 우연의 일치야?"

"왜냐면, 나도 등 뒤로 손가락을 꼬고 있었거든."

"정말이야?"

"그래."

"그럼," 클리브가 말했다. "선실에 머물러 있을 필요가 없는 거네."

"그렇지. 약속은 무효니까."

"그럼 나가서 아빠랑 같이 용감하게 사람들을 구해도 되는 거네."

"그렇지. 그래도 되지."

"그럼 잠깐 몇 분만 아빠가 움직일 때까지 기다리고, 조금 상황이 진정되면 그때 따라 나가자."

"좋아. 그렇게 하자."

우리는 아빠가 우리 선실에서 멀어질 때까지 잠시 기다렸다. 까치발로 살금살금 문 쪽으로 걸어가 조심스럽게 열고서, 밖에 아무도 없는지 확인한 후 복도로 기어 나갔다.

인기척이 있는지 잠시 서서 귀를 기울였다. 고요했다. 뱃바닥에 사는 들쥐들조차(쥐가 있다면 말이다. 본 적은 없지만, 나는 있다고 믿었다) 집쥐처럼 조용했다.

우리는 숨을 죽이고 까치발로 앞으로 나아갔다. 계단을 밟고 살금살금 위층으로 올라갔다.

해적들에게 맞서고, 용감하게 아빠를 돕기 위해.

우리는 계속해서 위로 올라갔다. 선체 내부는 바다 위를 떠다니는 커다란 관처럼 고요했다.

깊고 어두운 탄광에서 햇빛이 비추는 바깥으로 나온 기분이었다. 물론 지금은 햇빛이 아니라 별빛이었지만. 우리는 작은 창문으로 밖을 내다봤다. 하늘에는 사춘기 여드름처럼 수백만 개의 별이 빛나고 있었다.

"형 얼굴에 난 점보다 하늘에 있는 점이 더 많은 것 같아." 클리브가 말했다.

"입 다물어. 한가롭게 떠들 때가 아니야."

"저기 봐!"

장물을 싣고 도망가기 위해 모나리자호 옆에서 대기 중인 해적선이 보였다. 해적들은 꼬치꼬치 캐물을 사람이 없는 조용한 항구로 가서 훔친 물건들을 나눠 가지겠지. 아니면 파란 바다와 산호초에 둘러싸인 조그만 무인도에 가서 야자나무 아래 구덩이를 파고 보석들을 묻을지도 모른다. 그런 다음 보물이 묻힌 자리에 X 표시를 하고 지도를 만들어두겠지.

희미한 별빛 아래로, 해적선 갑판 위에서 이리저리 움직이는 남자들이 보였다. 예인선 정도 크기의 조그만 배였다. 크루즈선 옆에 붙어 있으니, 마치 고래 옆의 피라미 같았다.

남자 중 하나가 우리 쪽을 바라봤다.

"숨어!"

우리는 창문 아래로 잽싸게 숙였다가 서서히 고개를 들었다. 남자는 여전히 우리 쪽을 바라보고 있었다.

"무섭게 생겼는데?"

정말 그랬다. 귀에서 시작된 긴 흉터가 왼쪽 뺨을 가로질러 목, 티셔츠 안까지 쭉 이어져 있었다. 유럽인과 아프리카인 사이의 혼혈인 것 같았는데, 입에는 뭔가를 질겅질겅 씹고 있었다. 잠시 후 남자는 바다로 침을 뱉었다.

"더러워."

"이동하자."

우리는 계속해서 다음 층으로 올라갔고, 곧 '아트리움'이라는, 배 중앙에 있는 커다란 광장에 도착했다. 아트리움에는 물을 뿜어내는 작은 분수가 있었다. 하지만 물소리 말고는 이곳 역시 조용했다. 아무도 없었다. 정적.

"가자."

우리는 텅 비고 고요한 극장에 들어갔다. 뒤에서 문이 닫혔다.

복도를 따라 방을 가로질러 반대쪽의 문을 열고 나갔다. 다음은 도서관이었다. 마찬가지로 조용했다. 책상에 펼쳐진 책들이 보였다. 어떤 잡지는 모서리 부분이 접혀 있었다.

침묵. 오싹한 침묵. 우리는 다음 갑판으로 올라갔다. 텅 빈 카지노를 지났다. 룰렛 머신 안의 공은 여전히 돌아가고 있었다. 28번. 누군가에겐 행운의 숫자였겠지.

"무선통신실은 어디 있어?"

"지도 봐봐."

배 이곳저곳에 조그만 지도들이 붙어 있었다. 우리는 그중 하나를 들여다봤다. 무선통신실은 선교 내부에, 배의 방향을 조종하는 관제실 옆에 위치해 있었다.

"가자."

우리는 레스토랑을 가로질렀다. 덜 먹은 음식이 접시들 위에 가득했다. 커다란 그릇에서는 김이 모락모락 올라왔고, 식탁보 위에는 구겨진 휴지가 놓여 있었다. 와인 병 하나가 쓰러져 카펫 위에 빨간 술을 뚝뚝 흘리고 있었는데, 꼭 피 웅덩이 같아 보였다. 나는 병을 바로 세우고 휴지로 카펫 위의 자국을 닦아냈다.

"뭐 하는 거야?" 클리브가 말했다.

나도 몰랐다. 그냥 이렇게 깨끗하고 좋은 카펫에 와인 물이 드는 걸 가만 보고 있을 수가 없었다. 하지만 휴지로 자국을 닦아내는 건 무리였다. 카펫은 마치 시체를 치워낸 후의 살인사건 현장 같았다.

우리는 다음 층으로 올라갔다. 승객들이 묵는 선실이 복도를 따라 죽 이어져 있었다. 끝이 보이지 않는 거울의 방에 온 기분이었다.

"형, 저것 봐."

"숨어!"

우리는 방수벽 뒤에 숨었다. 복도의 끝에 해적 하나가 총처럼 보이는 걸 손에 들고 서 있었다. 그 옆의 선실 문은 열려 있었는데, 안쪽에서 목소리가 들려왔다.

"이게 다야?"

"네!"

"정말이야?"

"맹세해요!"

"거짓말이면 대가리가 날아갈 줄—"

"아뇨, 진짜 이게 다예요. 이 진주목걸이가 다예요."

"오케이. 그럼 이제 닥치고 안에 꼼짝 말고 있어. 알았어?"

"네."

협박을 하던 해적이 선실에서 나왔다. 열린 문틈으로 겁에 질린 여자의 얼굴이 잠깐 보였다가, 이내 문이 닫히면서 시야에서 사라졌다.

"어때?"

"나쁘지 않아. 몇 백은 되겠어. 이제 다음 방 털자."

두 해적은 바로 옆의 선실 문을 쾅쾅 두드렸다.

"열어!"

반응이 없었다.

"안 열면 쏠 줄 알아!"

문이 열렸다. 겁에 질린 얼굴이 문 뒤에서 나타났다.

"네?"

해적 하나가 복도에 놓여 있는 가방을 가리켰다.

"다 이 안에 들어 있는 거야?"

"네."

"확실해?"

"네."

"확인해볼까?"

다른 해적이 문을 밀고 선실 안으로 들어갔다. 다른 하나는 손에 총을 쥐고 복도를 두리번거리며 보초를 섰다.

선실 문 앞마다 승객들이 귀중품을 담아 내놓은 주머니, 가방이 있었다. 해적들은 선실 안을 뒤져 더 나오는 게 없으면 끌고 다니는 커다란 자루에 그것들을 모두 비우고 다음 방으로 이동했다. 이동할수록 자루의 내용물은 점점 불어났다.

"이 많은 걸 어떻게 계단 위로 끌고 올라가지."

"걱정 마. 할 수 있으니까. 다 돈이라고 생각하면 어디든 끌고 올라갈 수 있어."

그러고서 둘은 웃음을 터뜨렸는데, 그중 하나의 목소리는 낮고 걸걸했다. 마치 비포장도로를 달리는 자동차 소리 같았다.

"어서 와, 클리브." 나는 속삭였다. "우리 보기 전에 얼른 움직이자."

그때 어디선가 딸깍하는 소리가 들렸고, 해적들이 손에 총을 쥐고 뒤를 돌아봤다. 나는 클리브를 노려봤다. 어쩌다 이런 소리를 낸 거지?

하지만 딸깍 소리를 낸 사람은 클리브가 아니었다. 해적은 우리가 아닌 다른 쪽을 보고 있었다. 게다가 방수벽 밖으로 삐져나와 있는 건 우리 코끝밖에 없는데, 복도 끝에서 보일 것 같지도 않았다.

선실 문 하나가 천천히 열렸다. 해적들은 가만히 서서 총을 겨냥했다. 열린 문틈으로 손 하나가 나왔다. 그 손은 들고 있던 가방을 선실 밖 바닥에 내려놓고 잽싸게 사라졌다.

해적들은 또다시 웃음을 터뜨렸다. 사실 좀 겁을 먹었지만 서로에게 숨기느라 괜히 웃는 것처럼 보였다.

빨리 여기서 벗어나야 했다. 나는 클리브를 보며 속삭였다.

"가자. 다른 쪽 볼 때까지 기다렸다가, 고개 돌리면 복도 반대편 계단으로 달리는 거야. 알았지?"

"오케이."

해적 하나가 다음 선실 문을 두드렸다.

"누구세요?" 안의 여자가 물었다.

'누구세요'라니, 왠지 웃기는 질문이었다. 해적들이 뭐라고 대답해야 하지? '아, 해적입니다. 혹시 용무 중이셨다면 방해해서 죄송합니다. 다름 아니라, 소유물을 모두 내놓으셨는지 확인 차 방문했습니다. 밖에 있는 가방에 귀중품을 모두 넣으셨는지 잠시 확인하겠습니다. 만약 아닐 경우엔 총으로 부인의 머리를 날릴 계획입니다. 들어가도 괜찮을까요?' 이렇게?

하지만 해적들은 그냥 "문 열어!" 하고 소리 질렀다.

"지금!" 나는 클리브한테 속삭였다.

해적 둘 다 우리한테 등을 보이고 서 있었다. 클리브가 재빨리 복도를 가로질렀다. 계단에 안전히 도착한 녀석은 나한테 손을 흔들었다.

"형 차례야!" 클리브가 입모양으로 말했다.

하지만 갈 수 없었다. 해적 하나가 열린 선실로 들어가고, 나머지 하나가 내 쪽을 보며 보초를 서고 있었기 때문이다. 나는 가만히 기다렸다.

그때 선실 안의 해적이 복도로 나왔다. 둘은 다음 선실로 이동했다. 하지만 이번에는 아까처럼 등을 보이지 않았다. 아예. 계속 우리 쪽을 보면서 자루를 끌고 점점 가까이 다가왔다.

나를 미치게 하는 건 클리브였다. 녀석은 계단 앞에서 미친 사람처럼 손짓 몸짓 하며, 시간이 없다는 의미로 시계를 가리키는 듯 손목을 두드렸다. 아니, 내가 그걸 모르냔 말이다. 그래서 나도 똑같이 미친 사람처럼 '지금은 못 가' 몸짓을 해 보이고, '좀만 기다려' 눈빛을 보냈다. 하지만 녀석은 아랑곳 않고 빨리 움직이라고 재촉했다. 이렇게 짜증난 적은 없었다.

복도 바로 밖에는 해적 둘이 선실마다 큰 자루에 돈과 보석을 쓸어 담으며 점점 다가오고 있었다. 방수벽 뒤로 완전히 숨었지만, 앞에 있던 장식용 금속 화분에 둘의 모습이 비쳤다.

뭐든 해야 했다. 들키더라도 일단 계단 쪽으로 달리면 기회는 있을 것 같았다. 어차피 보물 자루를 두고 떠나지는 않을 테니, 우리를 잡을 만큼 빨리 달리지 못할 터였다.

얼른 결정을 내려야 했다. 위험을 감수하더라도 너무 늦기 전에 기회가 있는 쪽을 택해야 했다.

나는 클리브한테 '지금 간다!' 몸짓을 해 보였다. 그러고는 숨을 깊게 들이쉬고, 짤막한 기도를 한 뒤, 준비를 하고, 달렸다.

"어이!"

들키고 말았다.

"방금 뭐였어?"

나는 계단에 도착했다.

"가, 클리브! 뛰어!"

우리는 계단을 거쳐 다음 갑판으로 뛰어 올라갔다. 바로 앞에 영화관으로 이어진 문이 나왔다. 우리는 문을 밀어 열고 안으로 들어가서 좌석 뒤에 숨었다. 그러고는 바닥에 딱 붙어 누워서 주위에 귀 기울이며 가만히 기다렸다.

해적들의 대화 소리가 들렸다.

"어디 갔지?"

"몰라. 여기 있나?"

"살펴보자."

영화관 문이 열렸다. 손전등 불빛이 바닥을 스치고 지나갔다. 휘둥그레져서 걱정으로 가득 찬 클리브의 눈이 보였다. 내 눈도 저런 모양이겠지.

"보여?"

"아니."

발이 보였다. 깨끗하게 닦인 구두를 신고 있었다.

"두목한테 말해야 하나?"

"그냥 선실로 돌아가자구. 걔들이 뭘 하겠어? 꼬맹이 둘인데."

"맞아. 꼬맹이들이 뭘 하겠어."

영화관 문이 닫혔다. 우리는 방금 전의 대화가 우리를 낚기 위한 연기일 경우에 대비해 일이 분쯤 그 자세로 기다렸다. 밖에서 기다리고 있는지도 모르니까.

잠시 후 우리는 조심스럽게 조금씩 문을 열고 영화관 밖으로 나왔다.

"안전해." 클리브가 말했다.

정말 그랬다. 마저 훔치기 위해 아래층으로 돌아간 모양이었다. 우리에 대해서는 별로 신경 쓰지 않는 것 같았다. 하긴, 그냥 꼬맹이 둘인데 뭐. 하지만 클리브는 그것 때문에 기분이 단단히 상했다.

"그것들이," 클리브가 화를 내며 말했다. "우리보고 꼬맹이라고 그랬어."

235

"맞아. 그랬어."

"어이없는 것들."

"맞아. 어이없는 것들."

"어디, 이따가도 그런 말이 나오는지 보자."

우리는 계속해서 발걸음을 옮겼다.

일단 배 벽에 붙어 있는 작은 지도를 다시 한 번 살폈다. 제대로 가고 있는지 확인하기 위해서였다.

우리는 특실과 1등급 선실을 지났다. 온통 고급스럽고 사치스럽게 꾸며져 있었다. 커다란 창문에 테라스도 딸려 있었다. 몇몇 선실에는 침실만 있는 게 아니라 소파와 커다란 램프가 있는 거실도 있었다. 밤마다 베개 위에 초콜릿이 하나씩 제공되는 룸서비스도 있었다. 차가운 샴페인이 나오는 수도꼭지도 있을 것 같았다. 그럼 더운물 수도꼭지에서는 코코아가 나오나?

우리는 방 중 하나를 들여다봤다. 어두운 표정으로 잔뜩 걱정하며 앉아 있는 왓슨 가족이 보였다. 왓슨 부인은 앞에 텅 빈 목걸이 케이스를 두고 티슈로 눈물을 닦고 있었고, 왓슨 씨는 그런 부인을 달래고 있었다.

다음으로 도미닉스 부인의 선실을 지났다. 열린 커튼 틈 사이로, 텔레비전에서 방영하는 영화를 보며 한 손에 위스키 잔을 들고 땅콩을 먹는 부인의 모습이 보였다. 여느 때와 달리 몸에 아무 보석도 걸치지 않고 있었는데, 그래서인지 평소보다 좀 왜소해 보였다. 하지만 부인은 이상하게도 전혀 불안한 모습이 아니었다.

집에도 보석들이 많거나, 그냥 할머니 특유의 여유로움을 발휘하는 것이거나, 아니면 모두 보험을 들어놨기 때문이겠지. 아니면, 재물보다는 안전과 생명이 훨씬 값진 거라고 생각하고 있는 것일 수도. 아빠처럼 말이다.

아빠!

아빠는 어떻게 됐을까? 지금쯤이면 선교의 무선통신실에 들어가 메이데이나 SOS 신호를 보내고 있을 게 분명했다. 물론 해적들에게 들키지 않았다면 말이다. 만약 들켰다면…….

생각하기도 싫었다.

"조심해!"

새로운 해적 두 명이 눈에 들어왔다. 위쪽 갑판으로 무거워 보이는 서류가방 두 개를 끌고 가고 있었다. 클리브와 나는 구명보트의 그림자 아래에 숨었다.

해적들은 가방을 좌현(혹시 까먹었을까 봐 말하는데, 좌현은 뱃머리를 앞이라고 봤을 때 왼쪽을 말한다)으로 옮겼다. 해적선이 대기하고 있는 곳도 그쪽이었다.

밤공기는 따뜻하고 습했다. 남자들은 땀을 뻘뻘 흘렸다. 한 명은 셔츠가 흠뻑 젖은 상태였다.

"오케이. 이제 잠깐 여기 두고, 가서 쉬자구."

둘은 난간 옆에 가방을 두고 배 안으로 들어갔다.

"클리브, 가서 보자."

우리는 재빨리 갑판을 가로질러 가방이 있는 곳으로 갔다. 그

중 하나를 들어보려 했지만, 얼마나 많은 보석, 시계, 지갑, 핸드백이 들어 있는 건지 그 무게가 반 톤은 되는 듯했다.

"이걸 어떻게 저기로 내린다는 거지?" 클리브가 말했다.

우리는 난간 아래를 흘끗 내려다봤다. 조그맣고 잘 보이지도 않는 해적선이 바위에 붙은 따개비처럼 모나리자호에 기대고 있었다. 갑판에서 거기까지는 굉장히 거리가 멀었다. 어떻게 물건들을 옮기려고 하는지 가늠이 안 됐다. 아래로 무작정 던지려는 걸까? 그럼 사람은 어떻게 내려가고?

"어떡하려는 거지?" 클리브가 말했다.

나는 어깨를 으쓱였다.

"모르겠어. 무슨 방법이 있겠지. 그거 하나 생각 못 하고 이런 일을 벌인 건 아닐 거 아냐. 이제 가자. 선교에 가야지."

선교는 외부인 출입 금지 구역이었다. 선장이 직접 초대한 승객만이 선교에 발을 들일 수 있었다. 일반인의 신분으로 그 안을 둘러보는 건 큰 영광이었다. 비행기의 조종실을 둘러보는 것과 비슷한 이치였다.

우리는 '외부인 출입 금지'라고 써진 표지판을 지나 지도와 항해표들로 가득한 선실 몇 개를 지났다. 소매에 금장이 달린 유니폼 재킷 하나가 의자 등받이에 걸려 있었는데, 그 주인은 자리에 없었다.

"저기 봐!"

클리브가 안을 들여다볼 수 있는 작은 구멍이 하나 뚫려 있는 두꺼운 철문을 가리켰다.

"철창이야!" 녀석이 속삭였다. "감옥 말이야!"

감옥이라는 표시는 아무 데도 없었다. 그냥 '유치장'이라고 쓰여 있었다. 하지만 이름만 다를 뿐, 클리브의 말대로 이건 분명 감옥이었다.

"가자, 클리브!"

"안이 어떻게 생겼는지 보고 싶어!"

마땅치 않은 시간, 부적절한 상황에 필요치 않은 행동을 꼭 하고야 마는 게 바로 클리브의 특징이었다.

"클리브!"

"한 번만 볼래!"

녀석이 마음먹은 이상, 어차피 안을 들여다보고 말 거라는 생각이 들었다. 그래서 이왕 볼 거, 빨리 보고 지나가기로 했다. 사실, 교육 차원에서 클리브한테 도움이 될 것 같기도 했다. 자신의 잘못된 행동을 반성하고, 학교 숙제를 열심히 해야겠다는 깨달음의 기회가 될 수도 있지 않을까.

우리는 무거운 철문을 밀고 들어가 안을 살폈다. 어두침침했다. 구석에는 철제 변기가 있었고, 다른 쪽에는 작은 침대 하나, 식탁, 의자가 있었다.

"잘 봐둬, 클리브. 그리고 잘 기억해나. 왜냐면 네가 제대로 살지 않으면, 학교 졸업하고 이런 곳에 들어가게 될 테니까 말이야."

"형이랑 방 같이 쓸 바엔 차라리 여기서 살겠어."

"나랑 방을 쓰느니 변기랑 방을 같이 쓰겠다고?"

"그럼!"

"왜? 왜 그런데?"

"형보단 변기가 덜 냄새날 테니까."

"아, 그래? 그럼 어디 한번 변기 속에 머리 넣어볼래? 정말 그런지 알아보자구."

이어서 이 대단한 '감옥 체험'의 교육 효과에 대해 설명하려는 찰나, 뒤늦게 우리가 지금 무슨 상황에 있는지 기억났다.

"서두르자. 아빠를 찾아야 해."

우리는 다시 복도로 나가 선교로 향했다. 갑자기 엄청난 피로가 몰려오며 졸음이 쏟아졌다. 시계를 보니 새벽 3시였다. 하품을 했더니 그나마 좀 잠이 깼다. 지금은 졸 때가 아니었다. 정신을 바짝 차려야 했다.

곧 우리는 선교에 도착했다. 몸을 낮추고 문까지 기어가서 조금씩 고개를 들고 안을 들여다봤다.

선글라스를 쓴 남자 옆에 덩어리가 서 있었다. 왠지 달라 보였다. 선원복 대신 정장을 입고 비싸 보이는 시계(훔친 것이겠지)를 차고서, 조타수 의자에 앉아 운전대에 발을 올려놓고 빈둥대고 있었다.

"얼마나 더 걸릴까요, 두목?"

덩어리가 비싸 보이는 시계를 들여다봤다.

"한 시간 안에 끝날 거야."

나는 충격을 먹고 클리브를 쳐다봤다.

덩어리가 두목이었다! 대머리에 귓불에 구멍을 뚫은 덩어리가 바로 이 모든 범죄의 보스였다. 브레인이자 지도자였다. 전혀 예상치 못했다. 그렇게 보기엔 외모가 너무 평범했기 때문이다.

음, 아빠는 그 안에 없었다. 선장이나 선원들도 보이지 않았다. 모두 어디 있는 거지? 나는 클리브를 쿡쿡 찌르고 선교를 따라 나 있는 선실 하나를 턱으로 가리켰다. 문에는 우리가 찾고 있던 팻말이 걸려 있었다. '무선통신실'.

우리는 몸을 숙인 채 잽싸게 무선통신실로 갔다. 안에는 총을 든 남자가 우리한테 등을 보이고 앉아 있었다. 그 옆에는 재갈 물린 채 의자에 묶인 선장이 있었다. 그리고 그 옆 의자에는, 얼굴에 피가 흐르고 이마에 커다란 멍이 든 남자가 묶여 있었다.

숨이 막혔다. 아빠였다. 흘러내린 피가 셔츠 칼라와 하얀 선원 재킷을 적시고 있었다. 어떻게 저럴 수가 있지? 분명 공평하지 않은 싸움이었을 것이다. 만약 공평하게 1대 1로 붙었다면, 아빠가 놈들을 모두 뭉개놨을 테니까. 물론 영웅이 늘 이기는 건 아니지만.

우리는 해적들이 우리 목소리를 들을 수 없는 복도 모서리까지 기어갔다.

"놈들이 아빠를 잡았어." 클리브가 말했다.

"알아. 아빠 봤지?"

"응. 당연히 봤지."

241

"아마 선장을 구하고—"

"구조 요청을 하려고 하셨을 거야."

"근데 누군가 문 뒤에서 기다리고 있다가—"

"총으로 아빠를 때린 거지."

"뭐라도 해야 돼, 클리브."

"맞아. 근데—"

"근데 뭐?"

"뭐?"

"뭐라니 무슨 소리야?"

"그러니까 뭘 해야 하냐고."

나는 잠시 동안 머리를 굴린 후 입을 열었다.

"계획이 있어. 말해줄게. 일단, 감옥으로 가는 길 기억나?"

17장

정면 대결

우리는 무선통신실 문 앞으로 돌아갔다. 이번에는 기지 않고 그냥 허리를 숙인 채로 갔다. 대담하게.

총을 든 남자는 여전히 등을 돌리고 앉아 있었지만, 아빠는 우리 쪽을 바라보고 있었다.

우리는 손을 흔들었다.

아빠의 얼굴에 놀란 표정이 스쳐 지나가더니, 이어 공포에 질린 표정이 뒤따랐다. 아빠는 눈짓으로 총 든 남자가 우리를 보기 전에 어서 돌아가라는 신호를 미친 듯이 보냈다.

하지만 그게 바로 우리가 원하는 바였다.

다음으로 우리를 본 건 선장이었다. 마찬가지로 공포에 질린 얼굴이었다. 하지만 그게 놀라움에서 온 표정인지, 아니면 우리가 정말 싫어서 나온 표정인지는 알 수 없었다.

클리브는 선장에게도 손을 흔들고, 안심시키기 위해 엄지손가락을 들어 보였다.

총 든 남자가 선장의 표정 변화를 포착하고, 선장이 뭘 보고 있나 싶어 서서히 뒤를 돌아봤다. 그러다가 문 하나를 사이에 두고 서 있는 우리와 눈이 마주쳤다.

클리브는 총 든 남자에게도 역시 엄지손가락을 들어 보였다. 녀석은 이어서 양쪽 엄지를 양귀에 대고 나머지 손가락을 꿈틀거리며 남자를 약 올렸다.

"이런 미친—"

우리는 즉시 뛰었다. 뒤에서 무선통신실 문이 벌컥 열리는 소리가 들렸다. 바닥을 울리는 발소리도 들렸다. 우리는 왔던 길을 쭉 되돌아 감옥 쪽으로 달렸다.

복도를 뛰어오다 발이 꼬인 남자가 잠시 멈칫거렸다.

"거기 둘! 거기 서!"

우리는 둘로 쪼개져서 이동했다. 클리브는 발을 헛디딘 척했고, 나는 계속해서 달렸다. 모서리를 돌아 감옥에 가서 문을 당겨 열고 그 뒤에 숨었다.

계획했던 시간과 정확히 맞았다. 0.5초 정도 후에 클리브가 헐떡거리며 모서리 뒤에서 나타났다.

"도와주세요! 누가 나를 따라와요!"

녀석은 곧장 감옥 안으로 들어갔다.

아무 생각 없이 클리브를 쫓아온 남자는 곧바로 감옥 안으로 들어가려 했다. 나는 그 순간 문 뒤에서 남자의 다리에 발을 걸었다. 제대로 태클이 걸린 남자는 앞으로 그대로 엎어졌다. 머리를 철제 변기에 박았는지 안에서 꽝 소리가 났다.

클리브가 후다닥 튀어 나왔고, 나도 문 뒤에서 나와 문을 닫고 빗장을 걸었다.

"으으으으으!"

나는 조그만 구멍으로 안을 들여다봤다. 다음으로 클리브가 안을 살폈고, 그 다음은 다시 내 차례였다.

남자는 머리에 난 큰 혹을 만지작거리며 누워 있었다. 불쌍할 법도 했지만, 아빠 이마에 난 혹을 떠올리면(유니폼을 더럽힌 핏자국은 말할 것도 없다. 핏자국은 잘 안 지워진단 말이다) 쌤통이란 생각밖에 안 들었다.

"총을 뺏었어야 했어." 클리브가 말했다.

"상관없어. 어차피 안엔 쏠 사람도 없잖아. 자기 빼고."

남자는 겨우 자리에서 일어나 침대로 가 앉았다. 곧 어지러운 게 좀 진정됐는지, 문으로 비틀비틀 걸어와 쾅쾅 두드리기 시작했다.

"열어, 이 ***들아. 꺼내달라고! 아니면 *** 죽을 줄 알아!"

(또다시 별표가 나왔다. 사실 해적들은 별표를 참 유창하게 사용했다. 그러니 앞으로는 굳이 따로 표시하지 않겠다. 그냥 독자 여러분이 알아서 별표가 있을 거라고 생각하고 읽어주시길.)

우리가 문을 열지 않자, 남자는 협박을 관두고 우리를 달래기 시작했다.

"자, 얘들아. 너희들 착한 거 다 알아. 지금 뭔가 잘못 이해했나 본데, 아저씨는 해적이 아니란다. 인터폴에서 보낸 국세성찰이야.

지금은 해적인 척하고 있지만, 그러면서 계속 정보를 모으고 있었단다. 그러니까 해적들을 체포할 수 있게 문을 열어주지 않겠니?"

"아저씨가 경찰이면," 내가 소리쳤다. "구멍으로 신분증을 보여주세요."

주머니를 더듬더니 해적이 말했다.

"지금은 안 갖고 있구나. 몸에 지니고 다니면 다른 해적들한테 들킬 수도 있거든."

"해적이 아닌데 왜 팔목에 해골 문신이 있죠?"

"음, 그냥 패션 타투란다. 물로 씻으면 없어져."

"닦아보세요. 그럼 믿을게요."

남자는 구멍을 노려봤다. 남자의 눈이 점점 구멍에 가까워지더니, 다시 협박하며 난동을 피우기 시작했다.

"당장 문 안 열면 천국 갈 줄 알아!"

"아저씨나 먼저 천국에 가시지!" 클리브가 말했다.

우리는 감옥 안에서 난리를 치는 해적을 두고 선교로 갔다. 선교 쪽으로 나와 복도의 방화문을 닫았고, 그러자 더 이상 협박 소리가 들리지 않았다.

"맥가이버 칼 갖고 있어?"

"항상 갖고 다니지." 클리브가 대답했다.

만일의 상황에 대비해서 물어본 거였다.

우리는 무선통신실로 발을 재촉했다. 하지만 그전에 우선 조타실을 지나야 했다. 우리는 걸음을 멈추고 귀를 기울였다. 덩어리가 나와서 막을지도 모르니까. 물론 아까처럼 감옥 안에 넣을 수도 있지만, 이번에는 유인하는 과정이 전처럼 쉽지 않을 터였다.

덩어리는 선글라스 남자 일행 중 하나와 이야기하고 있었다.

"이쯤이면 됐을 텐데." 덩어리가 말했다.

"아직 마무리가 안 됐을걸요." 남자 중 하나가 말했다.

왠지 짜증 섞인 목소리였다.

"유감이군." 덩어리가 말했다. "충분히 모으고도 남을 시간인데."

이어서 남자에게 바싹 붙어 말하는 것처럼 덩어리의 목소리가 낮고 위협적으로 변했다.

"아프리카 어느 감옥에서 해적질로 철창살이 하고 싶은지 모르겠지만 말이야, 난 더 나은 계획을 갖고 있다구. 알아들어?"

"네, 두목." 남자가 공손히 말했다.

"얼마 후면 서인도제도에 있는 5성급 호텔에서 시원한 음료수 마시면서 해변에 누워 있을 거야. 아니면 초호화 크루즈선을 탈 수도 있겠지."

"네, 두목."

그러고서 둘은 낄낄대며 웃었다.

"그러니까 어서 신호를 보내. 지체하면 할수록 위험도 더 커져. 그러니까 어서 갑판으로 장물들 챙겨 와서 싣고 튀자구."

"네, 두목."

"당장."

우리는 몸을 낮게 숙이고 조타실 문을 지나 무선통신실로 달려갔다. 도착하자마자 문을 벌컥 밀고 안으로 들어갔다.

"너희, 여기서 뭐 하는 거야?" 아빠가 소리쳤다. "선실에 있으라고 했잖아!"

클리브가 주머니에서 칼을 꺼내 줄을 끊기 시작했다.

"선실에 그냥 있으라고 했지? 위험하다고."

"죄송해요, 아빠!"

"내가 말을 하면 말을 들어야지."

"걱정돼서요. 아빠가 위험에 빠졌을까 봐."

"아니야. 그냥 머리 맞고 의자에 묶인 거야. 혼자 해결할 수 있었어. 근데—"

"네?"

"어쨌든 고맙구나."

아빠는 묶여 있던 손목을 주무르고 비틀거리며 자리에서 일어섰다. 하지만 똑바로 서지는 못했다.

"손이 저리네." 아빠가 말했다.

"선장님도 풀어드릴까요?" 클리브가 물었다.

선장의 눈이 호기심과 풀리지 않는 의문들로 반딧불처럼 반짝였다. 대체 우리가 누구며 어떻게 왜 이런 곳에서 이런 귀찮은 짓을 하고 있는지 궁금한 모양이었다.

"당연히 풀어드려야지." 아빠가 말했다. "어서! 서둘러. 아빠는 메이데이 신호를 칠 테니까……."

클리브는 맥가이버 칼 중 가장 크고 날카로운 날을 골라 꺼냈다. 그 광경에 선장은 조금 겁을 먹은 것 같았다. 하긴, 클리브가 날카로운 뭔가를 들고 있는 걸 보고 겁먹지 않을 사람은 없다. 줄을 모두 끊기 전에 소매의 금장을 갈가리 찢어놓을 녀석이니까.

"걱정 마세요, 선장님." 클리브가 말했다. "선장님 손보다는 제 손이 더 아플 테니까요."

클리브는 궁지에 몰린 사람을 저런 식으로 안심시키곤 한다. 차라리 내가 줄을 풀까도 생각해봤지만, 녀석은 칼에 대한 소유욕이 아주 강해서 도통 다른 사람에게 넘겨주려 하지 않았다.

그때 밖에서 배의 경보기가 세 번 울렸다. 아주 길고 선명했다. 탈출을 해야 하니 모든 장물을 가지고 갑판으로 올라오라는 뜻이었다.

나는 클리브를 봤다. 녀석도 나를 봤다.

"도망치려나 봐." 클리브가 말했다.

"맞아." 내가 말했다. "막아야 해."

전파 수신기를 만지작거리던 아빠가 고개를 들었다.

"아니." 아빠가 말했다. "뭔 생각 하는 거야? 여기서 절대 움직이면 안 돼. 알겠어? 여기 가만있어!"

"그냥 보고만 올게요." 내가 말했다. "얼굴만 보려고요. 누군지 확인해야죠. 나중에 용의자들 중에서 골라야 할 수도 있잖아요."

"맞아요. 해적 용의자들요." 클리브가 말했다. "선장님은 아빠가 풀어주세요. 칼은 혹시 필요할지 모르니까 저희가 가져갈게요. 이따 봐요!"

아빠가 우리를 잡으러 달려올 줄 알았다. 하지만 다리에 피가 한참 동안 돌지 않아 쥐가 나 있었기 때문에, 아빠는 일어서는 것도 힘들어 책상을 짚고 있었다. 뭐라고 더 말하기 전에, 클리브와 나는 문을 열고 바깥이 안전한지 확인한 다음 복도로 나갔다.

우리는 나가서 선교에서 들려오는 목소리에 잠시 귀 기울였다. 고요했다. 혹시 모른다는 생각에 몇 초 더 기다렸다. 조용했다. 우리는 발걸음을 옮겼다. 뒤에서 선장의 목소리가 들려왔다. 아빠가 줄을 끊기 전에 재갈부터 푼 것 같았다.

"누구지?" 선장이 물었다.

"음, 그냥 애들입니다." 아빠가 말했다.

"아빠라고 부르던데?"

"아, 네, 음, 먼 친척 관계일 수도 있겠죠."

"근데 어쩌다 저 애들이 이 배를 타게 된 거요?"

"그것 참 좋은 질문입니다, 선장님." 아빠가 말했다. "그렇고말고요."

우리는 갑판으로 나왔다. 공기가 얼마나 습한지, 숨을 쉴 때마다 입 안에서 소금기가 느껴졌고 티셔츠가 땀에 젖어 등에 끈적끈적 달라붙었다. 우리는 커다란 굴뚝 그림자에 숨어서, 훔친 물건들로 가득한 가방과 자루, 서류가방을 나르는 해적들의 그림자를 지켜봤다.

"뭐 하는 걸까?"

"쉿, 보고 있어봐."

나는 숨죽인 채 해적들을 관찰했다. 선교 옆의 감옥에 갇혀 있는 한 명 빼고 나머지 모두 갑판 위에 있었다. 물건들을 해적선으로 옮겨야 하는데, 대체 어떻게 할 생각이지?

"야, 한 명 없는데? 파울로 어디 있어?"

"신호 소리 들었을 텐데."

"못 들었을 수도 있지."

"가서 찾아보죠."

"시간이 없어!"

"두고 갈 순 없어요."

"그 녀석도 규칙은 알고 있잖아. 가자."

덩어리는 서류가방 두 개를 양손에 들고 아무것도 안 든 것처럼 가볍게 갑판을 가로질렀다. 그러더니 가방을 구명보트로 옮겼다.

클리브가 나를 쿡쿡 찔렀다.

"구명보트였어! 봐! 구명보트. 우리 구명보트!"

"나도 보이거든!"

선실에 돌아가지 못한 날 우리가 밤을 보냈던 바로 그 구명보트였다. 저 방법이 있었구나. 그냥 구명보트에 물건을 싣고 도르래를 내려 해적선으로 가면 되는 거였다. 그렇게 도망치려 했구나. 참 간단했다.

다른 해적들도 덩어리를 따라 일렬로 서서 가방과 자루를 들어 옮겼고, 가장 끝에 선 덩어리가 받은 물건을 구명보트 안으로 던져 넣었다.

"됐어. 이제 가자."

"파울로는 어쩌고요?"

"어쩔 수 없지. 이미 해군이 오고 있을지 몰라. 우리가 다 떠나는 동안 혼자 남아서 파울로 기다릴래? 어?"

물건을 다 실은 후 해적들은 모두 구명보트에 올랐다.

"어떡해?" 클리브가 말했다. "어떻게 막지?"

"못 막아."

"방법이 있을 텐데."

"그냥 내버려둬. 아빠가 그러셨잖아. 저건 그냥 물건일 뿐이라고."

그때 누군가가 나타났다. 처음엔 얼굴을 알아볼 수 없었다. 흐트러진 복장과 헝클어진 머리, 휘둥그레 뜬 눈을 보고 미친 게 아닐까 하는 생각이 들었다.

"너! 거기 너! 너 말이야!"

왓슨 씨였다. 술에 취한 데다 제정신이 아닌 것 같았다. 손에 든 빈 병을 무기처럼 이리저리 휘두르고 있었다.

"너!"

덩어리가 고개를 들었다. 황당하다는 표정을 짓더니, 이내 웃기 시작했다.

"네가 우리 마누라 목걸이 가져갔지?" 왓슨 씨가 소리쳤다. "그거 돌려줘. 아니면 이걸로 머리 박살낼 줄 알아!"

왓슨 씨는 구명보트를 향해 비틀비틀 걸어갔다. 자기가 무슨 짓을 하고 있는지 잘 모르는 듯했다. 지금 왓슨 씨는 아주 위험한 행동을 하고 있었다.

덩어리가 웃음을 멈췄다. 더 이상 구경할 마음이 없는 것 같았다. 덩어리가 주머니에서 총을 꺼냈다.

"어이, 거기 멈춰." 덩어리가 말했다.

하지만 왓슨 씨는 멈추지 않았다. 계속 비틀거리며 갑판을 가로질러 갔다. 죽든 살든, 어떻게든 왓슨 부인의 진주목걸이를 돌려받으려는 것 같았다.

"분명히 경고한다! 경고했어!"

덩어리의 얼굴에서 웃음기가 싹 가셨다. 돼지 같은 얼굴이 차갑게 굳었다.

하지만 왓슨 씨는 집게발에 텅 빈 위스키 병을 든 커다란 랍스터처럼 계속 앞으로 나아갔다.

덩어리가 총을 들어올렸다.

나는 눈앞의 광경을 믿을 수 없었다. 설마 쏘겠어?

설마?

다음 순간, 설마가 아닐 수도 있다는 사실을 깨달았다. 해적, 보물, 무인도에 관한 이야기들이 머릿속에 떠올랐다. 그 재미있는 모험담 밑에는 내가 잊고 있던 뭔가가 있었다. 해적의 로망에 가려져 보지 못했던 사실.

바로 해적들은 사람을 죽인다는 거였다.

아무런 양심의 가책 없이.

교통사고가 막 일어나려는데 아무것도 하지 못하고 발만 동동 굴러야 하는 기분이었다. 우리 눈앞에는 해적으로부터 부인과 아이들을 지키지 못한 것에 대한 분노로 가득 찬 불쌍한 왓슨 씨가 술에 취해 서 있었다.

아마 왓슨 부인이 어떻게 자기 진주목걸이를 뺏어가게 놔둘 수 있냐고, 남자도 아니라고 왓슨 씨를 옆에서 볶아댔겠지. 왓슨 씨는 해적들이 배를 터는 동안 술을 마시며 고민에 빠졌겠지. 결국, 술에 잔뜩 취해 무모한 용기로 장전된 왓슨 씨는 부인의 잔소리에 지쳐 "그래! 됐어! 가서 목걸이 가져오면 되잖아!" 하고 선실 밖으로 나가려 했을 것이다.

왓슨 부인은 갑자기 정신 차리고 진주목걸이 따윈 중요하지 않다며 제발 나가지 말라고 빌었을 것이다. 씩씩대며 선실을 나가는 왓슨 씨의 뒷모습에서, 처음에 둘이 만나 결혼했을 때 자신이 얼마나 남편을 사랑했고, 진주목걸이나 일등급 선실 없이도 얼마나 행복하게 지낼 수 있었는지가 주마등처럼 스쳐 지나갔겠지.

하지만 왓슨 씨는 분노로 눈이 멀고 말았고, 자신도 남자라는 걸 온 세상에 알려야겠다고 마음먹었다. 진주목걸이를 찾아와서 모두에게 보여줄 생각이었다. 그러면 자신이 머리가 벗겨지고 올챙이배에 빨간 코를 가진 늙은 가장이 아니라, 진짜 사나이라는 걸 알게 되겠지.

그런 왓슨 씨가 지금 죽게 생겼다. 바보 같은 진주목걸이 때문에.

나는 어찌해야 할지 갈피를 잡지 못했다. 정말 아무 생각도 나지 않았다. 보통 이렇게 생각이 안 나는 적은 없었다. 머리가 백지가 됐다. 우리는 동상처럼 얼어붙은 채 곧 왓슨 씨를 덮치고 말 산사태를 보고만 있었다.

정말 너무 바보 같았다. 왓슨 씨는 총을 맞을 것이다. 앵거스 왓슨은 아빠를 잃을 것이다. 우리한테 엄마가 없는 것처럼 말이다. 모두가 울며 슬퍼할 것이고 그 무엇도 예전 같을 수 없겠지. 그게 단지 저 멍청한 목걸이 때문이라는 게 믿기지 않았다.

갑자기 엄마가 돌아가셨을 때처럼 너무 화가 나서, 이 멍청한 세상을 우주로 뻥 차버리고 싶었다. 그 안의 사람들과 영영 작별을 하고 싶었다. 영원히. 죽을 때까지. 클리브나 아빠조차 보기 싫었다. 왜냐하면 내가 지금 보고 싶은 사람은 딱 한 명인데, 더 이상 만날 수 없기 때문이었다.

모든 게 멍청하고, 멍청했다.

"안 돼!"

내 목소리였다.

덩어리의 눈동자가 우리가 숨어 있는 굴뚝 그림자 쪽으로 향했다. 놈은 다시 한 번 왓슨 씨를 쳐다봤다. 왓슨 씨는 당장이라도 덩어리의 머리를 내려칠 것처럼 병을 높이 들고 계속해서 앞으로 나아가고 있었다.

이제 덩어리는 총을 쏠 것이다. 왓슨 씨의 가슴에 정통으로.

탕, 탕.

영화에서처럼.

그때 내 옆에서 은색의 뭔가가 반짝였다. 클리브의 손에 그게 들려 있었다. 갑판 테이블에 남겨져 있던 은색 음료수 쟁반. 뭘 하려는 건지 알 수 없었다. 전혀 감이 잡히지 않았다. '멍청한 클리브가 또 멍청한 짓을 하겠지'라는 생각에 기분만 끔찍해졌다.

하지만 내가 틀렸다.

녀석은 나와 달리 못 하는 게 참 많았다. 하지만 원반던지기만큼은 선수였다. 던지는 게 꼭 경기용 원반이 아니라 해도 말이다. 제아무리 한낱 음료수 쟁반이라 해도 클리브의 손 안에서는 원반이 됐다.

은색 빛이 밤공기를 가르며 날았다. 갑판을 가로지르고 왓슨 씨의 귀를 스쳐 지나 화살처럼 날았다. 배를 탐색하는 달빛 아래 갈매기 같았다. 곧이어 쟁반이—

"앗!"

덩어리의 손에 들려 있던 총에 적중했다. 총은 바다로 튕겨나갔고, 덩어리는 찡그린 표정으로 팔목을 문질렀다. 그사이 병을 들고 다가간 왓슨 씨가 팔을 높이 들어올렸고, 덩어리는 머리를 감싸고 방어 자세를 취했다. 그리고—

순간 왓슨 씨가 바람 빠진 풍선처럼 바닥으로 무너져 내렸다. 그냥 그렇게 기절하고 말았다.

덩어리가 웃음을 터뜨리며 원반에 맞은 손가락을 꼼지락거렸다.

"잘했어, 클리브." 내가 말했다. "운이 좋았네."

"운이 좋긴." 녀석이 말했다. "순수한 실력과 기술이지."

덩어리가 왓슨 씨를 발끝으로 쿡쿡 찔렀다. 하지만 별다른 해코지 없이 구명보트로 돌아섰다. 그저 해군이 오기 전에 빨리 도망가야겠다는 생각뿐인 것 같았다.

"가자, 얘들아."

그러고는 보트 위에 올랐다.

해적들은 도르래를 내리며 점점 바다로 내려갔다.

우리는 갑판으로 달려갔다. 왓슨 씨는 곤히 코를 골며 자고 있었다. 손에는 여전히 위스키 병을 쥐고 있었는데, 아까보다 만족스럽고 행복한 표정이었다. 진주목걸이를 돌려받는 꿈이라도 꾸고 있는 걸까.

"얘들아! 거기 있었구나."

아빠였다. 한 층 아래 갑판에서 우리를 올려다보고 있었다.

"얘들아, 그냥 가게 둬라. 구조 요청을 보냈어. 이쪽으로 다른 배가 오고 있으니까, 해적들은 더 이상 신경 쓰지 마. 그 정도면 됐어."

하지만 우리가 생각하기에 이 정도로는 부족했다. 아무리 다른 배가 오고 있다 하더라도, 해적선을 잡을 수 있을지는 미지수였기 때문이다.

"클리브," 내가 말했다. "맥가이버 칼 있어?"

"항상 가지고 다닌다니까." 클리브가 말했다.

우리는 구명보트 받침대에 올라가 아래를 내려다봤다. 보트는 느릿느릿 수면으로 내려가고 있었다. 3분의 1 정도 간 것 같았다.

"칼 줘봐."

클리브가 나한테 칼을 건넸다.

"손 안 다치게 조심해." 녀석이 말했다.

밧줄이 도르래를 통해 풀리고 있었기 때문에, 자르기가 쉽지 않았다. 조금 잘랐다 싶으면, 더 깊숙이 파고들기 전에 도르래를 타고 아래로 내려가버렸기 때문이다.

"손가락도 조심해. 도르래에 끼면 영영 작별인사를 해야 할 테니까."

칼 갖고는 부족했다. 나는 갑판을 둘러봤다. 비상도구함 안에 몇 가지 긴급 상황용 도구가 비치되어 있었다. 구명 튜브, 조명탄, 그리고―

"클리브. 도끼 좀 가져와."

녀석이 도끼를 가져왔다.

"얼굴 조심해. 줄 끊어지면 채찍처럼 위로 확 올라올 테니까."

"조심할게."

나는 도끼를 휘둘렀다. 빗나갔다. 다시 한 번 휘둘렀다. 또 빗나가고 말았다. 구명보트는 벌써 반이나 내려간 후였다. 꾸물거리다간 해적들이 탈출에 성공할 터였다.

이번엔 명중해야 하는데.

다행히 맞히기는 했지만, 자르지는 못했다. 그럼 네 번째는? 역시 마찬가지였다. 다섯 번째 시도. 조금 잘랐다. 여섯 번째. 조금 더 잘랐다. 밧줄의 올이 풀리기 시작했다.

"된다! 뒤로 물러나!"

클리브의 말이 맞았다. 밧줄이 내려가는 소리가 달라졌다. 나는 도끼를 던지고 갑판에 납작하게 엎드렸다. 곧이어―

도오오오오오옹!

낙하산 펼쳐지는 것 같은 소리와 함께 잘린 줄이 독사처럼 하늘 위로 날아올랐다.

우리는 난간 아래를 내려다봤다. 구명보트가 배의 중간께에 멈춰 있었다. 받침대의 도르래에는 여전히 끊어진 줄의 끝부분이 묶여 있었지만, 배는 더 이상 움직이지 않았다. 그리고 아까처럼 수평 상태도 아니었다. 한쪽이 다른 쪽보다 몇 미터쯤 낮게 내려가 있었고 해적들은 떨어지지 않으려고 구명보트 옆을 붙잡고 있었다.

올라올 수도, 내려갈 수도 없는 상황이었다. 20미터 높이에서 해적선 갑판으로 떨어질 확률을 믿고 다이빙할 수는 없을 테니까.

우리는 계속해서 아래를 내려다봤다.

"저러면 잠깐 동안은 못 가게 할 수 있겠지?" 클리브가 말했다.

"응." 나는 고개를 끄덕였다. "그러겠지."

"있지," 녀석이 말했다. "배고파 죽을 것 같아. 좀 있으면 아침 먹을 수 있을까?"

하지만 나는 대답할 수 없었다. 다른 것이 내 시선을 빼앗고 말았다. 거대한 핏빛 오렌지 같은 게, 갑자기 어디선가 나타났다. 너무도 놀랍고, 아름답고, 장엄한 광경에 나는 넋을 잃고 그냥 바라볼 수밖에 없었다.

동이 터오고 있었다.

먼 수평선에서.

해가 고개를 내밀고 있었다.

새로운 하루의 시작이었다.

18장
밀항자의 최후

　나머지 이야기는 역사가 되었다.(아니면 지리일 수도 있고.) 총을 든 해적들이 모두 사라지고 더 이상 복도가 위험하지 않다는 사실을 깨닫자, 승객들은 조심스럽게 선실에서 문을 열고 나와 무슨 상황인지 살펴보기 위해 갑판으로 모였다.

　모두들 기울어진 구명보트를 보며 언제쯤 해적들이 바다로 떨어질지 아주 흥미로워했다. 또 돈이며 귀중품을 담은 서류가방과 자루들은 어떻게 될지 전전긍긍했다.

　한편 문제가 생겼다는 사실을 깨달은 해적선 측에서는 구명보트의 해적들을 남겨두고 최대 속도로 도망쳤다. 하지만 얼마 가기도 전에 아빠의 메이데이 신호를 받은 배들이 현장에 도착했다. 해양경찰과 해군 함정들이 고속 모터보트를 보냈고, 해적선은 순식간에 포위되고 말았다.

　구명보트에 매달린 덩어리는 '저 멍청한 녀석들'을 '잡으면' 어떻게 혼쭐을 내줄지에 대해 고래고래 소리 지르고 있었다.

261

우리는 그 '멍청한 녀석들'이 바로 우리를 가리키는 거라고 추측했다. 혼쭐이 나기 싫었기 때문에, 우리는 어떻게든 덩어리한테 잡히지 않아야겠다고 각오를 다졌다.

선장이 밑의 해적들을 내려다보며 모든 총기를 바다로 던지지 않으면 구명보트를 올리지 않겠다고 경고했다. 결국 해적들은 총을 버릴 수밖에 없었다.

선원들이 구명보트를 위로 끌어올렸고, 해적들은 떨리는 다리로 보트에서 배로 건너왔다. 해양경찰이 곧바로 그들을 해상강도라는 죄목으로 체포했다.

덩어리가 자기는 무고하다는 듯 징징대며 불평하기 시작했다. 못된 해적들이 총을 들이대는 바람에 어쩔 수 없이 범죄에 가담한 불쌍한 선원일 뿐이라고 말이다. 하지만 우리는 그게 거짓말이란 걸 알고 있었고, 클리브는 옆에 있던 쟁반 하나를 또 집어 들고 위협적으로 휘둘렀다. 사실대로 말하지 않으면 아까처럼 또 쟁반에 맞을 줄 알라는 의미였다.

그런데 해적들이 갑판 위로 돌아오면서 안타까운 일이 벌어지고 말았다. 무게중심이 바뀐 구명보트가 살짝 흔들리면서 돈과 보석이 담긴 가방이 미끄러져 바다로 떨어져버린 것이다.

사람들은 떨어진 가방에 든 다이아몬드 반지며 백금 시계가 자기 것이 아니길 간절히 바라며 난간으로 우르르 몰려갔다.

"괜찮아요." 누군가가 말했다. "뜰 거예요. 배를 보내서 다시 찾아오면 돼요."

하지만 선장이 가방을 찾아오라는 지시를 내리기도 전에 가방이 갑자기 가라앉기 시작했다. 작은 거품이 보글보글 올라오더니 그 위로 물이 확 덮이고 말았다. 바닥 깊숙이 가라앉는 가방의 모습이 머릿속에 그려졌다. 잉크처럼 어두운 바닷물 속으로 빙글빙글 돌며 서서히 가라앉는 가방. 심해의 이상한 물고기들과 신기한 생명체들 사이로, 아무도 닿을 수 없는 바다의 저 끝에 평화롭게 잠들겠지. 그 위로 모래가 덮이면 이 세상에서 영원히 모습을 감추게 되겠지.

물론 먼 훗날 한 가난한 어부가 백금 시계를 차거나 다이아몬드 목걸이를 한 물고기를 잡게 될지도 모른다. 아니면 저녁으로 생선을 구웠는데 안에서 루비 반지가 나온다든가.

어쨌든, 해양경찰이 해적들을 데려가기 전에, 감옥 안에 해적 한 명이 더 있다는 사실을 알려야 했다.

"선장님, 죄송한데요." 내가 말했다.

"지금은 얘기하기 힘들 것 같구나." 선장이 말했다. "이따가 말해다오."

"중요한 거예요."

"알고 있단다. 근데 지금은 더 큰 문제가 있어서, 이것만 해결하고 말해주면……."

역시 클리브랑 같이 있으면 아무도 말을 귀 기울여 들어주지 않았다.

수갑을 찬 해적들이 해양경찰 배로 이송되기 직전까지도 아무도 내 말을 들어주지 않았다. 아빠조차 다른 어른들과 마찬가지로 바쁘다며 대화를 미뤘다.

"조금 있다가, 얘들아." 아빠가 말했다. "여기 정리만 하고."

결국 클리브가 테이블 위로 올라가 고래고래 소리 질러야 했다.

"잠깐만 모두 닥치고 들어주실래요?" 녀석이 소리 질렀다.(클리브는 소리를 아주 잘 지른다.) "해적이 한 명 더 있어요! 저랑 형이 유치장에 가뒀어요. 근데 총을 갖고 있으니까 조심하셔야 할 거예요!"

갑자기 엄청난 정적이 찾아왔다. 압정이 바닥에 떨어지는 소리나 물고기가 헤엄치는 소리까지 들릴 정도였다. 모든 움직임이 일시에 멎었다. 승객들, 선원들, 선장, 모두가 우리를 쳐다봤다.

"너희가 해적 하나를 유치장에 가뒀다고?" 아빠가 말했다.

"네. 무선통신실에서 아빠 때렸던 그놈요."

"총 갖고 있는 사람?" 선장이 말했다.

"네. 선장님 묶은 사람요."

딱히 자랑하려는 건 아니었지만, 우리는 즉시 공로를 인정받았고, 몇몇 사람들은 놀란 표정으로 이렇게 떠들기 시작했다.

"저 두 애가—"

"해적 하나를—"

"유치장에 가뒀다고?"

"세상에, 설마!"

그제야 선장은 아빠가 우리의 정체에 대해 설명하겠다고 약속했던 사실을 기억해냈다. 선장은 모든 승객들이 보는 앞에서 아빠한테 물었다.

"여러모로 참 훌륭한 아들들인 것 같지만, 왜 여기 있는지, 그리고 어쩌다 우리 배의 승객이 됐는지가 궁금하군요."

음, 아빠는 나를 봤고, 나는 아빠를 봤다. 그러고서 우리는 동시에 클리브를 쳐다봤다. 아무도 선뜻 먼저 설명하려 들지 않았다. 하지만 누군가는 말해야 하기에, 내가 총대를 메기로 했다.

"죄송하지만, 저희는 밀항자예요, 선장님."

그 말을 듣는 순간 선장의 수염이 회색이 됐다가 온갖 색깔로 변했다가 다시 황갈색으로 돌아왔다.

"밀항자라고?"

"아빠는 사실 몇 시간 전에야 아셨어요. 근데 솔직히 말씀드리자면, 저희가 밀항을 하지 않았다면 아무도 해적을 막을 수 없었을 거예요. 왜냐면 유치장에 있는 해적 말고 나머지 해적들도 저희가 구명보트 줄을 잘라서 못 도망간 거거든요."

"줄? 구명보트 줄?"

"네. 클리브의 맥가이버 칼로요."

"늘 갖고 다니죠." 클리브가 말했다.

녀석은 주머니에서 칼을 꺼내 다양한 모양의 날들을 자랑했다. 하지만 지금은 그러고 있을 때가 아니었다.

"주머니칼로 밧줄을 잘랐단 말이냐?"

"몇 번은 도끼로 자르고요."

"몇 번? 도끼?"

"그리고 클리브가 아니었다면, 잘난척쟁이 왓슨 씨도 총을 맞고 말았을 거예요."

"잘난척쟁이 왓슨 씨?"

"저희끼리 부르는 별명이에요. 술병을 들고 해적들을 쫓아갔는데, 덩어리가 총을 겨눴어요. 다행히 클리브가 원반으로 총을 날린 덕분에 왓슨 씨는 무사했죠."

"원반을 던졌다고?"

"음료수 쟁반으로요."

"그게 사실이냐?"

"네. 만약에 저희가 그렇게 하지 않았다면 지금쯤 왓슨 씨는 죽었을 거고, 해적들은 돈이랑 보석을 깡그리 챙겨서 도망갔겠죠. 그러니까 저희가 밀항한 게 다행인 거 아닐까요, 선장님? 그렇게 생각하지 않으세요?"

길고 긴 침묵이 흘렀다. 여기저기서 사람들이 의미심장한 눈빛을 교환했다. '하긴 그래' 표정과 '아냐, 그래도' 표정이 교차하고 있었다.

마침내 선장이 아빠를 보고 말했다.

"우리는 따로 내 선실에서 만나서 얘기하는 게 좋겠네. 개인적으로 말일세."

하지만 클리브와 나는 별로 걱정하지 않았다. 우리가 한 행동에 대해 자신이 있었기 때문이다.

유치장에 갇혀 있는 해적을 밖으로 꺼내는 건 꽤 복잡한 일이었다. 선장은 총을 내놓기 전에는 문을 열지 않겠다고 했고, 해적은 문을 먼저 열지 않으면 총을 내놓을 수 없다고 했다. 하지만 결국 지시대로 총을 버린 해적은 유치장에서 나오자마자 해상강도죄로 해양경찰들에게 체포되었다.

한편 병실에 실려간 왓슨 씨는 잠에서 깨어난 후 엄청난 숙취에 시달려야 했다.

다음으로 사람들은 각자의 소지품을 돌려받았다. 가방이나 자루 하나에 모두 뒤섞여 있는 데다 정직하지 않은 사람들(사실 이 사람들도 해적만큼이나 나빴다)도 간혹 있었기 때문에, 굉장히 오랜 시간이 걸렸다. 뭐가 내 것이네, 실랑이를 벌이다 말다툼이 일어나기도 했다.

마침내 이 모든 소란이 끝나자, 갑판 위에는 자기 소지품이 바다로 가라앉아버린 승객들만 남았다.

그중에는 도미닉스 부인과 왓슨 부인도 있었다.

"오, 상관없어요." 도미닉스 부인이 말했다. "다 보험 들어놨는걸요. 물론 추억이 담긴 물건들이지만 결국 물건일 뿐이잖아요. 살아 있는 것에 감사해야지."

그 말을 마지막으로 부인은 보험 서류를 작성한다며 선실로 돌아갔다.

나는 왓슨 부인이 보석들을 잃어버려서 아주 슬퍼할 거라고 생각했다. 하지만 부인도 별로 심각하게 생각하지 않는 모양이었다.

그저 어깨를 으쓱하며 왓슨 씨(이제 제대로 서 있었다. 안색이 좀 안 좋긴 했지만)를 보고 이렇게 말할 뿐이었다.

"상관없어요. 바다에 진주 개수가 좀 늘어났겠네요. 났던 데로 돌아간 거죠 뭐."

그러고서 모두가 들을 수 있도록 조금 큰 목소리로 이렇게 말을 이었다.

"우리 남편 조지는 해적들한테 용감하게 맞섰어요. 다른 사람들과 달리 말예요. 이렇게 용감한 남편을 뒀는데 그깟 진주목걸이가 아깝겠어요. 사랑하는 여자의 목걸이를 훔쳐간 해적을 무찌르려고 위험을 무릅쓴 멋진 남자인데!"

음, 사실과는 굉장히 다른 이야기인 것 같았다. 왜냐하면 왓슨 씨는 용감했다기보다, 그냥 술에 취해 무모했던 거니까. 하지만 왓슨 부인이 너무 행복해하고 자랑스러워했기 때문에, 또 왓슨 씨도 기분이 한껏 좋아진 상태였기 때문에, 나는 그냥 입을 다물고 있기로 했다.

부부는 오랜만에 서로의 손을 잡고 선실로 돌아갔다.

하지만 클리브와 나는 손을 잡지 않았다. 우리는 서로의 손을 잡지 않았다. 클리브는 내가 5분 일찍 태어났다는 이유 하나만으로 나를 죽을 때까지 증오할 녀석이니까.

아빠는 우리를 데리고 선장실로 갔다. 선장은 책상 위에 〈해양법〉이라는 책을 올려놓고 앉아 있었다.

"밀항자들에게 어떤 법이 적용되는지 알아보고 있었단다." 선장이 말했다. "다음 항구에서 내리도록 지시하거나, 아니면 출발지로 돌아갈 때까지 유치장에 가두거나. 그것도 아니면—"

선장이 아주 심각하고 무서운 표정을 지어 보였다.

"널빤지 위를 걷게 할 수도 있단다."

클리브가 침을 꿀꺽 삼켰다. 갑판에서 수면까지는 상상만으로도 까마득했다.

"하, 하지만, 음, 이 배에 널빤지가 있나요, 선장님?"

선장이 클리브를 완고한 눈빛으로 쳐다봤다.

"물론, 널빤지가 아주 많단다. 널빤지로 가득 찬 선실도 있지."

하지만 선장은 더 이상 엄숙한 연기를 하지 못했다. 아빠도 마찬가지였다. 두 어른은 바다에 빠져 대형 문어의 다리 사이에서 생을 마감해야 할지도 모른다고 믿고 있는 클리브를 보며 웃음을 터뜨렸다.

"앉아라, 애들아." 선장이 말했다. "잠깐 얘기를 해야겠구나. 우선 뭐 좀 마시지 않겠니?"

세세히 설명하지 않고 큰 이야기만 나열하자면, 먼저 선장은 밀항을 한 것에 대해 크게 꾸짖으며 처벌에 관한 조항을 처음부터 끝까지 읽어주었다.

그러고서 우리가 얼마나 바보 같고 무모했으며, 밀항이 얼마나 위험한 것인지에 대해서도 설명했다. 우리한테 일어날 수 있었던 각종 안 좋은 일들을 죽 나열했고, 아빠도 거기에 동참하면서 나와 클리브는 잔뜩 겁을 먹고 말았다.

다음으로 선장은 우리가 어떻게 여기까지 성공적으로 오게 되었는지에 대해 물었다. 어떻게 몰래 탔고, 어떻게 들키지 않고 계속 생활할 수 있었는지. 그래서 우리는 우리 나이의 애들이 몰래 돌아다니는 게 얼마나 쉬운지에 대해 설명했다. 어린애라는 이유 하나만으로 아무도 크게 신경 쓰지 않고, '보호자가 있겠지' 하고 넘겨짚고 지나간다는 걸.

들쥐층이 궁금하다고 해서, 우리는 선장을 데리고 아래로 내려가 내부를 보여줬다. 다시 선장실로 올라온 후, 선장은 해운회사에 보안상 취약한 점들을 보고하겠다고 말했다. 즉, 다시는 우리 같은 밀항자가 생기지 않도록 말이다.

다음으로 선장은 왜 밀항을 했는지에 대해 물었다. 그냥 재미로? 하지만 우리는 그런 게 아니라고 말했다. 엄마가 없는 지금 우리한테 남은 건 아빠밖에 없는데, 더 이상 혼자 남겨지기 싫어서 따라 타게 됐다고 설명했다. 선장은 이해했다는 뜻으로 그저 고개만 끄덕였다.

이어서 선장은 어떤 식으로든 우리의 밀항을 없었던 일로 할 수는 없지만, 최대한 벌을 경감시켜보겠다고 했다.

나와 (특히) 클리브는 '경감'이 무슨 뜻인지 몰랐다. 나중에 들어 보니, 마땅한 이유가 있으면 그냥 경고만 하고 처벌 없이 돌려보내는 걸 말한다고 했다.

선장은 우리가 해적으로부터 배를 구하는 데 굉장한 역할을 했으므로, 해운회사에 요청해 일반 밀항자보다 처벌을 가벼이 해달라고 부탁할 거라고 했다. 아니, 가벼운 처벌을 넘어 훈장을 수여하도록 추천할 거라고 했다. 하지만 그건 확실치 않기 때문에, 우선 자신의 권한 안에서 작은 상을 주겠다고 했다.

바로 여행이 끝날 때까지 모나리자호에 머무를 수 있는 권한이었다. 게다가 들쥐층이 아닌 훨씬 나은 객실로, 커다란 창문과 위성TV가 있는 특실로 방을 업그레이드 해준다고 했다.

그래서 나와 클리브는 집으로 돌아갈 때까지 최상의 서비스를 받으며 여행할 수 있었다. 처음부터 끝까지 1급 대우를 받았고, 또 선장용 테이블에서 식사를 할 수 있는 기회도 누렸다. 왓슨 부인에겐 선장의 아들이라고 거짓말해서 죄송하다고 사과했고, 왓슨 부부를 한 번 더 식사에 초대해달라고 선장에게 잘 말씀드리자 부인도 우리를 용서했다.(이번엔 침대가 무너지지 않았다.)

많은 신기한 곳에 들렀고, 정말 살면서 두고두고 기억에 남을 만한 시간을 보냈다. 아빠는 계속 일을 해야 했지만, 가끔씩 우리가 수영장 옆에서 일광욕을 하고 있을 때 음료수를 갖다주기도 했다. 하지만 그때마다 '이것 좀 보게. 아주, 아주.', '이런 것에 너무 익숙해지면 안 된다!', '어휴, 운 좋은 것들.' 등등 한마디씩 던지고 갔다.

아빠를 제외한 다른 선원들은 우리를 재벌 2세처럼 대접해줬다. 물론 클리브는 늘 자기가 재벌 2세라고 생각하며 살아왔지만 말이다. 솔직히, 녀석처럼 생긴 재벌 2세라면 차라리 돈을 포기하고 말겠다는 생각이 들었다.

271

어쨌든 모든 항로를 여행한 끝에, 배는 다시 출발지 영국에 도착했다. 날씨가 다시 점점 쌀쌀해졌고, 더 이상 일광욕도 할 수 없었다. 사람들은 여행지에서 산 기념품들을 챙기고, 평상시로 복귀하기 시작했다.

집과 일상생활이 우리를 기다리고 있었다. 여행이 끝났다는 사실에 왠지 슬펐다. 출발했던 항구가 저 멀리 보이기 시작할 때, 몇 주 전 이곳에서 여정을 시작했던 것, 얼마나 많은 장소를 거치고 얼마나 많은 것을 겪었는지가 머릿속을 스쳐 지나갔다. 그 모든 모험 끝에, 출발하던 날과 마찬가지로 쌀쌀하고 비가 조금씩 내리는 회색 아침 하늘 아래서 우리는 모든 여정을 끝마쳤다.

마지막 날 저녁, 나와 클리브와 아빠는 일몰을 보기 위해 갑판으로 올라갔다. 우리는 난간에 기대서 커다란 금색 태양이 물밑으로 사라지는 광경을 지켜봤다.

"아빠," 내가 말했다. "이제 왜 아빠가 바다를 사랑하는지 알 것 같아요. 왜 선뜻 떠나지 못하는지도요."

"그래?"

"그런 것 같아요."

"그래. 정말 그렇단다. 하지만 이번 여행이 내 마지막 승선이 될 거야."

"아뇨." 클리브와 내가 동시에 말했다. "우리 때문에 바다를 버릴 순 없어요."

아빠는 미소를 지었다. 슬퍼 보였지만, 그래도 미소는 미소였다.

"그게 최선인 것 같구나. 때가 됐어. 너희는 한창 자라는 중이고, 너희를 돌봐주시는 할머니는 점점 늙어가잖아. 그래서 이게 내 마지막 여행이 될 것 같다."

"그럼 아빠는 이제 뭘 할 건데요?"

"나도 모르겠어. 일을 찾아봐야지."

그때 누군가가 우리 옆으로 다가왔다.

마찬가지로 일몰을 구경하러 나온 도미닉스 부인이었다. 모든 것을 살 수 있지만 앞으로 일몰을 볼 수 있는 횟수는 어떻게 해도 늘릴 수 없으니 하나라도 놓치기 싫었을 것이다.

"안녕하세요, 존."

"안녕하세요, 도미닉스 부인." 아빠가 말했다. "참 좋은 저녁이네요."

"그러네요. 안녕, 애들아."

"안녕하세요."

"옆에서 같이 구경해도 되겠니?"

"물론이죠."

도미닉스 부인도 우리를 따라 난간에 기댔고, 그렇게 우리 넷은 모두에게 열려 있지만 동시에 너무 값비싸 아무도 살 수 없는 일몰을 가만히 구경했다.

"너무 참견쟁이같이 들릴까 봐 걱정이지만," 부인이 말했다. "방금 하는 얘기를 잠깐 들었는데요. 바다를 버린다는 얘기 말이에요. 그럼 혹시……."

"네, 도미닉스 부인?"

"당치 않은 소리라고 생각할 수 있지만, 작은 제안을 하나 하고 싶은데……."

당치 않은 소리라니.

정말 당치도 않은 소리였다.

19장
충격적인 진실

자, 이야기는 이렇게 끝났다. 우리는 해적들을 제외한 모두에게 용서를 받았다. 할머니께도 뻥을 치고 다른 곳으로 사라진 것에 대해 용서를 구했다. 아빠는 우리와의 약속대로 바다 일을 그만 두고 육지에 머물며, 우리가(특히 클리브가) 말썽을 일으키지 않도록 감시했다.

아빠는 더 이상 승무원도, 선원도 아니다. 하지만 여전히 손에 쟁반을 들고 음식을 나르며, 바다를 보며 일한다.

아빠는 이제 레스토랑을 하나 운영한다. 레스토랑 전체를 관리하는 총지배인 자리를 맡고 있다. 맛집으로 각종 상, 높은 별점을 받은 제대로 된 음식점이다. 프랑스에서 온 정식 셰프도 고용했다. 주방에만 들어가면 성질을 부리며 여기저기 프라이팬을 던져대곤 하지만, 그래도 요리 하나는 끝내주게 맛있다.

레스토랑의 주인은 도미닉스 부인이다. 몇 년 동안 계획해온 사업이라고 했다.

"그냥 멈추고 포기할 순 없단다, 얘야." 부인이 말했다. "아무리 내 나이라고 해도 말이지. 계속 새로운 일을 해야 해. 모든 걸 포기하는 순간 인생은 끝나는 거란다."

하지만 내 생각은 조금 달랐다. 크루즈선을 탈 때마다 자신을 잘 보살펴주었던 아빠를 그냥 도와주고 싶었던 게 아닐까.

어쨌든 아빠는 총지배인이 되었다. 들어오는 사람들에게 인사하고 편안한 분위기를 조성하며 음료수를 마실 동안 메뉴판을 가져다준다. 그럼 손님들은 몇 분 이내에 마음이 누그러져 미소를 짓고 웃게 된다. 아빠는 요리사가 아니다. 아빠의 장기는 요리가 아니라, 사람들을 행복하게 만드는 것이다.

도미닉스 부인은 레스토랑이 잘 돌아가고 있나 살펴보고, 요리도 조금 맛보기 위해 가끔씩 식당을 찾았다. 부인은 늘 가장 좋은 위치의 테이블로 안내받았다. 바다가 보이는 창가 자리.

식당은 항구 바로 옆에 있다. 커다란 배들이 작은 예인선에 이끌려 여행을 시작하는 장면을 언제나 볼 수 있다.

그렇게 배가 떠나는 모습을 보면 늘 궁금해진다. 배에 어떤 사람들이 탔을지, 목적지는 어디일지, 그 사람들이 어떤 모험을 겪게 될지.

항해 중에 해적을 만나게 될지.

가끔씩 아빠와 클리브도 창밖으로 커다란 크루즈선이 출항하는 장면을 가만히 지켜보곤 한다. 어떤 생각을 하고 있는지 알 것 같다. 언젠가는 또다시 멋진 모험, 여행을 떠날 거라고 다짐하고 있겠지. 그게 비록 내일도 아니고, 올해 안이 아닐 수도 있고, 내년이 아닐 수도 있지만, 언젠가, 그래, 언젠가 우리는 다시 떠날 것이다. 그때는 정식 탑승권을 갖고 탈 수 있기를.

이게 끝이다. 여기까지가 클리브와 내가 어떻게 밀항자가 됐고, 무슨 일을 겪으며 어떤 여행을 했는지에 대한 전부다. 그런데 이 모든 걸 떠나서 굉장히 흥미로운 일이 한 가지 더 있었다.

지난주에 어떤 아줌마가 우리 집을 찾아왔다. 처음 보는 사람이었는데, 그건 클리브와 아빠도 마찬가지였다. 하지만 아줌마는 잠깐 들어가도 되겠냐고 물으며, 우리 가족을 찾느라 아주 고생했고 중요한 전달 사항이 있다고 했다.

그래서 아빠는 아줌마를 응접실로 데려왔다.

알고 보니 아줌마는 산파였다. 우리가 태어나던 날 클리브와 나를 받은 것도 자기라고 했다. 그리고 그날부터 마음에 걸리는 게 한 가지 있었다고 덧붙였다.

우리는 과연 뭐가 마음에 걸렸다는 건지 의아한 채 다음 이야기를 기다렸다.

아줌마는 착오가 있었다고 말했다. 클리브와 내가 태어나던 날 주변 상황이 너무 혼란스럽고 정신없어서 우리 둘을 혼동했다는 것이다.

엄마 아빠한테 내가 첫째라고 전했지만, 집에 가면서 생각해보니 그게 아니었단다. 먼저 태어난 건 클리브였단다.

277

그때부터 이 사실이 줄곧 아줌마의 마음을 괴롭혀왔다고 했다. 크게 상관도 없고, 그리 중요한 문제도 아니란 걸 자기도 알고 있다고 했다. 그저 5분 차이인데. 하지만 은퇴할 날이 점점 다가오면서, 그래도 틀린 건 바로잡고 떠나야겠다는 생각이 들었다고 했다.

그래서 우리는 고맙다고 인사했고, 아줌마는 자리를 떴다.

아빠는 크게 문제될 일이 아니라며 굳이 출생신고 시간을 수정하지 않겠다고 했다. 하지만 클리브는 입을 꾹 다물고 아무 말 없이 위층 방으로 올라가 문을 잠갔다. 갑작스러운 소식에 충격을 받은 것 같았다.

그러니까 이젠 클리브가 첫째인 거였다. 내가 아니라. 더 이상 내가 이성적으로 행동할 필요가 없었다. 원래 클리브가 그랬던 것처럼 각종 말썽을 피우며 돌아다닐 수 있는 거였다. '형'인 클리브가 책임을 져줄 테니까. 그 기분은 정말 말로 표현할 수 없었다! 하늘이 맑게 개는 것 같았다.(그 당시엔 비가 내리고 있었지만.) 믿기지 않았다. 크고 무거운 짐을 나르다가 마침내 내려놔도 된다는 허락을 받은 것처럼 몸이 가벼웠다. 너무 딱 맞는 신발을 신고 있다가 이제 벗어도 된다는 허락을 받은 것처럼.

이젠 인생을 즐길 수 있을 것 같았다.

어디부터 시작해야 할까? 뭐부터 해야 할까? 일단 맥가이버 칼을 하나 사고, 또 원반도 구해 올 생각이었다.

아, 레스토랑 이름을 말했던가? 바로 '밀항자들'이다. 항구 바로 밑에 있다. 길을 가다 보면 딱 보인다. 종종 외식할 때 들러서 저녁을 먹고 가기 바란다. 이 근방에서 가장 훌륭한 맛집이니까.

가끔씩 도미닉스 부인도 볼 수 있을 것이다. 또 요즘 들어 아빠와 친하게 지내면서, 저녁엔 우리 집에서 하루 쉬고 가고 싶은 것처럼 피곤해하는 웨이트리스, 줄리아 양도 볼 수 있을 것이다.

주말에 오면 우리도 볼 수 있을 텐데, 아마 뒤쪽 사무실에서 학교 숙제를 하고 있겠지. 둘 중 심각하고 이성적으로 보이는 아이는, 바로 막중한 책임감을 떠안고 애늙은이 같은 삶을 살아가는 클리브일 것이다.

그리고 나야 뭐, 이젠 막내니까.